{ 第7號牢房❸ }

# 最後7日

FINAL 7

凱瑞依・卓威里——著
亞奇——譯

獻給我的大哥，柯林

金錢一旦作聲，
真理便緘默不語。

——俄羅斯古諺

# 序幕

# 瑪莎

那是心跳聲嗎？
不知道，找不到了。感覺不到。
我動動手，再試一次。
什麼都沒有。
再試一次。
幹，還是沒有。
「他已經……」我一邊搖頭，一邊喃喃地說。我說不出那個字，說不下去。
眼淚落下。

眼前一片模糊。
我抹抹眼，手黏黏的。
我看了看自己的手。
那像是血。
以撒的血。
車在路上飛馳。
亮
暗
亮
暗
葛斯從前座往後轉，光線一明一暗地照在他臉上。
他看著以撒，伸長手臂，將手放在他胸口。
如此冷靜。
然後他看著我。

我在發抖。

不知如何是好。

光線照在以撒臉上時，我看著他，希望他能睜開眼睛。

我閉上眼。

以撒，留在我身邊。我在腦中說。

某種東西──大卡車或貨櫃車──以高速超越我們，又快又沉，使車子搖晃起來。我睜開眼。

車子慢了下來。

「什麼鬼──」女駕駛說。

我張口想問她是誰，但當我轉頭看向窗外，卻什麼話也說不出來。

不遠處，在高樓區分界的地方，在泛光燈範圍下，是一排又一排的貨櫃車和大卡車。

我望向窗外，努力在黑暗中想看清楚。我眨了好幾次眼，想釐清我看到的到底是什麼。

起重機豎立在空中，橘色的閃光燈，工人到處都是。

巨大醜陋的水泥板堆起，形成一堵巨牆。

這是為什麼？是要把我們擋在外面嗎？

是要擋住我們的影響力嗎？是要控制我們嗎？

搞什麼東西？

「柏林，」我輕聲說，「以色列、貝爾法斯特、韓國。」

「現在換倫敦了。」葛斯回答。

搞什麼鬼？

這到底是在搞什麼鬼？

# 晚間十一點，《死即是正義：午夜回顧》——即將開始

螢幕被死刑列建築外的畫面占據。那是監視器的錄影畫面。有一大群人，半明半暗，那個眼睛標識的藍光位在眾人上方。

影像搖晃、歪扭又模糊，巨大衝擊震撼了整個區域，煙雲升上天空。

傑若米．夏普（畫面外）：「死即是正義」新任採訪記者傑若米．夏普在此為您報導死刑列大樓的即時消息。然而我們要先警告觀眾，以下影像會搖晃不穩，且有令人不安的畫面出現。

錄影畫面中，羽毛狀的煙雲朝著攝影機捲來，眼睛標識發出的藍光閃爍搖曳。

傑若米．夏普（畫面外）：使得大地也為之震動的爆炸搖晃整個死刑列，我們不禁要

問：在城市裡引發這場屠殺的——是恐怖分子嗎？

螢幕畫面轉成搖晃的手持攝影，人們尖叫、奔跑。有些人血如泉湧，許多人步履不穩。鏡頭拉近大樓，不遠處可以看見屍體。

傑若米（畫面外）：多人受傷，街道上受到驚恐情緒侵襲。這一天被很多人稱為「正義最黑暗的一天」。

藍色光線閃過整個場景，警笛尖鳴呼嚎，鏡頭對準地面上的瑪莎。她舉起雙手，雙眼圓睜，張著嘴；她臉上有血，警察舉槍對著她，朝她靠近。

傑若米：頭號嫌犯，之前在逃的瑪莎．蜜露當場被捕。附近也發現了可能是引爆器的裝置。

錄影畫面淡出，被傑若米．夏普的連線畫面取代。他的下巴很尖，穿深色長外套，格子圍巾圍得整整齊齊。螢幕底端的跑馬燈顯示：「市中心發生恐怖攻擊」。

傑若米：今天稍早，這個重要的正義象徵因有目的性的血腥攻擊遭到震落。在以撒．派爵一案最終投票結果公布後的幾分鐘，一場爆炸撼動倫敦市中心，威脅要摧毀司法系統。目前爆炸的起因尚未釐清，但許多目擊者表示是來自炸彈。我們也在等待確認死亡人數。不過，在大樓倒塌、化為塵土，整個地區一片混亂的當下，有大量民眾聚集在現場，因此受傷人數恐怕高達數千。自從一星期前在死刑列獲無罪開釋，瑪莎・蜜露就成為全國焦點及追緝對象。她當場遭到逮捕。目前還不確定她有多少同謀參與這場爆炸。監視器畫面顯示，當蜜露靠近大樓，身上揹著一個背包，因此也引起大眾猜測：這是不是一場不幸失手的自殺炸彈攻擊呢？接下來我們將聽到首相在事件現場發表宣言。

# 首相——史蒂芬·雷納德

「蘇菲亞呢？」首相問。他大步走在長廊上，一面整理領帶一面撫平外套，接著掏出口袋裡的手機，輕點螢幕。

他身旁來去匆匆的人不是皺眉看著寫字夾板，就是看了看手機後搖搖頭。

「為什麼沒一樣東西能正常運作？」他咆哮著將手機摔在地上。「你！」他先是指著一名平頭的年輕人，隨後便走上前。「你是什麼人？」

「呃……我……我……」年輕人結結巴巴。「我是新來的實習生傑諾。」

「傑諾，馬上把蘇菲亞找來！」

「我們……我們找……找不到她。」他說。

「什麼？」

「我們……找不到她。我們打不通她的手機，辦公室也沒看到人。」

「你打不通她的手機是因為系統當機！你這蠢才。她不在辦公室是因為我要她提早下班——你白痴嗎？」

「那……？」

「一定出了差錯。」

「您不覺得她可能是因為……因為塞車耽擱了嗎……？」

首相停下腳步，轉身看他。「閉嘴。」他緊繃著下顎，一臉猙獰地戳了戳年輕人的胸口，嘶啞著聲音要脅他。「閉上你的鳥嘴。」

「長官，」一旁傳來溫婉的女聲。「我們已派車到蘇菲亞的公寓接她，同時聯絡了她的朋友和親戚。」

首相看著她，表情變得柔和。

「現在呢……長官，請容我僭越，我要提醒您，記者在等您發言。」

他緩慢地點點頭，左右伸展頸部，將幾根散落下來的頭髮向後梳。

「你挺能幹的。」他低聲說道，隨後動身離開。

長廊另一端的青年為他開門。進門時，首相的神色平靜而嚴肅。

門內，一排又一排的椅子坐滿記者和新聞播報員，交談聲戛然而止，所有人拿起麥克風、相機、攝影機、筆和記事本。首相站在前方講臺，面前放置講稿。他望著群眾。

「各位先生女士，今晚我帶著沉痛的心情在此發言。」他停頓一下，深吸口氣。

「今晚八點五十七分，奉公守法的市民遭到意圖擾亂社會者的攻擊。」相機閃燈時，他刻意放慢速度，在每句話結束後稍作停留，讓播報員和電視機前的觀眾能聚精會神，不漏掉任何一個字。

「目前證實炸彈是直接在死刑列外引爆，導致大樓一面外牆崩塌，引發嚴重損壞，並危及其餘結構。

「這是毫無理性的暴行。

「藐視我們篤信的價值。

「更證實了仇恨和暴虐在我們社會的特定區域滋長茁壯。

「但我們不會再縱容下去，也不容許仇恨和暴虐影響我們寶貴的自由。

「我公開譴責主導這起攻擊事件的族群，他們一點也不尊重生命的價值。」

他暫時打住，狀似悲傷地低下頭，再抬起來看著聽眾，深吸口氣。

「我們勇敢且優秀的急救團隊已在現場全力協助傷患。然而此刻，我不敢妄測死傷人數，我只能說，今晚在七號牢房現場的兩百名觀眾中僅有不到五十人安然無恙。

「此外，據信死刑列大門外聚集多達三千名民眾。

「在如此悲痛的時刻，我們懇請各位保持耐心和體諒。」

他停下來看聽眾，然後緩緩搖頭。

「即使我們悲痛萬分，仍不該沉浸在悲痛之中，或試圖搖尾乞憐，因為我們、這個社會、本市，以及大道區守法的市民將會從灰燼、塵土與殘骸中重生，絕不屈於這經過刻意算計的嗜血攻擊。我們會全力追究嫌犯的法律責任。

「如各位所知，我們在現場發現瑪莎．蜜露握有引爆器。」

群眾因這句話開始竊竊私議，首相暫停下來，舉手示意眾人安靜。

「我相信你們和我一樣震驚，如此年輕的女孩竟有能力犯下如此滔天大罪，還特別針對不過一週前釋放她的機構，甚至是在她聲稱涉案的青年即將宣判無罪釋放的時候。

「各種臆測已甚囂塵上，所以我在此向各位證明，蜜露絕非獨自犯案。」

他停下來掃視房間，發現蘇菲亞站在後方門旁。兩人短暫交換視線後，蘇菲亞輕輕點頭致意。

「毫無疑問，有一小群危險分子密謀對付我們，意圖對抗這城市、大道區和其中的居民，亦即他們對奉公守法、勤奮、愛家的你我和所有人不利。他們意圖顛覆社會，攻擊司法根基，還有人之所以為人的核心。

「這群人……我甚至不確定是否該稱他們為『人』。因為在我的認知裡，他們豬狗不如。他們的名字是……」

他抬高下顎，挺胸吸氣。

「……伊芙·史坦頓、麥克斯·史坦頓、湯瑪斯·西塞羅、約書亞·德克、葛斯·伊凡斯、以撒·派爵、瑪莎·蜜露。這七人，還有那些同情罪犯的怠惰者、濫用社會福利者、窮困者——我們不斷伸出援手，期盼他們推己及人——這些屬於高樓區的居民將被繩之以法。

「伊芙·史坦頓已遭逮捕，蜜露被打入大牢，伊凡斯早已入監服刑。而在急救團隊搶救該區，我們暫且靜候派爵的消息，同時採取嚴密的安檢措施，搜捕麥克斯·史坦頓、湯瑪斯．西塞羅及約書亞．德克。我們會像搜捕動物一樣獵捕他們，必定讓我們的城市變回能安居樂業的地方。

「只要我們團結堅強，便能戰勝邪惡！」

他把拳頭高舉在空中，群眾隨著喝采。

「感謝你們的聆聽和支持。」群眾安靜後，他說：「那些受到這可怕夜晚影響的人及其家人，我心與你們同在。」

他收拾講稿，再看蘇菲亞最後一眼，離開房間。

蘇菲亞跟著首相繞過座椅，對席間熟識的記者頷首。當她伸手推門，無意瞥到手上的血跡，立刻往長褲一抹。

是以撒的血。

門在她身後關上。

「蘇菲。」首相搭著她的肩膀。「感謝老天你來了。系統當機，我沒辦法——」

她抬頭看著他，毫無退縮，也沒有顯露一絲疑慮。

「沒人知道該怎麼重設系統，但我敢說你有辦法？」他悄聲問道。

她點點頭。「是，長官，我有辦法。」

# 史坦頓家

黑夜籠罩房屋。麥克斯和西塞羅在廚房，他們臉上和整個房間都搖曳著電視的光線。新聞音量很小，字幕在畫面底部川流而過。

「恐怖分子在逃……通緝七名嫌犯到案說明……前高等法院審判官，湯瑪斯．西塞羅涉嫌炸彈攻擊……史上最年輕恐怖分子，麥克斯．史坦頓……」

前門傳來敲打聲。

「開門，否則我們就直接破門而入！」有人高呼。「最後警告！」

麥克斯拿起地板的筆電包，然後看看西塞羅。

西塞羅一語不發地點頭，把外套披到自己和麥克斯身上，兩人就此跨出落地窗。

他們身後傳來破門聲，不過麥克斯和西塞羅趕在警方進門前，迅速消失在漆黑的花園和大街上。

# 瑪莎

牆向上堆砌的速度好快。

那女人說，進入高樓區對她來說太危險，所以在高樓區外放我們下車，要我們用走的。我和葛斯一人一邊扶著以撒。天知道他傷得多重？搞不好他斷了根肋骨，已經刺穿肺部？或者，因為我們這樣搖晃他，更加重了腦部損傷？

我試著說服那女人，但她很固執，不斷表示她真的得走了，葛斯之後會說明一切。而我總覺得好像在什麼地方看過她，只是不記得是哪兒。

她頻頻表示，實在沒想到事情會進展這麼快。

什麼事情？

這道牆嗎？

我回過頭，投射燈繪出起重機參天的剪影，大片水泥板懸吊在半空，那些咯噹聲、呻吟聲，人們的呼喊，以及隆隆響的機器，都代表我們自由受迫的聲音。

這道牆蓋多久了？

它會延伸到何處？

這道牆會包圍高樓區嗎？

這樣民眾要怎麼上班、購物、拜訪友人？

我們——我低頭看著以撒：這樣我們要怎麼找醫生？

我們——我和葛斯——費力穿越草坪，朝水仙之家邁進。

稍早我們發現丟棄在地下道的超市推車，便把以撒放進去，推著他前進。我們只能這麼處置他了，別無他法。

我因此憂心忡忡。

推車晃得太厲害了，對他絕無益處。

我想扶他起來，我想揹著他。

我想抱他。

我想醫治他。

他的唇色泛青。我摸摸他，他和石頭一樣冰冷蒼白，也沒反應。葛斯推車時，我脫下外套蓋住以撒。

冷空氣噬咬著我，奪去我的呼吸。我縮著身子顫抖。

「你會感冒的！」葛斯說。

「我可以多動身體保暖，」我回。「可是他不能。」

「穿上外套。」葛斯搖頭，開始脫他自己的外套。

「不要用什麼紳士風度那套對我。」我對他說。

「少說話，快推。」他回嘴。「我這麼做和紳士風度無關，純粹因為我裡面穿毛衣，你只穿運動衫，所以別逞英雄了，穿上外套吧。」

他拿外套蓋住以撒，把我的丟回來。

「我不是逞英雄。」我嘀咕。「我只是……」再說下去我一定會哭出來。所以我抬起臉，迎接寒風。

葛斯在說話，但我聽不見。
他的手搭在我推車的手上。
我深呼吸，然後點點頭。

# 死刑列

破舊磚頭搭建的小房間裡，伊芙赤腳站在有著裂痕的髒水泥地上。牆角長著青苔，黴菌爬滿四面牆，使空氣瀰漫霉味。高處的窗戶讓空氣對流，輕輕撥弄著懸在發黃斑駁的天花板中央唯一的燈。

伊芙穿著被潑了雞蛋的睡衣，雙手環抱著自己，狂打冷顫。

她手腕和腳踝的鎖鍊噹啷互撞。

「史坦頓！」聲如洪鐘的男性嗓音傳來，身材肥短的男人大搖大擺走進側邊拱門。「該處置你了，過來。」他猛拉鎖鍊，伊芙踉蹌向前，隨他穿越拱門。

「你要帶我去哪裡？」

「我沒問你就不准說話，」他說。「你應該懂規矩。」

另一個房間和第一間一樣寒冷又粗陋，但中央多了木桌和椅子。長條電纜沿著地板連到桌面的髮剪，髮剪旁疊放監獄服和一盒白色粉末，然後便是金屬垃圾桶。

「我們在哪裡？」她問。「這裡不是死刑列。」

男人猛拉鎖鍊，她又踉蹌上前。

「我叫你不要說話。」他沉著聲音。「脫光衣服。」

「你說什麼？」

「脫衣服，手放在桌上，雙腳分開。」

「什麼？」

「除蝨、剃頭、換獄服。」

她看著他。

「馬上給我換，不然我要請人進來代勞了。我又不是沒看過女人，可不會因為一個年過五十的過氣名人皺巴巴的裸體興奮起來。」

「我四十二。」

「我不在乎。」

她看著他。

「我早該知道。畢竟你這種……體格，」她解開睡衣第一顆鈕釦。「應該不像……」

「我說過了——」

「……其他注重身材的人……」她解開另一顆鈕釦，打斷他。「那麼在意外表。」

「你說什麼？」

「或者是我有失公允？」她解開最後一顆鈕釦，任上衣滑落肩膀。

他看著她拉下長褲，跨出褲管。

「你那垂下皮帶的肚腩一定沒有頭顱裡的腦子重要，你說是吧？就像我的胸部也跟我的內在無關。」

他用袖子抹抹嘴角。

「不過身為男性，那下垂的……胸部倒是跟你的個性息息相關，就像我胖得沒縫隙的雙腿。」

「閉上你的嘴。」他抹抹上唇，低聲說道。

她走到桌子前面，雙手放在桌上，雙腳分開。

「你根本不知道我在說什麼，對吧？」

他拿起粉末盒，旋開上蓋，但眼神沒有片刻離開她身上。

「你的心已經不在這裡了，對吧？」

他沒有回應，直接在她身上灑除蝨粉。

她閉上眼。「你只是他們需要的極端保守派，你追求低俗的刺激，你不會質疑，甚至沒有思考能力。」

「穿上獄服。」他咕噥著說，「坐下……還有，看在老天的份上：閉嘴。」

這件獄服就跟許多囚犯穿過的一樣。她把衣服從腿往上拉，手臂穿進袖子，努力不去想一些事：例如或許她諮商的對象可能也穿過這套獄服，而且至少有一個人穿著這件衣服死去。

當她入座，獄服飄來潮溼氣味，她拚命壓抑反胃作嘔的感覺。

後方，髮剪乍然作響，冰冷的金屬抵著後頸。

她的金髮隨之落地。

# 瑪莎

這地方空蕩蕩。
附近沒有任何人。
一個也沒有。
高牆砌起的聲音和景象肯定嚇跑了所有人。
地下道甚至連個街友都看不到。
水仙之家聳立在我們面前，但沒有一扇窗戶透出光線。
我們直接把推車帶到前門。
還記得第一次相遇嗎？我的大腦問著自己。你記得他在雨中陪你走到門前、然後你叫他滾開？別忘了。

「我都記得。」我回應道，低頭見他緊閉雙眼、滿臉是血，面色鐵青地縮在破舊的推車中。

《名人卦》年度單身漢、《國家新聞報》青少年犯罪大使、知名百萬富翁之子，就讀專收資優生的安德森學院之明星學子。

我對他做了什麼？

我好想跪地放棄。

我想死，因為起身對抗難若登天。

*還不能放棄，我的腦子如此交代。你有義務為他堅強起來。你很堅強。*

「我最好他媽的很堅強啦。」我回答。

葛斯拉開門。

重回這地方的感覺好怪。

我把推車推進門。

什麼味道？……聞起來好香。

柔白的燈光點亮後，我靜止不動。

地板光亮潔淨，沒有垃圾；牆壁上沒有無數髒手抹上的泥土油漬，反而粉刷成淡綠。日光燈也不像恐怖片那樣忽明忽暗。

數張臉孔探出來看我們。

友善、溫柔又熱情。

還有滿面笑容。

一名少女走向我，為我裹上毛毯，我頓時打了個寒顫，而且得猛力眨眼才不至於落淚。我認得她，雖然不知道她的名字。

接著是一名年長的男性上前。他的雙腿彎曲，好像罹患了佝僂病，臉上的紋路和皺紋之深，想必藏了成千上萬個故事。

他微笑著牽起我的手。

「歡迎回家。」他說。

我開不了口回應，只能希望笑容能道盡一切。

# 麥克斯和西塞羅

因為不敢搭乘大眾運輸工具，他們馬不停蹄穿越大道區的城郊。同時，為了躲避商店、街燈及車燈的探看，兩人始終低垂著頭、戴著兜帽，將圍巾拉高，遮住臉龐。

十一月最後一天的深夜寒風刺骨，地面結霜。附近稀少的行人皆形色匆匆，無心注意周遭。

麥克斯身旁的窗戶中聖誕樹燈火通明，他不禁迅速別過臉，腦中浮現關於母親的記憶、他們家的聖誕樹、樹下的禮物、火雞和親朋好友。他加快腳步。

他們低頭一個勁地往前走，隨之而來的低溫奪去手指的知覺，淒冷的風刺痛臉面。最後，前方突然出現了一道阻礙。

「那是什麼玩意?」麥克斯說，聲音嘶啞而斷續。

他們一齊駐足，仰望天空。

「看起來……」西塞羅瞪大眼睛，低聲說：「……他們是在砌牆。」

「他們為什麼要這麼做?」

西塞羅搖頭，以更快的速度繼續往前走。

麥克斯快步跟上。「是要把人關在裡面?還是要阻止我們溜進去?是要控管嗎?」

「或者以上皆是?」西塞羅回應。「無論是什麼理由，我們得趁還來得及趕快進去。快點，我們動作要快。」

「但萬一……我們之後走不了怎麼辦?」

「我們別無選擇。留下只會被逮捕，然後一個禮拜就會沒命。」

# 十二月一日

# 死即是正義　預告

悄然無聲的攝影棚裡，克麗絲汀娜・白亮頂著完美的髮型與一身曲線畢露的褲裝，站在螢幕旁。

克麗絲汀娜：十二月一日，今日頭條：由於本地商店仍聘用高樓區居民，大道區居民擔心自身的安危。

螢幕閃爍著影像：衣著亮麗的人將皮包緊扣在胸前，人們從窗簾的縫隙窺視外頭，街上的母親牽著孩子快步行走。

克麗絲汀娜：我們懷疑，最近本地突發的多起住家竊盜案都是同一批人所為。

影像換成遭到破壞的死刑列大樓，鏡頭裡的封鎖線隨風擺盪。

克麗絲汀娜：爆炸案後，警方呼籲餘悸猶存的民眾冷靜，並聲明會盡一切努力逮捕高樓區七名嫌犯歸案。

鏡頭拉近。

克麗絲汀娜：最後，由於爆炸案後並未尋獲以撒．派爵的遺體，派蒂．派爵仍得靠呼吸器維生，有質疑聲浪提出，或許瑪莎．蜜露應重返死刑列。敬請收看今晚六點半的節目，我們將檢視近來的事件，並公布新的死刑列網站。

音樂響起，螢幕轉暗。

# 瑪莎

水仙之家的人整理了我的公寓，吸了塵，拂去沙土、換了床單等等，幫我和以撒把那裡布置得像個家。

甚至有人修好電梯。

他們小心翼翼將以撒抬離推車，帶到電梯裡。讓他上樓後，電梯又返回樓下，他們溫柔地為我帶路，把我當人看，覺得我非常重要。

我在長廊上經過B太太家，仍無法相信門內已經沒人了。通常，她只要聽到我的腳步聲就會帶著蜂蜜蛋糕和燦爛的笑容出現在門口。

我氣不氣？

我氣，我氣自己，也很傷心失望，因世人如羊群那樣盲從自私，是非不分。……或許不是所有人，只有那些不關心得到什麼、只關心失去什麼的人。

一個我有點印象的女人帶我進公寓，我差點因為那溫暖且舒適的家而癱軟。我看著她，看著她棕色的眼睛和皮膚，毫無保留的笑容。我眼淚盈眶。

我完全放鬆心神。

在我抵達前，他們已在客廳鋪好床安頓以撒，床邊各種醫療用品一字排開，所有人忙得團團轉。

「這邊請。」女人的頭朝臥室一點，對我表示。但我搖頭拒絕。

「我得陪著他。」

她沒有異議，逕自轉身對後方的兩個小孩指指一張寬椅子，他們將椅子搬到床邊。我認得這張椅子——放滿靠枕，鋪著一條彩色毛毯——因為我看B太太坐在上面幾百萬次了。一定是他們從她的公寓搬來的。

「你休息一下。」女人說。當我坐下，彷彿B太太正抱著我。於是我閉上眼睛，倘佯在她懷中。下一刻，我感到毛毯蓋到身上，我幻想那就是B太太，就像在這一切發生前她曾做過的動作。

「醫師已經在路上了。」女人輕聲說。

我立刻張開眼睛。「哪裡的醫師？城市來的嗎？」

「噓——」她回答。「放心，他可以信任。」

信任？我想。「我不知道什麼是信任。」

他們送上熱湯、麵包、甜茶和餅乾。我用過後，將一手放在以撒身上，看著他一次次呼氣吸氣。

不知道過了多久。

不知道現在是什麼時間。

我只知道我睡著了，因為以撒的手扎上了點滴，手臂纏著繃帶，臉也清乾淨了。

你可真是個稱職的守衛。我對自己說。他們大可以大搖大擺走進來悶死他，而你照樣呼呼大睡。

我起身走到窗前，拉開窗簾，向外望。

外面明亮得很奇妙。右方的泛光燈之刺眼，令人看不到其他事物。然而我一舉手遮掉光線，便看見遠在左方的粉紅拂曉，以及在此過冬的鳥兒黑色的剪影。

我想告訴鳥說，「離春天還有一段時間，」隨後就想起母親鏟起培根油或麵包屑放在盤上，要我拿到樓下的事。

「分給鳥兒吃的。」她會說。「我們幫牠們過冬，讓牠們的歌聲為春天增添美好。」

「我們有幫到那隻麻雀嗎？」我問她。當時我們正在蕨類森林中漫步，風鈴草已奮力鑽出地表，麻雀在櫻花樹上高歌。

她點點頭。我去尋找麻雀，也順便發現了風鈴草和櫻花，聽到烏鴉和椋鳥鳴唱，聞到新生的青草味。

但也因為這樣，當我們回家，高樓區看來更顯灰暗。

我想著鳥兒，想到死刑列外伊芙那棵樹上的麻雀。

我想告訴牠，很抱歉，我摧毀了牠的家園。

我動了動手，回頭去看泛光燈。起重機在一夜之間推進不少距離，水泥牆迅速擴張，來到視線所及範圍。

灰不溜丟，而且醜陋。

大量泥土和碎石堆放牆邊，沿途的草皮掀起、樹木頹倒。

先前我們就已經沒什麼風景可看，現在更是所剩無幾。

這就是我們的未來嗎？

分化？隔離？

到底為什麼？

我們的人種、膚色與信仰並無差異。

只因為階級，他們就隔離我們。那道無形的壁壘存在多年，而現在不過是化作有形。

王八蛋。

下一步大概是要隨時攜帶身分證明，或被迫戴著臂章。

他們憑什麼歧視我們？

他們自恃比我們聰明，但他們該死的才沒有。

而且他們他媽的根本沒有高尚的人性。

我搖了搖頭。

追根究柢，不就是錢嗎？

因為他們有錢，所以自恃高人一等。

錢等於權力等於錢等於權力等於……

這就是重點所在。

總而言之，真是差勁透頂。

「早安。」有人輕聲說。

我嚇了一跳，立刻轉過身。一名瘦小的男人彎腰注視以撒，白髮好似蒲公英的細毛，皮膚乾癟，如經慢火烘烤。

他看了我一眼。「我是諾瓦克醫師。你好嗎？」

「他沒事吧？」我問。

「派爵先生？」他挑起亂蓬蓬的白眉，一雙明亮有神的小眼從凹陷的眼窩望出來，慢條斯理地點頭。「他還有氣。」

我也知道他還有氣。我不禁想。

「但他……？」

諾瓦克醫師知道我想問什麼。他的眼神和當時抬我媽上擔架的醫護人員一模一樣。那名醫護人員其實可以當下就告訴我情況，但他沒有，他非得讓我抱著一線希望，以為她可能有辦法存活——即使他知道我媽已回天乏術。

就像這位諾瓦克醫師。

「如果他快不行，或他其實活著不如死去好，我希望你直說，不必保護我什麼。」

他點頭說，「好吧。」然後示意我走近。

我在床邊低頭看著以撒。他臉上有割傷和瘀青，下唇腫脹，左眼旁也腫了一大塊。

他的手安放在床單上，點滴扎在右手背。

我努力專注在吸氣吐氣，不然可能會放聲痛哭。我不想哭，無論如何我必須擁有不掉眼淚的堅強。

「這裡……」諾瓦克醫師比著傷口，小聲地說：「臉部挫傷，開放性傷口，只是皮肉傷；他的腿很嚴重，但依我判斷不是骨折，而且癒後也不會有後遺症。真正的問題在於：他為什麼還不清醒？」

他的話懸在空中。

「所以是因為什麼？」

「最有可能的判斷是頭部創傷。」

「但頭部創傷不是該有跡可尋嗎？例如割傷或腫塊？」

「可能會有，但也可能找不到跡象。沒做電腦斷層掃描我無法下定論，現在我們只能等，」他看著我說，「只能期待。」

「如果原因是腦部創傷……那……」

他嘆息著，彷彿氣體從氣球洩出。「天曉得呢？即使有優良的醫院設備和最好的醫師，最多也只能推測。原因可能是位於顱內看不到的腫塊、出血、血腫或骨折，也許會永久性昏迷，或暫時性昏迷……」他聳聳肩。「時候到了他自然會清醒。至於什麼時候，我沒有答案。」

我把視線從他身上移開，低頭看著以撒，再看看窗外。「呼吸。」我提醒自己。我不禁感到天旋地轉，無法集中精神。這一切鳥事，我們經歷的那些爛事，讓我們落得這般田地。這般田地。

我咬緊牙關、抹去眼淚，指甲陷入掌心。

「我會開些抗癲癇藥，以防萬一，還有一些幫助消腫的利尿劑，但除此之外——」

「我們什麼時候能確定狀況？」

「很難說。」

我感到他的手搭上我肩膀，但我抽身。我不要他的同情。

「諾瓦克醫師，有件事我不明白：帶我們來的女人是誰？」

他立刻挑高兩道蓬亂的眉毛，深吸一口氣，體型幾乎膨脹成兩倍大。「她是蘇菲亞·納強特，」他說：「首相助理。」

「她為什麼要幫我們？」

他聳肩。「巧合？同情？天曉得。」他看向一旁，我順著他的視線，看見麥克斯站在門口。

我笑了，因為看見他而鬆一口氣。我想衝上前抱他，但他連個微笑都沒有。

「你媽呢？」我問，心中期待聽到一些回應，任何回應都好。

可是他連一聲都不吭。

他掉頭就走。

# 約書亞

「我應該和你一起離開。」彼特說。曙光鑽過臥室窗簾縫隙，落在他臉龐。

約書亞關上浴室門，走到臥室床上的手提行李前。「不行。」他回應道。

「你不喜歡我陪在你的身邊嗎？」

「我當然喜歡，但你有工作，你應該留在這裡。」

「醫院有其他醫師，有人能替我代班個一陣子。」

「沒那麼簡單的，不是嗎？」約書亞邊說邊在行李中放入盥洗用品，然後移往衣櫥。

「如果你和我一起走，會被標記為我們的一員——無論這個『我們』代表的是恐怖分子或全民公敵。」他聳肩。「你留下來比較安全。」

「你真覺得這樣安全？」

「我說的比較安全是——」

「你不認為街上民眾會對我指指點點、指控我是同情者？然後朝我丟雞蛋？」

約書亞從衣櫥拿出幾件運動衫。「彼特，至少只是雞蛋，不是刀子。你也不會中槍……再者，你也該習慣在大街上被人指指點點了。」

「我不在意人們嘲笑我是同性戀——我的確是。但我不希望是因為同情恐怖分子或高樓區的人才被追殺。」

「因為你覺得很可恥嗎？」約書亞在行李中放入運動衫。

「因為我不是這種人。」

「所以你不同情他們？」

彼特看著他。「不同情，」最後，他終於說：「他們是自作自受。如果想要過更好的生活，他們就得付出努力。」

「你真是被徹底蒙蔽了。」約書亞拿著行李走出臥室。

彼特起身跟著他。「我不懂你為什麼要蹚這渾水！」他在約書亞背後大吼。「你已經毀了事業，接下來就輪到我們的人生！」

「如果你和我一起走，你的事業也會毀於一旦！」約書亞轉過頭大聲地說。

他來到廚房後門旁，放下行李，牽起彼特的手。「我認識你的時候，」他說：「你像一陣清風，帶來笑容與熱情，並以開闊的心胸接納一切事物——不同的人、不同的觀點。你教我欣然接受這一切，因為差異性能夠豐富人生；你教我要以真實的自己為榮，雖然我的確長期在大眾面前隱瞞真我，但我以做自己為榮。要不是有你，我絕對辦不到。可是……」他皺眉暫停，輕捏彼特的手，搖著頭。「星移物換，我真不知出了什麼問題，或究竟是什麼時候發生。是我的狹隘思想影響到你了嗎？還是我們的靈魂互換了？我真的不知道。」

「你說我思想狹隘？」

「就某方面來說，是的。」

「那些人——他們惹是生非——你只要看報紙或新聞就知道了。那女孩——」

「你是什麼時候變了的呢？」

彼特看著他。「如今我知道實際上到底發生了什麼。」

「不是，你是任憑媒體擺佈。」

「並不是——」

「我要走了，彼特。雖然我很想去追溯並釐清我們的問題，可是我得離開了。我也希望你能仔細把一些事想清楚。」

「你是要丟下我、讓我置身在危險中。」

約書亞搖頭。「你明知事實不是這樣。」他傾身想吻彼特，但彼特退開，背對著他。

約書亞提著行李，在踏出家門前對彼特說：「我愛你。」

他沒得到回應。

## 伊芙

有印象以來，我一向篤信來世，相信死後能再見到吉姆。而今生不能在一起的父子，總有一天能在來世重逢、永不分離。

這個信仰慰藉我多年，但我卻發現，這根本只是傷口上的一團膏藥。而今，我移開了那團膏藥，面臨最後結果，並看見傷口真正的模樣：受到感染，沒有癒合。

現在我知道了，相信天堂等於相信地獄，而你，吉姆，你因善行被迎入天堂，反觀我：我則直奔地獄。因為我不僅害死一個人，還害死了你。

上帝會原諒我的罪、諒解我的苦衷嗎？祂會用審視黑與白的方法審視灰色地帶嗎？聖彼得會讓我通過天堂的大門嗎？我的信仰宛如紙牌屋，多次動搖，卻還未坍塌。但如今，我將要把底層的一張紙牌移除。

我只相信愛。關於這點，我不能和拆散我們的上帝妥協，也不能諒解、苟同我殺死那男人的原因。

我每天都希望自己其實沒殺死那男人，我希望我當時能找到其他的解套方法，我每天都希望你仍在我們左右。但這些年來，我也無時無刻感謝自己能看著我們的兒子長大成人。

我只祈求能有更多時間。

# 瑪莎

打開暖氣後我就一直坐在以撒身旁。

幾乎過去了一整天。

去他的帳單，我想。反正帳單寄來時我八成不在這裡了。

而且以撒必須保暖。去年冬天牆壁很潮溼，我不能讓舊事重演，不能讓他在狀態不佳之下（而且我還不知道是什麼原因）冒著肺部感染、肺炎或天知道什麼鬼的風險。

我想和他說說話，但很彆扭。我可以在腦中對他講話，但說不出口。

我握著他的手。

我看著他胸膛起伏。

我心懷期望。

如果是B太太的話，她會要我禱告，但我早就不信這一套。

你為他禱告吧，B太太，我想著。也為我、為變革禱告。

葛斯進門看我狀況，抱了我好久，說以為再也見不到我了。惹得我落下淚來。

諾瓦克醫師已入住隔壁公寓，和鄰門的人同住。他以小時為單位來報到，而且每次都邊吹口哨邊檢查以撒的脈搏和點滴，然後撥開眼瞼查看眼睛，又點著頭走出去。

前一次他帶了三明治給我，但我沒胃口。三明治還在那兒，只是邊緣蜷縮起來，火腿變硬了。

這裡的人會對食物心存感激，我的腦子對我說，昨天的你也會對此心存感激。於是我拿起三明治，咬著一角。

你得堅強。腦中的聲音說。我知道它沒有錯。

「瑪莎？」

我抬起頭。麥克斯在門口招手。

我搖搖頭，不想離開以撒。

「就五分鐘。」他說。

諾瓦克醫師進了房。「去吧，」他說，「以撒先生有我看著。」

我隨麥克斯到廚房——我家廚房。餐桌前的西塞羅起身迎接我。

真是個老派的紳士。

「瑪莎，」他說：「很高興見到你。」他伸出雙臂，但我不知道他是要抱我還是握手，

因為太不知所措，我最後只是入座。

「還好嗎？」他在我的對面坐下後問道。

我看著他，不知道該怎麼回答或該說什麼。

很好。謝謝。起碼我留下一條命。

我很高興，因為看到以撒還活著。

我很生氣，因為我著了派蒂的道。

而且我好累。

又傷心。

又寂寞。

又害怕。

「挺慘的。」最後我說。

他頷首回道：「可以理解。」他扯開嘴，牽動兩撇鬍子，笑了。但厚重鏡片後的眼神潛藏憂慮。「我想你應該見過約書亞了。」他指指靠著水槽——我家水槽——的男人。

「約書亞．德克。」當他看向我，我說：「我怎麼也想不到有天你竟然會站在我家廚房，用我媽最好的杯子喝咖啡。」

「抱歉。」他放下馬克杯，低聲說。

「沒什麼大不了。」我說。

「只是我喝的是琴酒。」他勉力裝出一派輕鬆，但這動作似乎讓他心力交瘁。

「你一個人？」我問。

他點頭後又灌了口琴酒。

我不再追問。反正也不關我的事。

他很慘。

所有人都很慘。

「我們得採取行動。」西塞羅說，「我們需要計畫，而且必須盡快按計畫行事。啊——」

他突然打住，看向我的後方。

我轉過頭，有個女人在門口甩去大衣上的雨水。

我的小公寓忽然變成皮卡迪利廣場了。

「你哪位？」我問。

她伸出手，手很纖細，搞不好一握骨頭就會根根粉碎。

「蘇菲亞·納強特，」她說，「昨晚開車的人。」

「首相助理？」

她點點頭。

我的腦袋發脹，不知該說什麼。「謝謝你」是我唯一勉強擠出的三個字。

「之後我就不能過來了。」她說。她或許身材嬌小，聲音也不大，但面對抬頭挺胸的她，我覺得自己非常渺小——即便她比我還矮。

老天，她可是首相助理。

「風險太大了，我今天得借車又冒充送貨員。如果有人看到我在高樓區，事態將一發不可收拾。」她手伸進皮包。「我給你們都弄到通關的假通行證，但你們千萬不能成群進出。這些通行證都連線至東側工業區的工廠，他們從沒更新過資料庫，遭到檢查的機率較低。」

我根本沒在聽她說話，因為我剛發現一件事——

「伊芙呢？」我插嘴。

沒人吭聲。

「她為什麼不在？」我問。

這會兒他們全都緊張地交換眼神。

「你們有事瞞著我嗎？」我說。

「伊芙……她——」西塞羅才開口，麥克斯便大步走進門，打斷他的話。

「她被逮捕了。」他說。

「我知道，因為她不願把我供出來。這是上禮拜的事，而且她獲釋了。」

麥克斯搖頭，說：「不對，她昨晚又被逮捕——因為謀殺罪。但你早知道她殺了那男人，對不對？你在碼頭讀了那封信、知道實情，然後把我蒙在鼓裡。是她殺了那男人，不是我爸，她讓我爸揹黑鍋。」

「事情不是這樣的。」我說。

「難道你在場嗎？」他反唇相譏，我在他聲音裡聽到憤怒。「不，你不在場，所以不用你多嘴。你覺得自己無所不知，但你不是。你覺得自己有權指使別人、影響他們的人生、讀他們的信，然後撕碎——」

「但我——」

「少來！你知道他們是怎麼發現真相的嗎？說啊！你知道嗎？他們是用你背後的監視器窺看那封信的！」

「他們說不定早已知情，大家都是。這不是我的錯。」

「大家？」他大叫。「但我就不知情，西塞羅也不知情！」他轉向約書亞。「你知情嗎？說啊？」

約書亞搖頭。

「高樓區的人都——」

「就是你的錯！」他一拳打在餐桌，怒吼道。「你從不認為自己有錯，是不是？但你知道嗎？全都是你！所有倒楣事都因你而起，你就是元兇。看看四周，看看那些死去或瀕死受苦的人。」他口沫橫飛、漲紅著臉指著我，我縮起身體。

「我……我……」我說不出完整句子。

「傑克森死了、B太太死了、以撒命在旦夕、我媽七天後就會沒命。一切都、是、你、的、錯！」

我彷彿當面被打一巴掌。

「麥克斯……」西塞羅說。

「閉嘴，西塞羅，不要因為這人成長坎坷就偏袒她，不管是誰都有各自的難題要面對！」

「伊芙在死刑列？」我抬頭看著麥克斯，悄聲問道。

這陣子很多人都用巴不得我死的眼神看我，但麥克斯也那樣看我，這實在是……實在是……

「對不起。」我囁嚅說。

「你的道歉救不了我媽！」他吼道。

我得離開。

我起身衝出廚房、跑出公寓房間。我在長廊上時眼淚就模糊了視線，讓我看不清電梯按鍵，但我隨便用力按下一個鍵，電梯門搖搖晃晃開啟，隨後抵達底部，我直奔外頭的冰天雪地，逃離燈光、水泥建築，以及麥克斯憤怒的眼神。

因為他說的很對。

全是我的錯。

# 晚間六點三十分　死即是正義

潔淨明亮的攝影棚中，燈光輕快舞動，開場樂響起，觀眾隨之鼓掌。鏡頭朝著翩翩步出後台、滿面笑容的克麗絲汀娜，她穿著象牙白的絲質襯衫、夜藍色長褲，搭配藍色魚口跟鞋，一頭金髮隨性放下，在肩膀輕彈。

男性旁白：各位先生女士，晚安，歡迎收看今晚的「死即是正義」，本集的主持人是……克麗絲汀娜．白亮！

觀眾歡呼。克麗絲汀娜停在舞台中間揮手，然後闔起手，等待鼓譟聲平息。

克麗絲汀娜：謝謝，感謝大家熱烈的歡迎。我很榮幸回到這首屈一指的經典節目！

觀眾再次鼓掌。她舉手示意觀眾安靜。

克麗絲汀娜：你們真是太熱情了，謝謝大家。若說過去幾個禮拜「死即是正義」經歷了一番紛紛擾擾，我想並不為過。目前我們處決了毒藥販子、竊車賊，赦免對妻子施暴的丈夫和武裝搶匪，但沒有一個比得上持續發展中的瑪莎．蜜露事件。

右方螢幕的眼睛標識閃閃發亮，「以眼還眼」的字眼輕盈地繞著虹膜轉動，隨後標識移至螢幕下方角落，瑪莎在死刑列第一天的影像——亦即她頂著剛剃過的頭、舉著牌子的入案照——占據了主螢幕。

克麗絲汀娜：兩個禮拜前，罪犯瑪莎．蜜露因殘忍殺害傑克森．派爵，這位深受愛戴的上流名人，震驚社會，引起高度關注。她在死刑列期間，我們看清了她冷血無情的本性，以及她成長歲月中深植內心的仇恨。然而，我們這群守法的市民一直到她在七號牢房的最後一刻才得知可怕的真相——她敵視公權力、嫉妒富人，而她對復仇的卑劣渴望，驅使她利用傑克森．派爵視為己出的養子：以撒。她逼迫那個男孩對著關懷他、給他人生舞台的男人扣下扳機。不僅如此——各位觀眾！她明知道自己是脅迫他殺人，但假使正義得到伸張，他就難逃一死。以撒．派爵因她自私的行為成為死刑列的階下囚，可是她仍不滿意目前一手造成的混亂，在高樓區的同情者伊芙．史坦頓協助下逃脫。她幹下最後一票之前，必須花費大把納稅人的錢——也就是你們的錢——重新逮捕她歸案。

她轉身面對螢幕，死刑列大樓外的視訊取代了瑪莎的影像。鏡頭前發生的爆炸使畫面一陣搖晃，淨是煙霧和火焰，接著畫面閃爍，換成頭戴式攝影機鏡頭，現場員警衝向跌坐在地的瑪莎，晃動後一陣後俯視她血染的臉。

克麗絲汀娜重新面對鏡頭，後方的視訊持續循環播放。而觀眾默不作聲。

克麗絲汀娜（輕聲細語）：昨晚有上千人受傷。值得慶幸的是，無人死亡，但將近二十四小時過去仍未有以撒．派爵的消息，至於他養母派蒂目前則靠儀器維生。如果尋獲以撒的屍體，或傑克森太太沒能熬過來，可以想見，曾以現行犯遭到逮捕，並在「按鈕定罪」被判刑和監禁的蜜露將重返死刑列受審。這事件的報導一直是這麼高潮迭起，而我也聽到了各位的疑問：「現在的死刑列是什麼情況？」關於這點，我們將提供各位最新的資訊。

她接近佈景後，爆炸的視訊換成傑若米．夏普在老貝利街外的現場連線。他穿著豎起衣領的羊毛大衣，拱著肩膀，徒手握著特大的麥克風，對鏡頭微笑。

克麗絲汀娜：嗨，傑若米，今晚好嗎？

傑若米：挺冷的，克麗絲汀娜，今晚室外的氣溫偏寒冷，但我很榮幸能在此現場播報關於死刑列的新資訊——或說舊資訊。

克麗絲汀娜：請說明一下。

傑若米：如你所見，我正站在老貝利街外，也就是被告收押的地方。專門建造的死刑列在毀滅攻擊後顯然已無法使用，所以這地方成了替代方案。

他安步走到前門，鏡頭跟著移動。

傑若米：相信很多歷史迷都知道，老貝利街旁是中世紀的新門監獄，這地區多年來見證無數人就地伏法！該法院也審理過幾起惡名昭彰的審判，如約克郡開膛手、王爾德、科雷兄弟、奎本醫師。這地點成為新死刑列再適合不過。

克麗絲汀娜：這是專門而現成的建物，傑若米。

傑若米：沒錯，克麗絲汀娜，雖然這裡已棄之不用多年，但我實在不懂之前為什麼不用新門監獄，畢竟這能省下成千上億的費用。然而，我現在必定會質疑是否有再另建死刑列的必要。

克麗絲汀娜：但新門監獄適合嗎？

傑若米：我想我應該可以回答這問題，克麗絲汀娜。

他對著鏡頭微笑眨眼，隨後一手推開木造的大門。

傑若米（壓低聲音）：跟我來……

鏡頭隨他通過大門，進入宏偉的廳堂。鞋子敲在大理石地板，在粉刷過的挑高天花板與玻璃圓頂造成回音。他陸續走過倫敦大轟炸的壁畫、辭世已久的君主雕像、巨大的階梯，接著在兩倍寬的長廊轉彎，從漆在牆面的格言下方走過。鏡頭停在其中一句格言上：「奉人民福祉為圭臬」。

傑若米（高聲且帶回音）：這地方真是雄偉！

鏡頭重新拉回傑若米身上，隨他穿越側門，美麗景象旋即消失。他進入另一道標示著「請隨手關門」的入口，走下狹窄的階梯。光線變得昏暗，牆壁上沾染塵土，攝影師呼出的熱氣讓鏡頭蒙上薄霧。

傑若米停在樓梯底層，後方磚牆上半部是老舊的白色，下半則是灰綠。部分牆面已然剝落，留下凹洞和缺口，再不就是覆滿黑黴；坑坑疤疤的水泥地顯得潮溼汙穢，粗大的輸送管和通風管線通過一整片長型天花板，電纜鬆散地懸垂於牆面。七扇敞開的門上有著破損的小型塑膠方盒，裡頭搖曳著迷濛的燈火。

傑若米面對鏡頭，在臉前揮了揮手。

傑若米（笑容愉快）：各位先生女士，這裡就是新的死刑列！史上各個重大罪犯的家——非常合適而恰當。

他繼續前進，拐過轉角。現在看到的磚牆漆成灰白色，骯髒且剝蝕。他低頭鑽過一道比一道矮的拱門。

傑若米：這就是歷史知名的「死囚之路」，一八六二年殺人犯凱瑟琳・威森的最後一段路。她當時被稱為「史上最冷血的罪犯」，吸引超過兩萬人觀看處決！她跟其他殺人犯一樣，曾踏上這最後的一段路前往絞刑台。走道的盡頭則是鳥籠，亦即戶外區域。市民在此觀刑，並有機會咒罵犯人，也可以砸腐爛的水果洩憤。

克麗絲汀娜（畫面外）：請告訴我們，傑若米，我們市民有這個機會嗎？

傑若米停在巍然的門前，摸摸耳朵，轉身面對鏡頭。

傑若米：我們正有此打算，克麗絲汀娜，我們要再次啟用觀看區和刑台，讓這些牢房恢復過往榮光，而且要根據之前的死刑列做些小小的改變。被告現在會留在七號牢房直到最後半小時，再被押送走過鳥籠下的死囚之路，通過這道門，進入——

他將手放在門上。

克麗絲汀娜：就像球員經通道行至足球賽場，或角鬥士走向競技場的路！

他推開門，跨出門外。

傑若米：就是這樣！各位觀眾……死刑間。

死刑間一片忙亂。戴著安全帽的工人有人拿著寫字板，有的扛著梯子或整捆電線，邊吹口哨邊敲敲打打。木階梯所到的高台上，有工人坐在梯凳上，四面八方淨是電纜。高台旁觀刑的樓座正在裝設圍欄，而後方高聳的磚牆有工人在安裝攝影機和大型螢幕。

傑若米：想像一下，被告出現在亮處時群眾興奮、期待的吶喊，還有呼嘯而過的寒風！到時不僅會有更多人入場，觀看被告迎來自己的現世報，我們也將在露天的死刑間以空拍機提供訂戶直播服務——幸運購得票券的朋友！場邊的販賣部將販售零食飲料，而這些還在建設的販賣部，也是在統計票數期間可以快速買到漢堡、啤酒的絕佳地點。除此之外，將有小販穿梭在觀眾席間賣冰淇淋，並以合理的費用出租雙筒望遠鏡，讓你清楚看到被告的表情和整個過程。

克麗絲汀娜：我要一張票，傑若米！

傑若米（大笑）：克麗絲汀娜，我還聽到傳聞說要裝設特別的媒體專席！

克麗絲汀娜：天啊！

傑若米：我就知道你會覺得受寵若驚！每場處決你都可以保有特等席，人生還有什麼好要求的呢？

克麗絲汀娜：傑若米，這根本是美夢成真，更是買不到票或無法利用空拍服務觀看死刑的觀眾之福。我們真的是服務全體社會的開放企業。但你告訴我，這項服務什麼時候開始？會有間斷的時刻嗎？

傑若米：服務絕不間斷，克麗絲汀娜，你可以看到我身後正一天二十四小時持續施工。值得慶幸的是，七號牢房目前沒人，我們會有一天時間當緩衝，但明天將是囚犯喬瑟夫·康斯坦士的最後計票。他被控毆打年長婦人致死。我們並不想延後最終計票，徒增被害家屬的傷痛。

克麗絲汀娜：我們當然不能，傑若米。

他循死囚之路原路折返，降低了音量。

傑若米：很遺憾，我們目前無法提供二十四小時個別牢房的視訊，但技術人員已在面對整排牢房的入口上方架設攝影機，大家可以透過這個攝影機持續收看——但也不要因此失望！我們瞭解你們，我們知道各位市民想根據資訊、做出明智抉擇，所以我們準備了替代方案。

抵達長廊盡頭後，傑若米站在牢房附近。牢房的門全關著，可是門上的活窗大開。有些窗口可以看到人的手指穿出來扣著欄杆，其他則空無一物。他停在一號牢房旁。

傑若米：是的，各位先生女士，明天開始我將在此訪問被告，每日進行，拍攝他們的牢獄生活，提出你們想知道答案的問題。另外，有鑑於此案是如此受歡迎且戲劇化——宛如發生在真實世界的連續劇——我們第一個訪問的人即為……伊芙·史坦頓。

鏡頭從他移往開啟的窗口，隨著鏡頭拉近、特寫伊芙，欄杆也模糊著消失在畫面。理了平頭的她坐在放在地面的單人床墊上，紅著眼眶、雙手顫抖、看著鏡頭。

傑若米：真是一失足成千古恨啊。

# 水仙之家

在瑪莎家的廚房，麥克斯、西塞羅看著拴在牆上的小電視螢幕。西塞羅藏在眼鏡底下的眼睛一眨再眨，手裡的咖啡杯也輕顫著。

「你被換下來了嗎？」麥克斯問約書亞。

「我記得他，」約書亞聳肩回答。「我們曾一起在員工餐廳用餐，他滿口都是政府有多腐敗、司法制度有多荒謬之類的話。」

「他是想滲透電視台嗎？」

約書亞搖頭。「這人有萬丈雄心。只要提供這種人錢和名聲，他們的道德心馬上會像秋葉那樣散落一地。他現在還有什麼好顧忌的？」

「的確沒有，」西塞羅回答：「直到情勢轉變為止——而這只是時間的問題。民眾是很善變的。」接著他對麥克斯說：「你剛才對瑪莎太嚴厲了。」

麥克斯聳肩。「我媽的牢獄之災就是因為她。」他朝電視機一點頭。畫面一側是伊芙的特寫，另一側則是對著鏡頭說話的傑若米。

「不對，你媽入監是因為司法制度敗壞。」

「或因為她殺了人卻讓我父親頂罪！」麥克斯回嘴。

「她是自衛。」西塞羅說。

「——然後讓我父親頂罪！」麥克斯大聲地說。

「可是——」西塞羅開口。

「不，西塞羅，沒有『可是』。她為了保命撒謊害死我父親是事實。瑪莎……」他撇嘴搖頭。「她高舉著那封信讓所有人都看到。」

「大家早就知道了。」

「我就不知道！」他大吼一聲，衝出廚房。

西塞羅和約書亞在門甩上時瑟縮了一下。

但他們的心思沒有多久便回到電視上。傑若米和克麗絲汀娜談話時不斷循環播放伊芙的相片和報導剪輯。

「你愛她多久了?」約書亞輕聲問西塞羅。

西塞羅沉默。片刻後,他啜飲咖啡,大嘆一口氣。

「從我認識她開始。」他低聲說道:「但我不曾表白。」然後便含淚離開廚房。

## 瑪莎

麥克斯是對的。
也可以這樣說。
是我害伊芙進死刑列？
也可以這樣說。
是我造成這一切？
也可以這樣說。

我想找個方法翻過或鑽出這道牆，消失在遠方，永遠不回來。我會記取這次的教訓，在遙遠的蘇格蘭村莊展開新生活，或跳上卡車後方，前往歐洲。

但我造的孽將永遠跟著我，是吧？

即使不是實際跟著我，也會在腦海甩不去。

不在乎的人大概會這麼一走了之，但我在乎——你知道的。說不定就是因為這樣我才會惹上這些麻煩。

好吧，瑪莎，我的腦子說。既然你又在乎，又不打算一走了之，你接下來要怎麼做？

在遮蔽處入口附近，那裡是我們生火的地方。我手插口袋坐在一塊木頭上，右手卻碰到個東西。我掏出來看，有個鋁箔紙包著之前B太太做的蜂蜜蛋糕，天知道這塊蛋糕在我口袋放多久了，但我照吃不誤。

這片森林完全沒變。

外頭卻是人事已非。

「我該怎麼做？」我低聲問著樹木。小鳥、獾和松鼠在巢裡熟睡。

見鬼的，你可不是白雪公主，也不在童話故事中。我在腦海裡自言自語。動物不會聽你的話，更幫不了你，所以打起精神、採取行動吧。

「但採取什麼行動呢？」我悄聲說：「我不知道該做什麼。」

樹葉上的月光好似白銀，地面的冰霜好似白鑽。灌木發出幾不可聞的沙沙響，有隻兔子探頭看我，膽大包天地跳向我。牠的鼻子迎風抽動。

我動也不動地看著牠。

我的腳邊掉了些蛋糕屑，我想牠聞到了。

牠向我靠近。

牠為什麼這麼勇敢？

牠為什麼信任我？

不，牠不信任。我想。但牠餓了，牠餓壞了。牠評估風險後，知道自己能在你做出動作時及時逃開，而且有把握你一定驚訝到來不及反應。

兔子一把抓了食物就跑，而我只是眼睜睜看著，什麼也沒做。

聰明的兔子。我想。

不對，這純屬本能。

我抬頭看著夜空和星星。

我們的星星。

「本能要你怎麼做呢？」我自問。

我折回長路。

這條路在蕨類森林後頭遠處，直達通到往昔購物區的巷道（商店多已關門大吉），經過那些醉鬼和多如牛毛的街友後，朝著高牆而去。

無處不見高牆。

巨大的水泥板嵌合在立柱間，每隔三、四根柱子便有大型泛光燈盤據其上。我直接走到牆腳，沿牆面前行。不時可見成堆泥土碎石、損毀的人行道、頹圮的路樹和街燈，連住家的花園圍籬也無法倖免於難。

這兒混亂。

而且醜陋。

再往前一點的牆上有缺口，看起來很像複合式飯店或高級住宅區的大門，但不是，那是高樓區的出入口。有紅白條紋的屏障、一道旋轉柵門，以及警衛鎮守的崗亭，屏障處還有另一名警衛。

泛光燈錚亮，令人無所遁形。

我退後，試著隱入光線無法觸及的黑暗中。

不知道他們看不看得到我……總之我放慢動作、保持安靜。

「好無聊。」屏障處的警衛說。他吸口菸，對著崗亭彈出菸灰。

「別鬧了。」另一名警衛出來說。他的腋下夾著捲起的報紙，大步走向另一人。

「我們究竟該幹麼？」第一名警衛問。

「把他們趕進去，不讓他們出來。」

「如果他們想出來呢？」

「我們收到的指示是不要放他們出來，除非他們得上班——你沒聽說嗎？」

第一名警衛嘟噥著，聳聳肩。我往前靠一些，躲到損壞的長椅後。

「我就是不懂為什麼。」第一名警衛說。

「你應該注意一下社會上發生什麼事。這些人很危險，我們扛的是重要而且危險的任務。」

「啥啊？」

「看看報紙吧。」他用手邊的《國家新聞報》輕點另一人的胸膛。「你看頭版，『高樓區米蟲剝削司法制度』，你繳的稅金就是用來發行動電話和衛星電視給這群懶鬼！你看這些用木條封起來的商店，沒人願意在店裡工作，卻想進城求職。」

另一人點點頭。「啊啊，我懂你意思了，我們根本不該讓他們出去！」

「這麼做比較安全。這些人需要嚴加控管，我們毋庸置疑地不希望再有類似高樓七人組的攻擊發生。」

去他的報紙。

全靠八卦營利。

只要報紙還繼續發行，鬼才在乎真相。

我跨出一步，準備上前和他們理論。

「高樓七人組是什麼人？」第一名警衛問，我趕快停住。

「你之前是活在哪裡？是月球還監獄？高樓七人組是炸毀死刑列的恐怖分子，他們想殺害死刑列裡裡外外所有民眾。你怎麼會不知道這新聞？」

「我昨晚出去喝酒了，一整天沒開電視。」

「——然後你就直接來上工，對於我們被派來看守這道高牆，或為什麼有這道牆完全沒有疑問？」

第一名警衛只是聳聳肩。

「如果高樓七人組得逞，搞不好會演變成大屠殺。」他壓低聲音，而我動也不敢動。

「城市和大道區的人都在討論這起事件，引起軒然大波。新聞不斷在報——他們在老貝利街附近找到裝滿炸藥的車，在皇家司法院又找到另一輛。新聞表示這應該是同步攻擊——警方在那個叫史坦頓的女人手提包裡找到一只引爆器，那個叫什麼約書亞的播報員家中又找到另一只。」

我的胃在翻攪，很不舒服。

「民眾議論紛紛，但首相已採取對策：他下令築牆，打算將所有威脅國家安全的人——包含同情者——關在裡面。」

「怎麼會？同情者會威脅國家安全？為什麼？」

「因為他們同情高樓區的人，你這蠢蛋！而這些人全是恐怖分子。」

我想破口大罵、想跟他們理論……不，我腦袋裡的聲音說，你要三思而後行。

「老天。」第一個人說。他打直背脊，一手扶著腰帶上的槍桿。「老兄，你讓我有點怕了。」

「你是該怕。」他回。

「操！」我暗自咒罵，縮回陰影中。

「不過首相是聰明人，那個史坦頓絕不可能無罪脫身。如今民眾都很仇視她，而且人人自危，怕其他人也是同情者。警方已著手圍捕那些傢伙，要把他們帶過來。」

「簡直像猶太人區。」我倒抽口氣。

「我們得扛下這任務，承擔這重責大任。警方得確保所有惡徒都集中在一處，他們一定得留在牆的另一邊。」

「三人成虎。」我低語道。

我離開了。

我們不斷遭到抹黑。

不恨我們的民眾很快也會恨我們了。

他們把我們標成同一階級、趕成一團；有如種族、國籍，或二等公民。

他們怎能敵視我們至此？

我們到底做了什麼？

「我們」這詞該死的惱人。才不是「我們」，我們不是一體，我們不代表所有，不該由我們承擔他人的行為。

富人與窮人、黑人與白人、同性戀與異性戀，全人類中有善人也有惡人。人是個體。

當權者是否畏懼我們？

現在又變成「我們」了。

利用媒體煽動民眾仇視「我們」，比較方便掌管。

操縱仇恨就能讓民眾代勞，不必弄髒手。

真不公平，但我不知道該如何對抗。

我只想要一個不腐敗又公正的司法制度，可惜事與願違。

我繼續走。吹拂在臉上的風冷若冰霜，我的手指失去感覺，天空看來沉甸甸。

各種事物、字句、想法在我腦海不得閒。
真想知道之後會不會下雪。
新聞頭條。
聖誕節就要到了。
人人讀報。
白色聖誕？
人人都信。
不知今年聖誕能否與你共度，以撒。
人人談論。

## 十二月二日

# 死即是正義：晨間節目

現場連線時，傑若米．夏普手持加裝絨毛防風罩的大型麥克風對著鏡頭微笑。他戴著緊扣下顎的綠色軍盔，身穿正面印有「記者」紅字的黑色防彈背心。

傑若米：各位觀眾早安，歡迎收看本台現場直播的晨間節目。有鑑於近期駭人聽聞的事件，本節目決定增開時段、持續報導，帶給您死刑列相關的新聞和小道消息。

他背後聳立著寬廣的灰牆，遠處隱約可見高樓住宅。

傑若米：各位可以從我身上穿戴的防彈背心和頭盔得知警方極重視安全，但即使有層層的防護，他們仍不能保證我安全無恙。這或許令人稍感憂心，不過現場或許危險，還是阻止不了我將大眾應知的實況傳遞給各位。

鏡頭跟著他沿牆移動。

傑若米：這道牆築成的時間或許創下了某種紀錄，但設計師和建築工人一直謹記著安全有多重要。水泥板高達二十五尺——完全超過常人能及的高度。而他們也向我保證，每片水泥板至少植入地底五尺深，因此很難在不被發覺的情況下挖通。不過，或許會有人質疑，這道有礙觀瞻的牆真有必要嗎？

靠近牆壁缺口時，他停下來，屏障和旋轉柵門橫擋的缺口旁有個小崗亭。

傑若米：今天第一位接受訪問的是附近居民，伊娃．威爾森太太。

他站到一側，一名身穿羽絨外套、寬鬆長褲的年長婦人入鏡。她不自在地對鏡頭笑笑，然後轉身面對傑若米。

傑若米：威爾森太太，我相信你和家人在這區定居多年，精確的說，你仍住在八十二年前你出生的房子裡。

威爾森太太：是的，我就住在那排平房。

傑若米：你覺得住家和高樓區有處於一個安全的距離嗎？

威爾森太太：有這道牆或許稱得上安全了。不會再有高樓區的孩子成天把這裡當他們家，又是唱歌又是跳舞地經過我們門前。他們看起來很像無家可歸，或家裡沒有大人在。而那些女孩……你真該看看她們臉上的妝和穿的環。連男孩都有人帶妝或刺青呢！

傑若米：你怎麼看待這道牆？這道牆會擋住你家的光嗎？從窗外看出去很殺風景嗎？

威爾森太太：我鬆了口氣。為了防止高樓區的孩子闖入，我家前門加裝了七道新鎖，他們在附近時我總睡不安穩，只要一想到他們可能幹出什麼事就令我不寒而慄。

傑若米：目前為止你家被闖入多少次了？威爾森太太？

威爾森太太：不瞞你說，他們沒有真的闖入我家。我這是憂心的成分居多。我在新聞報導看到近來發生的事，這些高樓區的居民威脅到每一個人，所以我總是夜夜提心吊膽、轉側難眠！但你聽我說，首相做了正確的決定，他有一副好心腸，願意花大錢築牆保護我們安全，我一定會再投給他。

傑若米：謝謝你接受訪問，威爾森太太。

他信步往另一側走，靠近安檢門。在場有一位理著平頭的粗壯男人手負在背後，昂首站立。

傑若米：我們也很榮幸邀請到新上任的圍牆安全主任，杰德．奎葛瑞。杰德，在不瞭解情況的人眼中，這道牆似乎是小題大作。你怎麼說呢？尤其考量到犯人、瑪莎．蜜露已經落網。

杰德：夏普先生，請容我為你和貴節目的觀眾說明。法律的用意不僅是懲罰犯罪者，更要保護無辜的百姓。如果當初徹底執法，蜜露早就受到應得的刑罰，我們也不必面臨這情況，在這邊亡羊補牢。

傑若米：但為什麼有必要亡羊補牢？

杰德：因為仍有其他的羊，夏普先生。高樓區七人中有三人在逃——麥克斯．史坦頓、湯瑪斯．西塞羅、約書亞．德克，這三人都對法律誓言保護的無辜市民構成實質且長遠的威脅。

傑若米：你認為他們會再次發動攻擊嗎？

杰德：江山易改，本性難移。

傑若米：可是我相信逮捕嫌犯應該比築牆容易？

鏡頭拉遠後重新聚焦在兩人身上。

杰德：你似乎不瞭解事情的嚴重性。我不想嚇唬你或貴台的觀眾，但覺得不會有人造成威脅，會讓人卸下防備，這樣絕對會有人出事的。

傑若米：警方逮捕嫌犯後會拆除這道牆嗎？

杰德：這不是我能做的決定，但我建議三思而後行。如我之前所提，其他高樓區的居民也可能造成威脅。畢竟我們不知道高樓區七人組帶來何等影響。我們應牢記俗語：「一粒老鼠屎，壞了一鍋粥。」

傑若米：謝謝你接受訪問，杰德，真是至理名言。現在，各位觀眾，「死即是正義：晨間節目」獨家獲得許可，由杰德和他本事過人的團隊陪同進入高樓區！這真叫人頭皮發麻，我得……調整一下頭盔……繫緊背心……

杰德．奎葛瑞和三名保安人員帶領傑若米通過旋轉柵門、進入高樓區，鏡頭也亦步亦趨。兩名武裝警衛站在檢查站。

傑若米：各位觀眾，你們或許已相當熟悉眼前的這區，這裡也是十六天前駭人聽聞的案件發生的地點：傑克森．派爵遭槍殺的地下道。該案使得本市暴力事件直線攀升。你們可以看到我的左邊是現已停用的火車站。根據消息，關閉車站將能阻止逃票者躲入車廂，或偷溜上車前往城市。再往左可以看到關門大吉的商店，隨處可見貧困的景象，而──

突然一陣轟然巨響，鏡頭向上急拉，定格在天空，他們前方的公園竄出煙霧，接著畫面一陣搖晃傾覆，對準匍匐在排水溝的傑若米。他的臉在流血、下巴破皮。

傑若米：天啊，怎麼回事？剛剛發生了爆炸！攝影棚聽得到我的聲音嗎？煙霧裡有人朝我們衝過來——我要閃人了、我要閃人了！我是傑若米．夏普，在此結束採訪！尋找庇護！

畫面冒出一堆雜音，旋即中斷。

# 瑪莎

你聽到了嗎？以撒？

外面在放煙火。大白天的，真是一群瘋子。

你有感覺到我握著你的手嗎？

我希望有。

我知道諾瓦克醫師盡其所能地醫治你。

我知道，無論我在不在，他都會好好照料你。可是我覺得我應該在你身邊，你懂嗎？要是你……要是你醒來，我會在你左右。

我希望自己是你第一個看到的人。

握著你的手。

而且聽到我說的「愛你」。

但我得暫時離開。我知道我昨天也把你留下了，然而那只有半小時。今天我會離開一段時間。

我想叫你別在我回來前甦醒，但這是多麼自私的要求啊。

如果我走進房門，你起身對著我笑、握我的手呢？

我不該抱持期望，我得實際一點，考慮一下你也許醒不來。

但天啊，這麼想真是令人心痛。

我要還你巧拼戒。那戒指正套在伊芙給我的鍊子上，所以我要你戴著它，代我保管，並在甦醒時教我怎麼拼。

今天，我要通過那道閘門，以撒，我該死的要盡一切努力解決問題。

而且我會再回來。

我向你保證。

# 伊芙

監獄有好幾扇門，現在全開著。我聽到有人說不關門是為了方便攝影師拍攝。

我被銬在牢房門對角的牆面，我猜所有囚犯都是。厚實沉重的鐵鍊束縛著我的手腕和腳踝，我能照常移動，只是出不了門口。

「伊芙．史坦頓！」

聽到自己的名字，我嚇了一跳，胃彷彿也跟著吊高。一名獄警站在門邊。

「你記得我嗎？」他大剌剌走進牢房，我整個人退到貼牆。

「我記得你，」他前傾身體，粗重的氣息噴在我臉上，而腋窩的汗味熏痛了我的眼。

「我記得大小姐你自以為高人一等，之前有好幾次對著我和弟兄下指導棋、頤指氣使呢。」

這個肥胖的人以汗溼的手指劃過我的臉。

「看看你，從天上掉到溝裡了。」他一把將我摟住，我想把他推開，卻被死死抓著。「寶貝，你是我的了。我可以任意處置你，而且是神不知鬼不覺。」他在我耳邊嘶聲說道：「你知道我想做什麼嗎？」他拉扯銬住我手腕的鍊子，讓我往一旁踉蹌。「嘿，寶貝。」我閉上眼，他卻扣住我的臉。

「睜開眼睛看我！」

我瞇眼看他，他臉上爬上嘲諷神情，我感到一陣反胃。我不在的時候獄警都是這麼對待女囚嗎？女囚的處境一直是這樣嗎？

「你知道我想做什麼嗎——？」他啞著聲音說：「什麼也不做！」他當著我的面哈哈大笑。「因為你是骯髒的婊子，天曉得我會被你傳染什麼病，天曉得你待過什麼地方、跟什麼人在一起——八成是高樓區的垃圾。你可能被他們傳染皰疹、ＨＩＶ、伊波拉或狂犬病。」

「你真是有夠無知。」我不假思索反唇相譏。

他瞪大眼睛咧開嘴，露出一口黃板牙。「不對，」他說。「我會看報，懂嗎？報紙多年來一直警告我們要小心高樓區的人渣，世人根本不該聽你這種傢伙胡言亂語。」

「這不是真的。」我說。

「閉嘴！」他大吼道，手順著我的臉伸到脖子，我感到他收攏手指。

「我隨便幾下就可以殺了你。」他沉下聲音。「而且牢房裡沒有攝影機。」

我舉手要耙開他的手指，但他用另一隻手抓著鍊子向下一扯、將我制服。我因此動彈不得，臉部發脹。

「但我何必放棄看你受苦的樂趣呢。」

他鬆手後，我跌坐在地。

最後他在我臉上唾了口口水，羞辱我。

「歷史自會給你評價。」我對他說。

# 瑪莎

我跟諾瓦克醫師說我要出門。

我留下手機號碼，交代他有事可電話聯絡。

他點點頭，沒問我是指以撒甦醒還是死亡。

不過他說，要是看到西塞羅和約書亞，他會跟他們說一聲。

他也說要知會麥克斯，雖然沒人知道他在哪裡。我為此感到憂心忡忡。伊芙不在的時候，我覺得我有義務照顧他。我想諾瓦克醫師是看穿我了。因為他用那雙蠟黃的手搭著我的手臂。「西塞羅已經盡力在找他了。」

西塞羅。當然是他。

而今我在前往閘門的途中，水仙之家的影子籠罩著路面和我。我的外套裡藏著以撒從他父親那裡偷來的文件，這也是麥克斯匆匆逃離伊芙家前也牢記著要塞在電腦包攜出的文件。我他媽的希望警衛不會搜身。

門前綿延了一整列排隊等著出去的人龍。我低著頭加入隊伍末端，觀察著其他人。現場無人交談，有些人交換著眼神。有些人在瞭解現在見鬼的是什麼情形後，不動聲色地挑起眉。

「簡直和猶太人一樣。」我前面一位年長的女士低聲說。

我想點頭附和，但沒這麼做。我不能加入對話，以免被人認出。太冒險了。

有道是口風不牢、船沉人亡[1]。

但我連船都沒了！

前方出現一陣騷動，傳來激動的聲響，排隊的人紛紛東張西望，想弄清楚情況。

一名中年婦女和一個少年（應該是她兒子）循著這條路折返。因為警衛不放他們出去！

婦人的兒子一手擁著哭哭啼啼的母親。

他們經過我身邊時，我忍不住輕碰婦人的手臂，問她：「發生什麼事？」她邊看著我邊抽噎哭泣，不發一語地搖搖頭，眼淚滑落臉頰。

「他們不讓我們出去。」年紀和我相仿（或可能小一點）的少年說：「他們說，除了去上班外沒理由讓我們外出。」

「可是……」我開口催促他繼續講，在被警衛發現前說明來龍去脈。

「我妹住院，我們想去探望她。」

排我前面的婦人轉過身。「如果是這樣，他們一定會讓你們通行的吧？」

「不行，」少年咕噥道。「他們說沒有例外。」

我低下頭，實在很想上前找那些警衛理論，但這個舉動形同自殺。該死，超級該死。

「我們要帶卡片給她，」他低語。「我弟弟做的卡片。」

「給我吧。」我說：「我幫忙轉交。」

婦人看著我，眼淚有如斷線的珍珠。

---

1 Loose lips sink ships：出自戰時的俗語，涵意類似中文的「隔牆有耳」，意指無意間洩漏船隻的位置，可能賠上心愛親友的命。

「你願意幫這個忙？」

「我有工作通行證，可以順道去醫院。交給我吧。」

於是她掏出手提包裡的信封，我立刻塞進外套。

「喂！你們兩個給我立刻離開，再不走小心我逮捕你們！」

「走吧。」我告訴他們。

「我已經說過了……」警衛加大音量、再次警告。我聽到靴子重重踏地的聲響。

我只好別過臉不去看婦人和少年。

警衛駐足咆哮。

當我回頭，他們已離去。

輪我通關了。

警衛掃描蘇菲亞給我的通行證，沒問問題，也沒看我的臉，似乎看我有班要上，單純覺得挺好的。至少他們是這麼相信。

如果他們看了我，會認出我的身分嗎？

答案毋庸置疑。我的通緝照仍張貼在公車兩側，雖然我人應該在大牢裡。

感謝老天，那張早日康復的卡片上有名字。我帶著卡片到醫院，寄放在掛號台。

護士保證會代為轉交給本人。

我正位於市中心，準備前往公園。

街道上行人不多，或許是因為冷，行道樹光禿一片。我腳下那片嘎扎響的草地受到良好的照顧，乾淨而整潔。

——不然你還指望市中心公園長什麼樣？

我沿著公園小徑前進，兩旁有修剪過的灌木，我去坐在靜蔽處的長椅，抬頭注視樹木、燈柱的頂端，連垃圾桶都不放過。

沒有，我沒看到任何攝影機。我靠著舊磚牆，牆面也沒有異物。

我謹慎地從外套中拿出文件夾，掀開封面。那封面已破破爛爛，但感謝老天，麥克斯之前沒將文件留在家中，也沒在昨天隨身攜出。而且——該死的感謝老天——我成功在他的物品中找到這份文件。

想當然耳，我也可以在公寓翻閱這份文件，但我不想牽連他人。我得獨自處理這件事。

我翻閱文件，停留在其中一張，也就是世人認定為正派（管它是什麼意思）人士的名單。名人、徒具善名的人士、國寶級人物。

但他們的真實面目又是如何？

哈，我手邊有一部分答案。

可是有誰他媽的在乎？

天吶，伊芙只有四天，可我這次絕對不會答應那他媽的瘋狂炸彈計畫！絕不！這次我們要做正確的事。

我想到，伊芙丈夫在死刑列時人人都說他會逃過一劫。因為城市或大道區的人總能獲釋，他也不例外。以他的情況，他如果無罪開脫，我會很高興，我認識的大多數人都一樣。因為我們知道真相：他不該死。

我記得他被判有罪時新聞頭條全都這麼說：本案證實，城市和大道區的人一樣難逃法網，只是高樓區的罪犯碰巧比較多。

自此以後，我一直沒有忘記伊芙。那是我當時唯一……或者說第一次看的死刑。她好鎮定、好平靜……好值得尊敬。即使死者母親致詞時表示恨不得殺了她。老天，她真的很理智，換我一定賞那女人一記耳光。

我氣到忍不住關電視。

或許就是基於這理由，我也牢記著她第一次被指派為諮商師的案件。

沒錯。尼可拉斯·布蘭登。他開車撞到的人正巧是他老婆外遇的對象。

啊哈。

在報社上班的他——布蘭登——因此登上各大媒體版面，而他能獲釋有大半要歸功伊芙。

他在報社工作……

他的獲釋大半要歸功伊芙……

我的背脊發麻，胃興奮地翻攪著。

我敢這麼做嗎？

我他媽的當然敢。

# 迪・哈特

迪・哈特步出他位於肯辛頓區的住家前門，隨後大步邁向停在家門前雙黃線的黑色BMW。

他打開車門，沒看到鬼祟過街的人影，也沒發現那人影算準時機、在他駕車離開幾秒前接近副駕駛座，一把打開車門。

「嘿！」他出聲警告那個坐到副駕駛座、戴兜帽的人。

對方的面容晦暗不明，而且隔著外套口袋以某種東西指著他。「開車，」他說：「不然我要開槍了。」

哈特毫不猶豫地發動引擎，加入車水馬龍的路上。「你是什麼人？」他問。「你要做什麼？」

「我有個提議。」

哈特斜眼看他。

「不准看我！」他大叫。「手握方向盤，眼睛看路。」

「你想要什麼？」

「真正的問題在於：你要什麼？」

「我要你下車！」

「不對，你要的是瑪莎．蜜露。」

哈特搖頭，不客氣地哈哈大笑。「好好好，你的資訊有點慢，難道你不看新聞嗎？你根本不必跳上我的車、拿手指抵著外套口袋假裝成槍。蜜露在我手上！她被關起來了，很長一段時間出不來──前提是她真能出來。因為派蒂．派爵顯然會一直是植物人。現在呢，」他放慢車速，對路邊示意。「你下車吧。」

「不要急。」男人放棄虛張聲勢，掏出口袋的手機，對著螢幕操作一陣，拿到哈特眼前。

哈特分神看了一眼螢幕，視線重回路面，然後如此反覆幾次，加以確認。

「你看時間和日期了嗎？」

哈特又瞄了一眼。

「她看來很像蜜露，所以呢？」

他碰觸螢幕、放大相片，重新將手機放在哈特可見的範圍。

「她之所以看起來像蜜露，是因為那就是她。」

「不可能。」

「前方左轉。」

「什麼？」

「你不相信我？那我就證明給你看。前方左轉，我們要去監獄。」

「你瘋了。」

「這件事你之後再判斷。」

「為什麼要到監獄？我可以打電話給他們。」

「好讓他們說些瞎話嗎？」

「真是浪費時間。」他嘆了口氣，但仍繼續換檔左轉，通過紅綠燈。

「如果你真覺得是浪費時間，為什麼還要繼續開？」

他們一路保持沉默、開過大街，繞行環狀道路，駛過小巷，最後停在監獄前。

哈特熄了火。

「留在車上。」下車前，他這麼交代。

副駕駛座的男人看著他走到門口，視線不曾離開，直到半小時後才重新現身。

即使在對街，男人仍能察覺哈特面色僵硬、胸肌鼓脹。

他看著哈特回到車上。

重摔車門。

有一會兒，他們只是坐在那裡不吭聲。

「你要什麼？」哈特終於問。

男人嘆息。「安全，還有保證。」

哈特點頭。「我答應。」

「另外……」男人深吸口氣、重重吐出，並拿下兜帽注視著他。「……我要我媽獲釋。」

哈特看著麥克斯，不害怕，也不訝異。

# 瑪莎

我在手機輸入電話號碼。

我吞吞口水，但口乾舌燥。

慢跑的女性經過時朝我嫣然一笑，我不理她。我巴不得能消失在樹叢或暫時隱形。

電話響起。

我心跳如雷。

「午安，這裡是國家新聞報，請問您要聯絡哪個部門？」

我傾身向前，幾乎要壓在自己腿上。我想避開全世界。

「可以轉接尼可拉斯・布蘭登嗎？」

「請問哪裡找？」

要命，呃……我腦袋一片空白。快動腦啊，瑪莎。

「呃，這裡是他小朋友念的學校。」我隨口說。「請你盡快轉接。」

幾秒後，低沉的男性嗓音截斷來電答鈴。

「您好，我是尼可拉斯·布蘭登。我們小朋友沒事吧？」

「小朋友很好。」我堅定而冷漠地說：「請不要掛斷。我不是校方人員，但我得和你談談。」

「你是誰？」他問。

「我握有你的資訊，你絕對不會希望這份資訊外流。」

「我不知道你在說什麼。」短短三句話，他的音調便從擔憂轉為好奇再轉為氣憤。

「你在死刑列的那段時光。」

一片沉默。

接著是嘆息。

「那是很久以前的事了。」他悄聲說道，憤怒的語氣變為無奈。

「五分鐘後到你公司對面的公園咖啡廳和我碰面。」

我切斷通話。

該死，我在發抖。

蜜露，你已經上了梁山！我的大腦說。

哈，我兩週前就在上頭了。

咖啡廳裡人聲鼎沸。

我早就知道會這樣。

媽媽們或推著嬰兒車、或揹著嬰兒。幼兒吵吵鬧鬧，觀光客研究地圖，上班族談公事，青少年在用免費網路。

大家都愛的詭異場所。

我從冰箱取出果汁，坐在角落位置，沒掀開兜帽。咖啡廳裡也有人戴著帽子、圍巾，或穿大衣，大家看起來一派自然，因為大家他媽的想幹什麼就幹什麼。

除了他以外。

我看著他進門，眼神游移著掃視各桌臉孔，最後停在一群作職員打扮的女士面前。他在想什麼呢？商業間諜？黑函？我覺得他一定沒料到是我。

他叫了杯卡布奇諾，在面朝池塘的吧台就坐，隨後脫下外套。我讓他再多煎熬個五分鐘才起身接近，與他並肩而坐。

我默不作聲一會兒後才壓低聲音說：「你和伊芙．史坦頓的交情不錯嗎？」

他目不斜視地喝著咖啡。「你是誰？你想做什麼？」

「她竟然會在死刑列，這樣不太對吧？」

「我見鬼的為什麼要在乎這件事？」

「我認為你在乎。她之前待你不薄，為你和老婆傳信。」

「你怎麼……？」他瞥了我一眼，隨即直視前方的窗戶和池塘。

「還有你兒子。至於你女兒，她當時年紀太小，八成不記得或壓根兒不知道這件事。」

「所以？」

「午夜夢迴你有沒有想過，要不是伊芙．史坦頓，你肯定沒命？」

「我獲釋是公眾投票的結果。」他的語氣堅決。

窗外，天鵝展開美麗的翅膀拍動，在牠飛上天前，黑色的雙足徒勞地撥著水。

我一旁的老兄也想一走了之，但我是水底的狗魚，他知道，只要他敢動一絲逃離的念頭，我一定會咬住他的腳。

「伊芙跟你老婆說那男人死在你輪下純屬意外——只是不湊巧、不走運——與你能脫罪無關？」

「我沒有——」

「然後你老婆帶著襁褓中的女兒在『死即是正義』上說些賺人熱淚的故事，但省去了你前不久發現她和那男人有一腿的關鍵，拉攏民眾的心——這也與你脫罪無關？」

我感到他看著我；我不動聲色。

「你到底想說什麼？」

「我不在乎你是不是蓄意殺死那男人，但我在乎伊芙．史坦頓，我在乎民眾對她的看法，以及她即將因自衛殺人賠上一條命。」

我轉向他，死盯著他的側臉不放，直到他終於看了我——接著我便目睹他吃驚地瞪大眼睛。

「蜜露？」他悄聲說。

我不回應。

「你竟然有種找上我……等等……慢著，你應該在監獄。怎麼會……？」

他的嗓門愈來愈大。我彎身靠近他。「閉嘴，不然我來幫你閉上嘴。」

「你不可以要脅我。」

「我他媽的就是可以，也他媽的正在這麼做。」

「我可以讓你被捕。」他傾身嘶聲說道：「我可以站起來大喊你在這裡，還能領賞。他們一定不知道你不在牢裡吧？還是說這是什麼臥底行動？」

「先給我閉上你的鳥嘴，聽我說。之後如果你他媽的仍想起身大叫、讓我被捕，都隨你便，懂了嗎？」

他意料之外地照做了。

「無論你愛不愛，你我其實有很多共同之處：我們都曾在死刑列面臨死刑，然後留下一命，也同樣受到伊芙．史坦頓協助。我很確定你有罪，因為我知道監視器錄到你疑似開車衝撞那男人——」

「我沒有。」

「——但不知為何，他們不曾把影像拿出來。如果我真有心，是可以讓你重返死刑列，甚至被處死的。」

我停下來讓這句威脅激起漣漪，順便灌下一大口果汁。「我也不想這麼做，伊芙為你做這麼多一定有她的理由，而她也幫了我很多，我們都欠她人情。」

我直視他的雙眼。

「你認為她該死嗎？」

「當然不認為，」他說：「但不關我的事。」

「你之前差點被處死也不關她的事，但她仍竭盡全力，甚至超出應有的份量，挽救你一命。」

他拿茶匙撥弄卡布奇諾的奶泡。

「聽著，」他低語，「那是事故，完全是巧合，只不過人們不相信巧合，是吧？但伊芙能理解。」他放下茶匙。「她的事我愛莫能助。」

「錯，你能幫我救她。你要利用你在報社的影響力刊登報導。」

他搖頭大笑。「報社的人不會碰這篇報導。」

「我不要你徵求他們的同意，我要你直接報。你一定有辦法入侵印刷系統或電腦，反正拉掉一則頭版的報導，換上別的。」

「這是自毀前程，我會丟工作。」

「誰會知道是你？」

「到時自然有獵巫行動。」

「即使報導很精采嗎？即使所有人都會因此談論你的報紙？」

他搖頭。「別想了，」他說，「我不會照辦的。我不會為了報導伊芙．史坦頓的灑狗血故事賭上一切。」

他起身。

「我不要你報導灑狗血故事。」我抓著他的手臂低聲說。「我有關於首相和其他人——像是哈特、甚至是你們報社編輯迪倫佐的資料。有人貪腐犯罪卻逍遙法外——這才是我要你發布的報導。首相他——」

「這更糟。」他彎腰靠近我低聲說道：「如果我做這則報導然後被揪出來，你知道我會有什麼下場嗎？」

「你很可能會被逮捕。」

「你這推測還太保守了。知道高層的貪腐和滿口謊言的不只你一個，但沒人——**沒有一個人**——想解決這件事。如果我做這則報導，我和我的家人會被消失，所以不了，我敬謝不敏。」

「那我就等著看你所有的資料外流。」

他一把抽出被我捉住的手臂。「我希望你別這麼做，但如果你這麼做，起碼我的家人能平安，而且知道我在哪裡。」

他打算要拿椅背上的外套，但我擋住他的去路。

「拜託你。」我說。

他看著我，我覺得自己在他眼中看到懇切的哀傷。「抱歉，」他說，而我相信他的確感到抱歉。「但我不能幫忙，我不能危及家人。」

「你袖手旁觀也一樣危及到他們。」

「也許吧，間接的，」他揉揉眼睛，抹抹臉。「我很想幫忙，伊芙是好人，但……」他愈說愈小聲，嘆了口氣。

「你是她僅有的希望。」

他搖頭。「不，我不是——你可以試試迪倫佐。」

「迪倫佐也牽扯其中，他知道資料的存在。」

「他當然知道，他牽扯在其中也很正常。否則他早在『國家新聞報』大書特書了。」

「可是迪倫佐他……」我打住，因為我腦中想的事情著實可悲。

「你怕他？」布蘭登問。

我點點頭，很高興這話是由他來講，不是我。

「他讓所有人害怕，但他是個生意人。如果你用那種方式試探，說不定……？」他沒繼續說下去，只是搔著下巴思考。「你有全部的資料嗎？」

我搖頭。「沒有，沒有全部。」我不自覺輕觸藏在外套下的檔案。

「那你能弄到手嗎？」

我斜眼看他。「你想暗示什麼？」

「我敢說，迪倫佐會順水推舟發布這則報導。如我所說，他是個生意人。公開資料將是報紙的一大壯舉，銷售量會一飛沖天——」

「可是你也說了，這資料會牽連到他。」

「除非他的相關證據被銷毀——除非你拿到所有資料證據，聯絡他並證實東西在你手上，再讓他銷毀。」

「這麼一來他將永遠逍遙法外。」

他聳肩問：「你的目的是什麼？是要將所有人繩之以法？還是推翻現有體制？拯救一人的生命？」

「都有。」我說。

「也許你得妥協，睜一隻眼，閉一隻眼，改變眾人的未來。」

老天，這怎麼會那麼難？我算哪根蔥，有權決定這種事？

「所有證據嗎？」我悄聲說，「但……但證據在哪裡？」

「我知道證據在哪裡，」他說，「但在我說出來前，我要你承諾不會用它來對付我，妳要放我一馬。」

「只要我安全，你就安全。」我提出交換條件，並為此恨死了自己。這麼做彷彿成了他們的一員。

「很公平。」在喧囂的咖啡館裡，他傾身小聲說道。我們處於兩人世界。「證據全在唐寧街首相府的檔案櫃。」

我背脊發涼。「那我就不可能拿到所有證據。」

「是嗎？」他留下這句話後，轉身就走。

# 首相

藍房間裡的蘇菲亞帶上身後的門，隔絕了長廊的聲響。

當她坐在一排螢幕前，旋轉皮椅立刻嘎吱叫了起來，在她向前傾時，椅子更發出低吟，彷彿正對她要做的事齜牙咧嘴。她迅速查看背後，隨即輸入姓名：「哈特探長」，沒有多久，紅點就出現在中央大型螢幕的地圖上。影像逐漸放大後，再度重新聚焦、再次放大，直到街景清晰可見。鏡頭隨哈特離開唐寧街後門，前往等著他的車輛。

她皺眉看著紅點穿梭在倫敦街頭。

「不要煩我。」藍房間外的長廊傳來巨響，嚇了她一跳。「去跟蘇菲亞說。」

她將手伸到控制面板後，停下動作。

「我不知道她在哪裡，我又不是她的保母，你擺什麼調調我都不在乎。」

門把緩緩向下轉。

門打開。

首相走進來——西裝入時、髮型完美、剛剃過鬍子。「蘇菲亞，大家找你找了一個早上。」

她輕點離開鍵後收回面板上的手，紅點頓時消失。「我有幾樣重要的事要確認。」她說。

首相走近時，後方有個年輕人抱著一疊文件亦步亦趨。

「長官，對不起，但我不得不打個岔。」年輕人抱穩其他文件，遞出一張紙。

首相瞪著他，回道：「你得學一下禮貌了。」

「對不起，長官，但有人要求我轉交個信息。」

首相偏過頭鄙夷地看著他。「哪位？」

「我不能說。」

首相挑眉，嗤之以鼻。「你又是哪位呢？」

年輕人滿臉通紅。「我……我……之前有向您報告過，長官，我是新來的實習生，」他說：「傑諾．威爾。」

「聽著，『新來的實習生』、『傑諾．威爾』，你應該知道蘇菲亞負責過濾信息吧。」

「是，長官，我知道，長官，但那位男士——」

「來，」蘇菲亞起身說：「交給我吧。」

「可是他說只能——」

首相不屑地揮揮手離開房間。

「——交給高層。」傑諾說完，轉身要去追首相。

然而蘇菲亞一個上前，抽走他手上的紙條。

「我就是高層。」她說：「我是史蒂芬的得力助手，由我來決定哪些資訊是他必須知道的。」

他的臉上閃過疑慮。

「你看過內容嗎？」她攤開紙條、瀏覽文字。

他沒回答。

「所以你認為你——區區一個實習生——比我有更權閱覽機密信息？」

「他沒說我不能看。」

「我想他也沒交代你很多不該做的事。」

「我相信首相有必要知道此事。」他不理會她的評論，只是不斷強調：「你會轉達消息吧？如果這事件屬實，她——蜜露不在監獄，那她是怎麼逃脫的？說不定警方或我們之中有同情者。蜜露現在在哪兒？又在做什麼？或許她正密謀炸毀英國國會或這地方。我們得採取行動，要求『國家新聞報』發布懸賞，請目擊者提供線索。」

「史蒂芬當然知道這件事。」她舉手制止他，悄聲說道：「蜜露在警局一失蹤，他便立刻收到通知。傑諾，你仔細想想，這事會讓我們多難堪？在民眾眼裡，我們和警方將顯得多無能？這對於民眾的信任根本毫無幫助，不是嗎？你應該瞭解這事得私下謹慎處理，否則我們會失去眾人的支持。」

「首相感覺並不知情。再說，請我轉交紙條的人——我八成不該向你提起他是誰，不過他比任何人都——」

「我知道是哈特。」

他皺著眉頭，搖頭問：「你怎麼知道？」

「你也說了，這裡或警方中可能有同情者，我們得保密到家。其實我不該和你討論此事，但我信任你——信任程度或許超乎史蒂芬能接受，所以請你不要讓我們失望。不要和他透露你知道的消息，他必須相信事情在我們掌握中。」她拿起對折的紙條、撕成碎片。「另外，我們經手這類消息時一定要處處設防。」

「如果哈特來找我，我要怎麼回覆？」

「就說情況已在處理中。」蘇菲亞回答，又回頭坐下，面對螢幕。

傑諾遲疑地點點頭。而在退出房間前，他轉頭看著她。「你擁有很大的權力。」

蘇菲亞停止敲打鍵盤。「我努力爭取到不少信任。」

門關閉後，她立刻移開鍵盤上的手，改成抱胸靠著椅背，愁眉不展。

而後，她掏出口袋裡的手機，輸入訊息。

# 晚間六點三十分　死即是正義

燈光在攝影棚漫舞。震撼人心的主題音樂流洩，克麗絲汀娜穿著飾銀邊的貼身黑洋裝步出後台，橫越舞台；一盞聚光燈隨她移動，觀眾鼓掌。

她高舉雙手，掌聲和音樂隨之平息。

克麗絲汀娜：各位先生女士，歡迎收看今晚的「死即是正義」！

另一陣短暫的掌聲響起。

克麗絲汀娜：很高興看到觀眾席上無數激動而期待的面孔。我想必定有更多興奮的觀眾在家中收看本集節目！我個人也為近期的最新資訊和發展激動不已——瑪莎．蜜露有自信能摧毀我們，但絕不可能，我們會如鳳凰浴火重生。

觀眾歡呼尖叫。

克麗絲汀娜：我們的體制絕不屈服於惡勢力！我們會繼續實行世上最公正、民主的體制，讓民眾行使上帝賦予的權力、改善國家安全。我們會繼續授市民以權！並繼續排除那些違法亂紀、竊取世上最珍貴的事物——亦即**生命**的罪犯。

鏡頭掃過鼓掌歡呼的觀眾。多人起立，點頭如搗蒜地贊同克麗絲汀娜。

克麗絲汀娜：所以我們會繼續帶給你們——各位觀眾——這些案件所有的內幕消息，好讓你們——投票的民眾——能在深思熟慮後做出抉擇。

她走回辦公桌，高跟鞋叩叩敲在光可鑑人的地板，然後在辦公桌旁的高腳椅就坐。

克麗絲汀娜：永遠創新且高瞻遠矚的本節目今晚有了新花樣——是的，我感到攝影棚內興奮四射的火花！究竟是什麼呢？各位先生女士，我們為你們帶來一系列畢生難得、僅此一次的機會。我們提供的不僅是擁有歷史文物的機會，更是正義得以伸張的象徵。

舞台右方特大的螢幕上，眼睛標識滑入畫面左下角，其餘則由六個方格占據。每個方格角落都有一長串編號，並有一件物品置於中央。

克麗絲汀娜：是的，各位先生女士，歡迎參加「死即是正義」的拍賣日！我們將提供各位一個機會，購買死刑列罪犯的重要證物。畫面方格中皆是刑案相關的物證，可為觀眾收藏，在家中展示，讓你的賓客用眼神膜拜艾爾菲・杜普瑞曾持有的凶刀、愛莉希雅・布朗穿過的外套，及曾屬於奇菈・哈勒彌，仍沾有血跡的手套。這些無價的文物都將供各位收藏。

觀眾席上傳來抽氣聲，接著是竊竊私語。

克麗絲汀娜：我們的第一項拍賣品別無他物，正是以撒・派爵射殺父親、傑克森的手槍。她停頓後，觀眾席間發出一陣驚呼。

克麗絲汀娜：不過，各位先生女士，拍賣是稍後的重點，請你們千萬不要轉台。相信我，這畢竟是千載難逢的機會。在此之前，各位觀眾，我們要連線現場記者，瞭解這些令我們深感興趣的罪犯在做什麼。隨著死刑將至，她的內心又在想什麼——順便也給你們查看銀行帳戶餘額的時間。

畫面變了，現在被傑若米的臉塞滿。他握著麥克風，背景是老貝利街的地下監獄。

克麗絲汀娜：晚安，傑若米，跟我們說說今天監獄的情形，還有惡名昭彰的伊芙・史坦頓在做什麼？

傑若米：克麗絲汀娜、攝影棚和電視機前的觀眾，晚安。克麗絲汀娜，我必須說，我十分興奮有機會收藏殺害傑克森．派爵的凶槍！我已在腦中盤算自己能負擔的金額——這能以信用卡支付對嗎？

克麗絲汀娜：對，接受所有主要的信用卡。

傑若米：太棒了！我一定要出價競標這件物品！但這事先擱著不談。如大家所見，我們正位於老貝利街地下道，這地方曾囚禁史上聲名狼藉、胡作非為的殺人犯和罪犯。我左邊的長廊，亦即死囚之路，是眾多怙惡不改的罪犯最後的路程。如果各位仔細聆聽，或許會聽見我們腳下有流水潺潺，一旁地板的活門即可通往弗利特河。據獄警所述，在特定風向及潮汐達一定高度時飄來的氣味，完全就像獄中罪犯居住、行凶的倫敦舊城。不過話說回來，沒有一個罪犯比得上伊芙．史坦頓歹毒。

他眨眼要攝影師跟上。

傑若米：請跟我來一探究竟。

鏡頭隨他通過曲折封閉的長廊，周圍磚牆的白漆剝落斑駁，天花板沿線厚實的金屬管不斷滴下凝結的水珠，隱蔽的角落隨處可見老鼠屎和沾在牆面的穢物。他停在門邊，飛蛾不斷撞擊上方的燈，搖曳的光線在傑若米臉上形成陰森的陰影。

傑若米：這是二號牢房，和之前的死刑列截然不同，門戶大開，供涼爽的空氣流通，也方便囚犯交談。目前二號牢房的囚犯是伊芙・史坦頓——我們進去吧。

進門時，他假裝害怕地挑眉。牢房寬僅一尺，後方的窗戶上有著老舊的金屬欄杆，不過是敞開的。斗室裡沒有床架，只有床墊；沒有馬桶，只有水桶。

伊芙穿著骯髒灰白的囚服席地而坐。她的頭髮削短，頭皮布滿血跡斑斑的細小傷痕，手腕和腳踝的鎖鍊固定在後方牆上。

傑若米彎腰後，伊芙則挺身斜眼看著他，接著舉手抹臉，攝影機捕捉到她被鎖鍊磨到破皮出血的手腕。

傑若米：你們可以看到，史坦頓太太一直想掙脫腳鐐手銬，還因此受了傷。幸好，為了獄警的安全起見，她受到一定的束縛。我現在就來訪問她。

他轉頭面對伊芙。

傑若米（和藹地）：伊芙，請告訴我們你今天過得如何？

她眼神狂亂地看著他。

傑若米：獄警說你今晚享用了千層麵和卡士達蘋果派，獄方似乎待你不薄。

她沒回應，只是皺著眉張望牢房。

傑若米：據我瞭解，獄方要遵循健康安全準則，保障你的人權，同時考量你目前身為囚犯和待審的被告身分，權衡輕重並不容易。你認為獄方有就此取得平衡嗎？

她還是不吭聲。

傑若米：很多人覺得條件應該更嚴苛。不過看到你在獄中的菜單、每日造訪的圖書館推車，以及傳聞中接下來幾個月可能引進的探視權，這裡的生活確實不像坐監，反倒像度假村呢！

他發出乾笑，伊芙只是瞪著眼睛。

伊芙（沙啞）：什麼圖書館推車？

傑若米：你似乎也瘦了些，但變瘦不算壞事。畢竟你入獄前的身材……偏圓潤！或許獄中生活對你的健康是有益的！

伊芙：是我昏了頭產生幻覺還是你腦袋真的有洞？

傑若米再次笑開。

傑若米：看來史坦頓太太終於找到自己的聲音和幽默感了。伊芙，電視機前的觀眾很想聽聽你的說詞，也想瞭解你。我相信你比任何人都理解，投票決定你有罪與否是必要的。雖然在我看來你是罪無可赦。我們仍得按部就班照規矩來。伊芙，你有話要和電視機前的觀眾說嗎？

她點點頭，挺直上身，先抹抹臉，再揉揉眼睛。

傑若米：請對著鏡頭說話。

她擠出笑容，嘴唇因此乾裂流血。

伊芙：對不起——

傑若米（插嘴）：我相信被害家屬定會因你的道歉感到欣慰。

伊芙：我不是在和被害家屬說話。

傑若米：所以你不後悔殺了他？

她看向傑若米。

伊芙：我不想殺他。我很遺憾他逝世，但我不後悔自己攻擊他。

傑若米：你是說很慶幸自己打了他？

伊芙：你曲解我的話，我不是這個意思。錯不在我，是他先攻擊我的。我拿鐵棒打他是出於自衛，還有保護我丈夫。我別無選擇——我想道歉的對象是麥克斯！

傑若米：那代你受死的丈夫呢？你讓他撒謊替罪、好自己活命？你該為此背負兩條人命吧？

伊芙：不！不，不是這樣——

傑若米：很多人都這麼想。事實是：甚至有人極端地稱你為連續殺手。我因此不禁思考連續殺手的定義是什麼？殺死兩個人就夠格嗎？另外，一直有人在爭論，想知道你是否樂於看到諮商的對象受死。

伊芙：什麼？

她撲上前想搶麥克風，但傑若米側身一退，離開她的攻擊範圍。

伊芙（大叫）：太荒謬了！我爭取諮商工作是為了助人！

傑若米：或是為了接近他們，浸淫在他們面對死刑的痛苦中。

伊芙：這完全是血口噴人！

伊芙再次撲上前試圖搶麥克風，但傑若米一個箭步退出牢房，鏡頭對著他。

傑若米：各位先生女士，我們剛才是否看到了伊芙．史坦頓的真面目呢？真相是否超出了她的承受程度呢？

伊芙（鏡頭外大叫）：我只是想和我兒子說話！我得和他解釋，拜託！

傑若米：犯罪的代價，愧疚的痛。伊芙・史坦頓沒有賺人熱淚的故事，沒有祈求被害家屬原諒，我相信你們都聽到了關鍵證詞：「我拿鐵棒打他」。是，伊芙・史坦頓剛在現場直播時承認有罪。敬請在本節目贊助商「網安」短暫的工商服務後繼續收看，屆時我們將提供各位所有拍賣詳情。同時請不要忘記投票，我很確定你們知道投票方式。

他對鏡頭微笑後，畫面由網安的掛鎖標識取而代之，資料川流不息地滑過藍天、沒入白色雲朵。

## 瑪莎

這段節目後，他們一定會投她有罪。

沒良心的男人。

殘酷，而且自私。

心胸狹窄又挾怨報復的混球。

民眾的眼界何時才能超越非黑即白、有罪無罪呢？他們什麼時候能看到灰色地帶，或要求一個比較正常的解釋？

民眾並不蠢，只是被媒體灌輸仇恨——天曉得這樣多少年了。

**他們覺得處決一個人比瞭解一個人簡單多了。**

我喝光剩餘的飲料，將杯子放在桌上。這個半咖啡廳半酒吧的場所十分忙碌。我之所以記得這裡和在這裡發生的事，是因為這地方叫「貝絲小窩」，和我媽的名字一樣。只不過我不是要找與此處同名的女人，我賭的這一把好比水中撈月，但如今就算水中撈月都比混進唐寧街要簡單。

我坐在電視旁，一直戴著兜帽低著頭，所以其他人不會來煩我。

他們全和我一樣正專心觀看著「死即是正義」。

「標到殺害傑克森．派爵的凶槍之後要拿來做什麼？」面前放著一大杯啤酒、身穿足球衫的男人說。我忍不住想，他知不知道自己超符合四肢發達、頭腦簡單的刻板印象呢？

他的同伴笑著說，「別鬧了。」然後回答：「我要那女人的洋裝——她叫什麼來著？布里姬？就她受刑時穿的洋裝。」

「你這傢伙真病態。」前一個人說。

我不動聲色地繞過他們的桌子。

物以類聚。我想。

我不喜歡尼可拉斯．布蘭登的主意。我想不出要怎麼取得唐寧街的所有證據，還能不被抓到，所以這是我能想到的唯一替代方案，走運的是，我要找的人仍在這裡工作。

看到她了。

我豎起耳朵，聽到經理要求「蜜雪兒，清空垃圾桶」，隨後走出門外。

咖啡廳外的地面結了霜，氣候寒涼到讓人覺得臉好像被封膜裹住。我很清楚她不會在室外久待。

我快步拐進偏巷，立刻聽到咖啡廳的後門打開。

我衝出轉角，而她就在前方，掀起垃圾桶蓋丟了一包垃圾進去。

「蜜雪兒？」我問，「蜜雪兒．史卡利？」

她轉過身，旋即靜止不動。

「你要做什麼？我身上沒錢。我只要一大叫老闆就會聽到。」

我高舉雙手表示沒有惡意。雖然我看起來一定活像個搶匪，可是我絕不拿下兜帽，讓她能知道我的身分。「這不是搶劫，我發誓，我只是有事要問你。你是麗莎的母親對嗎？」

嚴格說來，巷子的光線全來自那扇半掩的門，光很微弱，但我看得出她的表情變了。

「不要煩我。」她「砰」一聲蓋上垃圾桶。

「我不是來找麻煩的，」我說，「我得和你談談。我知道你女兒不是自殺，我想讓民眾知道事情的真相。」

「我說了不要煩我。」她用力踏步走向後門。

「求求你，民眾應該知道真相。我知道是誰殺了她，我有證據。」

她扭過身直視我的臉。

「我也知道誰殺了她！」她厲聲說：「我八年前就知道是誰殺了她，但我束手無策！」

「我有辦法讓這事上報。」

「不，你才沒辦法。你知道為什麼嗎？因為我試過了！我打了無數通電話給報社，根本沒人願意聽我說話，所以我直闖迪倫佐那狗娘養的傢伙的辦公室，告訴他我知道是誰幹的。他有刊登報導嗎？他有吭聲屁嗎？所以我問他理由，你知道他怎麼說嗎？他說報社永遠不會刊登這則新聞，即使我有那傢伙實際行凶的相片，報社也承擔不起失去他廣告合約的風險……錢比我女兒的冤屈重要。之後我找上警方，你知道他們說什麼嗎？他們取笑我！

「你知道他們是怎麼恥笑我的嗎？『富可敵國的堂堂企業家要什麼女人沒有？有必要綁

架你女兒嗎？』他們一副我女兒其貌不揚、下賤卑劣、一文不值的語氣，或她的命不如他人的命。」

「但如果所有人都挺身反抗——」

「你做夢，」她說，「不，你其實是犯傻。那些有錢有影響力的人根本不受法律約束，他們可以隨意處置你我這類人。」她回頭開門，光線傾注在她臉上，還有多年來悲傷的刻痕。

「過去的事就讓它留在過去吧。」語畢，她消失在門內。

門重重甩上，獨留我在黑夜裡。

沒有被害者報導。

沒有《國家新聞報》的職員協助。

眼前只剩一條路。

但我不喜歡這個選項。

我走在街上，心思卻遠在十萬八千里外。

我在市區待了一整天。

現在我想回家。

想陪以撒。

我想他應該醒來了，正在詢問我在哪裡吧？

我想他……

諾瓦克醫師承諾會聯絡我的。我提醒自己。

我掏出口袋的手機。

沒有未接來電，但有封訊息。

我打開來。「哈特知道你在外面，小心行事。」

我僵住了。

該死。

我的胸口發燙，頭好脹，好像有人擠壓著我的腦袋。當我閉眼，想摒除所有不適，卻踉蹌倒向一旁。不小心撞到人後又不穩地倒向另一邊。

我抬起頭，但一片天旋地轉。

有人對我大喊——我聽不到、我不能理解。於是他們把我推開。

該死。

我抱著頭、彎下腰。

呼吸啊，瑪莎。冷靜，快點冷靜。

「你還好嗎？」一名年長的婦人問，她滿是皺紋的臉貼近我。

我點點頭，閃躲開。

「肯定是嗑藥嗑昏了頭，」另一人說，「離她遠一點。」

我不由自主地滑坐在地。

「要我幫忙叫救護車嗎？」她問。

「不……不要……」我搖搖頭後喃喃說道：「我不會有事的，真的。」

接著我便低頭看手機，路人不再理會我。

老天，操，哈特怎麼會知道？那是不是不要多久，所有人——包含首相——都會知道？

要是他們發現蘇菲亞放走我怎麼辦？

要是這支手機也有定位功能怎麼辦？

要是蘇菲亞耍了我們全部呢？

該死，我還能信任誰？

夠了，瑪莎，我告誡自己。振作點。

我不想丟掉手機，但如果他們追蹤我怎麼辦？

我輕觸號碼、按下撥號鍵，對方馬上接起。

「麥克斯？」我說：「我需要你幫忙。你能——」

「你在哪裡？」他惡聲惡氣地問。

「我在市區，你呢？」

「你該陪著以撒——還是你不在乎他了？你又要讓另一個人死了。」

「老天，麥克斯，你吃錯藥嗎？到底在胡說什麼？我當然在乎！」

「你就不在乎我媽。」

「我不想跟你吵架，麥克斯，這事我們能改天討論嗎？我現在想請你幫個忙。你方便回公寓和我碰面嗎？」

一陣沉默。

「麥克斯？麥克斯？你在嗎？」

「在。」他的聲音很小。

「你方便回公寓和我碰面嗎？拜託。」

又是一陣沉默。

「要命……麥克斯，你回答我！」

「我很忙。」他說。

「忙？你在忙什麼？」

電話頓時斷訊。

「搞什麼鬼？」我說。音量大到路人忍不住對我行注目禮。

我離開這條街，氣到想用力摔這該死的手機。忙？是有多忙，忙到讓他掛掉電話。他到底在做什麼？媽的。

我大步走著，不時去踢人行道路緣和石子。又是嘆氣，又是抱怨。我浪費了一天，現在該怎麼辦？

天啊，我真是火冒三丈。

我重新拿起手機，搜尋聯絡人，隨後輸入訊息。

「立刻和我會面，不然我就要自首，供出你沒送我到監獄的事。」

我馬上收到回應。

「二十分鐘後在之前放你下車的地方會面。」

# 以撒

漆黑。

溫暖。

柔軟。

黑暗。

人們輕聲交談。

風敲打窗戶，發出聲音，將人帶走。

孤獨。

害怕。

鉗住頭部、用力擠壓。
壓力、疼痛。
咖啡？
尖銳的聲音。
刺耳。
口哨？
明亮、白。
疼痛。
掃描。
黑暗中閃過綠光。
冷靜。
聲響。
「以撒？以撒？你有聽到嗎？」
痛。

太痛了。
黑暗。
柔軟。
溫暖。
漆黑。

# 瑪莎

我搭了火車。

車廂中充滿望著黑夜的疲憊面孔，他們注視著富人的生活消逝在後方，留下和多數人的荷包一樣貧瘠的景色。

眾人在終點站魚貫而出。他們不走地下道，是因為地下道已在圍牆內側。因此「我們」得個別步行通關，並接受掃描。

但我跟他們不同路。我腳跟一轉，往市區方向去。沿途停了不少車——真怪，這地方為什麼有車？還包括一些好車，不是這區常見報廢的老爺車。

有輛車閃著頭燈。我慢條斯理地靠近，謹慎地四處張望。

車門打開。

「上車。」蘇菲亞說。

我順手帶上門，車裡的燈隨之熄滅。

「不要再叫我和你會面或威脅我。」

「對不起。」

「另外，你聽清楚，我不在意你要揭發我放你走，反正不會有人信。」

「那你為什麼來？」

「你找我有什麼事？」

「哈特為什麼會知道？你又怎麼確定他知道？」

「他今天到唐寧街拿了封信給實習生，要他轉交史蒂芬，我僥倖攔截到信件。」

「你確定是他？」

「確定。至於他是怎麼發現的，就不得而知了。」

「或許是監獄的人通風報信？」

她搖頭。「獄方根本弄不清你在哪區，他只有親自到監獄一趟才會發現。但他不可能到監獄。」

我搖頭嘆息。「我見了『國家新聞報』的記者，或許是他。」

「什麼？你為什麼要見記者？」

「我只見了一個記者。」我看看窗外，排隊的人龍在寒風中等待回家的許可。隊伍前進的速度很慢，想必出了些狀況。「但我不認為他會告密。」

「哈特當時走的是後門小路。」她語焉不詳，「而且沒在信件署名。」

我看著她，但只看到她的輪廓和雙眼迷濛的光芒。

「你究竟找我有什麼事？」

這時有輛車經過，一閃而逝的頭燈光線讓我有機會細看她。她比我想像中年輕。車停在這條街再後面一些的位置。

「他走後門？」我問，「我都不知道有後門。」

「不然你以為垃圾桶都在什麼地方？還有快遞、清潔工以及跟我們配合的外燴人員從哪兒進出？你要知道，那棟建物有上百個房間。」

「你們有配合的外燴人員？」

「二十四小時都有，」她嘆息後說：「明天一人，這週結束有另外兩人。」

她用指甲敲著方向盤，我勉強能看到深色的指甲油已然剝落。「簡直是惡夢。又是外燴人員又是女服務生的……」

又一輛車經過，照來更多光線。

「你媽喪命的地點不是在這兒吧？」

我搖頭。「不是，她死在地下道。地下道被劃到圍牆內側了。」

我瞇眼看著擋風玻璃外，隊伍愈排愈長。

「很多人認同你對傑克森的看法。」蘇菲亞說。

我轉頭看她。這話出乎我意料。

「被他占便宜的女性不只你媽一個。」

「我知道。」我低聲說。

她看看我。「我偶爾會想到這件事。」

另一輛車經過。

「發生什麼事了？」

「你找我來只是想問哈特怎麼會知道你的事嗎？」

我仍看著擋風玻璃外，試圖理解排隊的人潮。半空中有個東西凸出來，某種燈……

……我一面思考……

……一面猜想我能信任誰，如果……

「理論上……」我開口又打住，因為我還不確定。

我信任她嗎？

我該信任她嗎？

「理論上什麼？」她問。

堅強的人才懂得求助，B太太的聲音迴盪在我腦中。有時那些自以為能一個人打理所有事的人才是軟弱。

我記得當時還回嘴說，我就能一個人打理，不需要他人幫忙。

但這件事呢……？

她放你走了。我提醒自己，因此我應該很可以信任她。

「你能讓我跟外燴人員一起工作嗎？」我一口氣說完。

即使是在黑暗中，我仍看到她皺起眉。

「你是要我幫你找工作還是把你弄進唐寧街十號？」她輕聲問。

「把我弄進十號。」我悶聲說。

這句話停在寒冷的車中，凍在我們呼吸時溫熱的雲霧裡。我看著雲霧散去，她回答：

「我應該要問你為什麼。」

我不說話。

我聽著自己的呼吸和心跳。

我該怎麼回答？

我要告訴她嗎？

我能信任她嗎？

我準備開口時，她搶先一步，「但我不打算問。包在我身上，我明早傳簡訊給你。」

我打開車門，說不出話。

「瑪莎，」她拉住我。「務必小心。」

我點點頭，關起車門，有些心不在焉。畢竟我已經達到和她會面的目的了。

我聽到她發動車子，但沒回頭。高樓區的入口好像有狀況。

我加快腳步。

我心跳如雷、開始小跑步。

「該死！」我大聲咒罵。「該死，這……」

到處都是人。有些舉布條，有些舉火把——貨真價實、熊熊燃燒的火把。簡直像是三K黨。

天啊……

有些高舉的牌子貼著他們撕下的頭版新聞，標題為「逮捕高樓七人組」及「高樓七人組以炸彈攻擊市區」。

操作牆上泛光燈的人將燈全對準牆外，照亮底下這些……這些……

該死，這些人根本不配為人……

酸民、隔離主義者、盲從者，無腦笨蛋。

鑽過人群時，他們的臉面逼近我。

那些人忿恨的聲音在風中迴盪。

「賜死恐怖分子！」有人高呼。

「殺死高樓七人組！」另一人吼著。

難怪這附近停滿高級車，因為他們不屑與我們擠火車，所以直接開車下來。布條、標語牌、火把用的煤油，連同鑑賞家咖啡的保溫瓶，全放在後車廂——說不定他媽的還有特地為這場合買的格紋野餐墊和爐具咧。

「燒死惡魔！」有人大叫，這時我感到臉前火把的熱度。

哇——

我一轉身，看到電視台攝影機、狂按快門的記者，麥克風直往人面前捅，高樓區的居民恐懼地排在那裡，只想回家。

看來他們短時間不會想再出門了。

要命，仇恨報導散播了更多仇恨。這事會有結束的一天嗎？

我推開一個人，鑽進群眾之中，又推開另一個，接著我腳一滑跌倒。有人衝上前踩我、踢我，我起不來。鞋子踩到我的手指，某些東西砸到我，我又倒在地上。

起來，瑪莎！我的大腦奮力呼喊，不然你就死定了，快起來。

又有人踢我的腿。

我發出尖叫，抓著陌生人的外套，硬是撐起身體。

一張張面孔逼近我。我壓緊兜帽遮住臉。他們要是發現我天曉得會做出什麼事。

「高樓區的垃圾！高樓區的垃圾！」他們不斷呼喊。

我逃離他們、接近圍牆；或許我只要進入圍牆就安全了。

更多人湧上前。玻璃瓶在我附近的地面爆開，我蹣跚前行，檢查哨終於到了，我鬆口氣。

……但那是什麼鬼東西？

檢查哨旁有七個人排成一列，穿著白囚服，手腳都被束縛。我看不到他們的臉，但仍凝神注視。他們都戴著面具。

那面具是……

我停下腳步，難以置信地看著他們。

他們之中有人戴著我的面具，另一個是以撒，再來是西塞羅、麥克斯、伊芙、約書亞、葛斯。

總共七個人。

脖子全纏著絞索。

面具後的七人都看著我，我可以確定。

他們旁邊有個標示，寫著「死即是正義——絞死高樓七人組」。

我震驚地往後退。

我的手抖到幾乎沒辦法拿通行證進行掃描，而且我很害怕，簡直怕到魂飛魄散。於是我在地下道狂奔，跑過肥沃的草地、經過公園，一路不停歇地回到水仙之家。

我想躲在公寓，再也不出門。

十二月三日

# 死即是正義：晨間節目

占據左側畫面的傑若米．夏普穿著藍色西裝搭配背心領帶，坐在辦公桌邊。他側臉的傷口已縫合，下巴則厚厚撲上一層粉，試圖遮掩大片破皮。右側畫面顯示他日前來到圍牆的影片紀錄，跑馬燈在下方橫過。

傑若米：各位觀眾早安，歡迎收看今天的節目。經歷近來圍牆和老貝利街地下的鬧劇後，我很榮幸能在溫暖、安全的攝影棚為各位報導！我們馬上來看今天的頭條……

在他播報頭條的空檔，右畫面切換了影像，同時樂聲響起。

傑若米：市區街頭發生暴動，原因是居民與高樓區的工人起衝突。市區和大道區的失業勞工阻擋在東方工業區門前，抗議被高樓區工人搶走工作。接連的攻擊事件後，頂尖專家和備受矚目的名人呼籲，必須進一步隔離高樓區居民和市區住戶。圍牆邊，抗議人士則要求永久關閉牆門。

畫面改變，填滿傑若米的身影。

傑若米：昨晚，上千人占據街頭抗議高樓區移工，主張市區和大道區的當地居民應比外來者優先獲得工作。雖然高樓區居民能進出圍牆上班，如今卻出現要求在自己社區工作的聲浪。都市商務與市民的發言人表示，這將重啟高樓區的商店和商務，有助該地區復興，除此之外，這也可釋出工作給當地市民，大幅降低市區的失業率。而和平分離組織的領導人、文森·克雷朋則預測，未來這樣的隔離將降低市區住戶此時感受到的敵對意識，同時提供高樓區安全的空間，可發展社區。有鑑於市民對高樓區居民的憤怒已達到有史以來最高峰，許多人相信隔離是最佳的長期方案，還可終結昨晚在市區和圍牆所見的屠殺亂象，當時有多達三十名抗議的市區群眾在攻擊中受傷。

傑若米停頓後輕碰耳朵。

傑若米：首相似乎要針對此事連線發表聲明，我馬上為各位插播。

# 首相——史蒂芬・雷納德

首相（蘇菲亞於左側陪著他）走出唐寧街十號黑得發亮的大門。

他在擺放於馬路中間的講桌停步，看著聚集在面前的文字記者和播報員。幾台相機閃著鎂光燈。

他在講桌放下檔案夾，雙手握著檔案夾兩側。

在他左後方，蘇菲亞仔細地觀察周圍。他們左右的白廳街、騎兵衛隊閱兵場和身後的建築皆悄然無聲。

「我很確定各位都知道，」首相開口，聲音堅定而平靜。「昨晚發生多起撼動本市的紛擾事件。我很重視各位民眾的安全，因為我相信你們的安全永遠是我們的第一位，也是最重要的順位。」他停下來，挺胸深呼吸，環顧現場，醞釀一下氣氛。

「考慮到近來高樓七人組的攻擊——高樓區居民和同情者攜手發動這起事件，是導致我國人民不斷受傷的主因。我決心捍衛本市的和平與安全，因此，從今以後，任何被視為同情者的人即是我國的威脅，我將予以排除，從市區移至高樓區。」

記者群中一陣騷動，不是猛按快門，就是掏出口袋的手機撥號。

「身為首相，」他繼續說，聲音沒有一絲不穩，雙手也沒有顫抖。「我對我所服務的民眾有責任，而我將這份責任看得比什麼都重，所以我深信這是保護每一條生命的最佳方式。」

「首相！」有人高呼。「雷納德先生。」

「首相今天不接受訪問。」蘇菲亞說。

「一題就好，」出聲的人不肯放棄。「就當是為了電視機前的民眾。」

首相頷首。

「您提到要強制將同情者移往高樓區，他們可能遭到逮捕嗎？」

「我們不是要無端逮捕民眾，而是要維護公眾的安全。假使逮捕特定的同情者、送他們進大牢能有利大眾，那麼或許真有其必要。至於逮捕與否……將由警方根據個案及當事人被歸類為同情者的原因而定。但我要再次強調，安全才是我們的優先考量。」

他轉身要離去。

「再一個問題！」記者高聲說：「既然高樓區的民眾造成許多問題，為什麼要放他們出來？對我們這些有投票權的公民而言，最保險的做法就是緊閉牆門。如此一來不就可以杜絕所有威脅嗎？市區的民眾實在太提心吊膽了。」

「這是可討論的議題，」首相說，「有必要時我們會考慮。」

「另外，在市區民眾飽受威脅的時刻，您今天下午仍要照預定招待傳奇足球員瑞可・米多納和他的家人嗎？」

首相不疾不徐地側過頭面對聲音來源。「如果我們不再去過自己的生活，取消對我們而言重要的事物，或因恐懼而改變計畫，便正中恐怖分子和同情者下懷。我們不能讓這樣的事情發生。我們得展現不屈的傲骨，團結一致，對抗恐懼。」

他挺起胸站直身體。

「團結就是力量。」他說：「我們應該要萬眾一心。」

# 瑪莎

全是狗屁。

圍捕他們。

送他們進圍牆。

不讓他們出來。

沒了工作很快就會沒錢沒飯吃。

而且——看在老天的份上——醫院、醫生和專科院校該怎麼辦？

復甦個屁。

「他們逃不開這命運的。」西塞羅坐在廚房咬了口吐司說。

「早就是這樣了，」我回，「所以趁著還有機會，好好享用你的麵包。如果情況繼續惡化，我們遲早得開始磨麥子、揉麵團。」

我往外走，手裡的咖啡逐漸變冷。這玩意兒我喝了好幾杯，但無濟於事。

「有麥克斯的消息嗎？」我轉頭問道。

「沒有。」西塞羅答。

我移步至客廳，坐在以撒旁邊。

「造成這情況的是我們嗎？」我問，「還是說這本來就是不可避免？」

他沒回應。

我很希望他回答我。

我想知道他是否聽得到我的聲音。

大家都看過報導，知道有些昏迷的人醒過來後會說昏迷時發生的一切他都知道，只是無法反應。

明亮的光線、一條隧道，會有聲音告訴他們時候未到——諸如此類。

也許一切都是藥物使然。

我將椅子拉近以撒，握住他的手。

他溼黏的手。

之前因扯到手背的點滴針頭，下方出現乾涸的血漬。

我抽了張諾瓦克醫師留下的紙巾，輕柔地順著他裸露的手臂往下擦，沾著他的手腕和手。

我小心翼翼繞過營養針，放慢速度擦拭他每一根手指。這是讓他在腦部修復期間（希望如此）也能維持身體運作的針劑。

我抽出另一張紙巾，翻過以撒的手，撫拭他的掌心、舒展他的手指，攤平一些人認為能揭露個人命運的紋路。

以撒，哪一條是你的生命線呢？

我希望不是短的這條。

但我不相信命運會像攤開的地圖，發生什麼都是天注定。

如果我真有那個念頭，明天就可以自殺，讓生命線的長度變得虛假。你知道的，只為了證明我的論點。

我重新握住他的手。

然後閉上，把我希望自己用不同方式處理的事想過一遍。

擔心著明天、下週、明年……

或今天可能發生什麼。

*會發生什麼是取決於你，瑪莎。*我的腦子說。

而我要他醒來，兩人一起忘掉這堆鳥事，到鄉下生活，遠離一切……一切……狗屁倒灶。

就我和他。

他和我。

讓別人去扛，讓某個更堅強、更聰穎、更富裕的人來扛這場仗。畢竟我只是高樓區的孤女，除此之外什麼也不是。我很久以前就說過，而事實就是如此。我把情況搞得一場糊塗，看看現在的我們。我不殺伯仁，伯仁卻因我而死。

去死。

管他去死。

我不能——

等等……怎麼……？

天啊……

「諾瓦克醫師！」我放聲大叫。「諾瓦克醫師！快！快來！他捏了我的手！」

我站起來看著以撒的臉，想從他身上找到他移動、意識清醒、眼皮顫抖等蛛絲馬跡，同時握著他的手不放，期盼他再次回握。

我感到五內翻騰、頭暈目眩。

「加油，以撒。」我說：「我在你身邊等你。」

「諾瓦克醫師！」

諾瓦克醫師邊套運動衫邊跌跌撞撞走進客廳。他拿出口袋的眼鏡，掛上鼻梁，就近檢查以撒。

西塞羅來到門邊。

約書亞也是。

此時此刻，一片寂靜。

上方公寓沒聽見腳步聲，隔壁公寓也沒人說話——鴉雀無聲，彷彿整棟大樓都屏氣凝神。

「他握了我的手。」我低聲對諾瓦克醫師說。

他點點頭，但不看我。

我看著他依序撥開以撒眼皮，讓眼球照射光線後測量他的脈搏，再檢查心跳，研究著持續發出嗶聲的監視器資訊。

我無法呼吸。

最後他總算看了我，可是在他開口前，我已知道他要說什麼。

「之前恐怕是一時痙攣才偶然發生的不自主運動，因為人體布滿反射神經……只是這樣。我很遺憾。」

我像被磚頭擊中似的。

「所以他握我的手沒有任何意義。」

「或許有，或許沒有，我們無從判斷。」他拿下眼鏡低聲說：「目前還有希望，瑪莎，但他昏迷愈久……」他沒把話說完，但我知道他剩下沒說的是什麼。如果我們有適當的設備、如果能做掃描……

西塞羅突然出現在我面前，而我發現眼淚滑落臉。我不能呼吸——天啊，我竟然在啜泣。

他張開手臂要抱我，但我躲開了。

我搖頭。

用手背抹抹眼睛後，我走回以撒床邊低頭看他。他的臉看起來好小，意識好遙遠。

神啊，我希望他的靈魂仍在體內某處，仍有知覺。聽得到、感覺得到。

我傾身向前，眼淚順勢滴落在他臉龐。

我吸吸鼻子，一面嚎啕大哭，一面以拇指輕撫他臉上的眼淚。

天啊，太煎熬了。

真的——

他媽的——

煎熬。

以撒……

我希望——神啊——我希望我能和他說話，能知道他——

聽——

得——

到——

我的聲音。

有人把面紙塞到我手裡，我聽到諾瓦克醫師的低語。他離開房間後，音量變得更小了。

另外是西塞羅的腳步聲。

請保佑這些人，保佑這些好人。

輕捏以撒的手後，我貼近他的臉頰，附在他的耳邊悄聲說：

「我會行動。這一著險棋不是大好就是該死的大壞。」

我心中的悲痛情緒拚了命想掙脫，但我不讓它如願。「如果出差錯，我就再也見不到你了。」我撫摸他的頭，滑過短髮的手指劈啪響，像火柴劃過火柴盒。「我願意為外面所有人付諸行動，但我主要是為了我們。因為這樣一來，你清醒後——」我胸口不停顫抖，所以停下來深呼吸、平復心情。「我們……我們才會有未來，而不是坐困此處。」我往下撫摸他的臉和嘴唇。「因為……因為我愛你。」

然後我吻了他。

# 伊芙

他們昨天執行死刑處死某人。

真是野蠻的行徑。

牢房的門依舊敞開著，我一樣被拴在後方牆面，但昨天我把鐵鍊拉到緊繃後，發現是可以到門口向外看的。我看到死囚之路上押解的囚犯，電視台人員亦步亦趨地跟著他，接著是行刑的宣讀。我聽到群眾高聲歡呼。

這裡的電力系統一定很老舊。因為燈光立刻隨著死囚劃破天際的叫聲忽隱忽現，並在他的叫聲停下時恢復穩定。

可怕的燒焦味逐漸瀰漫牢房，我不禁期望這是來自老舊的電線。然而一股恐懼正籠罩著所有囚犯。

之後，我坐在門邊許久，儘管信仰已然動搖，我仍為那名受刑的男人禱告。

有人會為我禱告嗎？

我感到度日如年，卻不知該期望時間加快或放慢。

「今天終於出太陽了，可是我竟在這臭氣沖天的地方。」

我似乎認得這聲音，我睜開眼。

這裡很冷，不但沒有羽絨被，連條床單也沒有。我搓手臂時可以感到指尖下的雞皮疙瘩。

「而且我昨天過了午夜還在這鬼地方，」他的聲音迴盪。他一定走上這條長廊了。「鬼才會容光煥發。」他的腳步聲愈來愈大。「民眾還以為我們過著光鮮亮麗的生活！」

我仍睡眼惺忪。我揉揉眼睛、搓搓臉。鐵鍊冰冷，貼著我的皮膚，碰撞著發出鏗鏘聲。

我直視敞開的房門，那裡站了一個人，男的。我眨眼後又瞇起眼，想看個清楚。

「你的氣色比我的心情還糟。」他說。

門前，傑若米的穿著很像是在睡衣外罩了一件大衣。此外，他一手拿著培根蛋堡，做為佐料的蛋黃蕃茄醬不斷滑下手，滴在地板上。

真是香氣四溢。我用力吞口水，知道自己一定在分泌唾液。

「噢，該死，抱歉，」他笑說，「我還真是沒神經。」我看著他咬下另一口。「你昨晚吃什麼呢？烤肉？加上甜點果醬鬆糕？」他搖搖頭。「我之前完全不知道牢裡的情形，真是個垃圾坑！跟電視上看到的完全不一樣。之前的監獄也一樣嗎？我敢說絕對不是。」

我不理會他。反正他也不是真的想知道。

他舔去手指上的蛋黃。

「我酒吧的朋友都認定我抽到上上籤，但要是他們看到這座垃圾場真實的模樣——老天。我就是想不透他們怎麼有辦法讓這鬼地方在節目上看來有模有樣！但確實如此，我說，雖然看起來不像度假村，但還過得去。」

他不可一世地東張西望。我循著他的視線看去。

「我很確定昨晚看到了老鼠。」

他回頭邊冷笑邊看我。

「你面色如土——我是說真的，見鬼的慘不忍睹。」

「謝了。」我咕噥。

他走近兩步，手裡握著最後一點蛋堡，低頭看我。

「開始拍攝前，我們得請彩妝師給你檢查一下，恐怕得耗上一段時間。」

他將最後一塊食物塞進嘴裡咀嚼。

「愛麗絲！」他高呼。「麻煩移動尊駕，過來打點這女人。快點！我不想在這鬼地方耗一整天。」

愛麗絲是一名有著一頭豐盈長髮和無瑕皮膚的年輕女子，她提著方型行李箱走進牢房。行李箱有輪子，但她一直抓著箱子的長提把，避免落地。她一身黑色裝束，散發時尚感，似乎已對此習以為常，沒有因為看到我或地牢的景象瑟縮。

「幫她打理一下。」傑若米說完後，愛麗絲看著我點點頭，毫無反感。我很好奇她之前是否來過，或是本就習慣和奇怪的情況打交道。她讓我想起那些受過訓練後就不怕傷口的護士。

她將行李箱放上床墊後掀開。

「我們很快就能把你打理好。」她說。

「為什麼？」我問，但眼睛是看著傑若米，不是愛麗絲。

「什麼？」他說。

「我猜，你們之所以要給我化妝，是因為民眾不知道牢裡的真實情況，為了讓他們相信我安然無恙，還受到妥善的照顧。你們想防止他們察覺待在這裡面對死亡的真實情況，以便繼續妖魔化我們，聲稱我們不配得到如此待遇。」

「寶貝，我們兩國交戰不斷來使，好不好？」

「如果我拒絕呢？」

那兩人不解地看著我。

「如果我拒絕你們為我化妝呢？」

傑若米拉長臉。「為什麼要拒絕？你是故意為難我們嗎？」

「我希望民眾看清牢裡的情況。」

「我們可以延後播出。」門邊傳來另一道聲音，我抬起頭，看到扛著攝影機的年輕男性。看來我的牢房突然成了熱門場所。「如此一來我就有時間為她加濾鏡。」

傑若米看看我，再回頭看攝影師。「這樣你就要延後他媽的老半天，然後我們就得解釋原因。不必了。愛麗絲，直接縮短鐵鍊讓她不能亂動，這樣就能抓著她化妝，無論她同意與否。」

愛麗絲瞥我一眼，我看到她眼裡閃爍驚慌；她不想強迫我，即使他們確實縮短了鐵鍊，讓我無法亂動或威脅到她的安全。

可憐的女孩。

「好吧。」我對傑若米說。「我願意配合。」

# 瑪莎

蘇菲亞傳來簡訊。
通知我時間地點。
但我怎麼能再離開以撒？
我看著他。
我期待他再用手捏捏我，眼裡重新閃動光芒，彎起嘴角。
西塞羅端來另一杯咖啡，但已變冷。
他帶給我的三明治不再新鮮。
可樂消了氣。

然後我的雙腿麻木。

屁股失去知覺。

西塞羅搭上我的肩。

「過來看看這個。」他說。

我搖搖頭。

「我認為你應該會想看一下的。」

我不情願地移動，同時感到渾身發疼，發出喀啦聲，活像老太婆。

他把我帶到窗邊。「你看到他們了嗎？」他指著牆門的出口。

我望出去，但眼前一片模糊，於是我眨了眨眼。「他們昨晚也在圍牆前。」我嘀咕著，聳聳肩。「一大堆人專程從市區和大道區來抗議。」

「再看仔細些。」他說。

我抹抹窗戶後直接貼上玻璃。「怎麼？一堆人排隊等著進來，八成是下班回家的人潮。」

「是，你說對了，但他們並沒有在上班。那些在東方工業區上班的人是被直接遣返。你說這該有多少家庭？」

「很多，」我回。「所以呢？你要我怎麼做？」

「我不知道，瑪莎。我們該在頂樓反覆呼喊嗎？該衝上前推翻圍牆嗎？是不是要開墾個菜園好讓六個月後人人有飯吃？我不知道。你有什麼想法？因為我現在完全沒頭緒，而且我不知道你作何感想，但我是覺得我該為現況負點責任。」

「圍牆不是我們蓋的，新的法律也不是我們定的。」

「的確不是我們，但我們也沒挺身制止。」

「人人都有責任，」我低聲說道，與其說是對著西塞羅，不如說對著我自己。「不只我們。」

「的確，」西塞羅答：「但我們脫不了關係。」

我轉頭望向以撒。他看來是如此脆弱，我不想離開他。我回頭去看蘇菲亞的訊息。

「我已經有打算了。為此我得離開一下。我真的不……」我愈說愈小聲。

「要我陪你嗎？」他問。

我看著他，又轉頭看向以撒，考慮了一下。

「法官，你知道我真正想做的是什麼嗎？如果你留下……我知道你想幫忙，但如果我能選擇，我希望你留下，以防……以防他醒來。」

或死去。我這麼想，但說不出口。

「我很樂意留下。」他說。

西塞羅給了我我所需要的動力，也成為我信任能照顧以撒的人。

我信任諾瓦克醫師，只是以撒清醒後不會知道諾瓦克醫師是誰，或自己身在何處，而醫師則沒辦法告訴他我在哪裡。

我不想離開，但……如果我要做這件事，就得盡快抵達會合點。

我照樣戴起兜帽，扣起外套拉鍊。即使外面出了太陽，依舊冷得要命。我手插口袋，出發前往牆門和檢查哨。

我簡直大吃一驚。

大批民眾不斷湧入——旋轉門發出沉悶的嗡嗡聲——可是沒人排隊出去。

我走上前，努力做出「這是再正常不過的事」的模樣。

我想像自己要前往地鐵，所以放入車票，等待機器吐出車票，通過旋轉門。

就這麼簡單。

我握著蘇菲亞給我的通行證。

如果選轉門不把通行證吐出來呢？

如果旋轉門不發出運轉聲呢？

要命。

民眾像蒼蠅般萬頭鑽動，經過我身邊往公寓而去。

老天，他們個個垂頭喪氣，拖著腳步走在水泥地面，看來好落寞。

「不用費事，」有人對我說：「他們遣返了每一個人。」

「他們是誰？」我問。

「工廠。」

「其他地方呢？有人獲准去上班嗎？」

「汽車工廠沒指望，他們也被送回家了，因為工廠要優先採用當地人。當地人才不屑工廠的工作條件呢。他們不願意上夜班，全是一群該死的勢利眼。」

我繼續向前。

只差幾步就能抵達檢查哨。

圍牆裡的人開始給圍牆外的人貼標籤了。這麼做有什麼用？

我們全都遊手好閒；他們全是勢利眼。

是啊是啊，沒錯沒錯。

一名警衛看著我，我雙手發抖地將通行證放進機器，機器立刻吸走通行證。

我等待著。

「真不懂你們這些人幹麼自找麻煩，」警衛說，「不過你可以去晒個太陽散散步。」

快、快、快。

「小偷和乞丐是沒工作好做的。」

操，別鬧了。

通行證退出。

我拿著通行證，總算能呼吸了。

嗡嗡響，咚咚響。

我通過檢查哨，推開那些口口聲聲說要處死我的人群。感謝老天，沒人認出我。

我已耐性用盡。

「滾開，讓我過。」我說。

「你這婊子嘴巴真臭。」有人大罵。

「現在年輕人完全不懂禮貌。」

「想當年……」

閃邊去啦。

## 以撒

嗶嗶。

嗶嗶。

黑暗。

嗶嗶。

嗶嗶。

暈眩。

嗶嗶。

色彩。

嗶嗶。

回憶。

說話聲。

我們手牽手。

一起走著。

在蕨類森林，

你會一直微笑到

回家。

嗶嗶。

嗶嗶。

說話聲。

「瑪莎。」我說。

她正看著我。

等我說出那三個字，

她希望我感覺到。

我希望她也愛我。

「你是我的全世界。」我說。

嗶嗶。

黑暗再度來襲。

嗶嗶。

# 瑪莎

我考慮得不夠徹底。

嗯，這也不完全是事實。我只是忽略了自己仍頂著平頭、一副暴徒似的外貌。我很難融入市區。

我從美髮師練習用的假人頭摸走一頂棕色假髮（我的選擇不多）。天知道這玩意兒能否讓我判若兩人。

試穿廉價服飾時，我偷渡了兩套一樣的到更衣間。沒人發現我出來時身上穿的和放回衣架的是同一套，也沒人看到我進門穿的衣服放在塑膠袋裡。接著，我在打折的美妝店擦眼影和口紅。

這下我多了個竊賊的身份了。

以撒啊，你現在絕對認不出我！

真是不適應。我突然變成一個普通人，光明正大走在街上，接受人們對我的微笑致意，還有男性的注目禮。

我想大聲地對他們說，「嘿，我就是瑪莎・蜜露——被你們視為恐怖分子的瑪莎。你們知道的，民眾都罵我是婊子、人渣和嘴巴不乾淨的賤貨。看看現在的我。」

外在我們都打扮得衣冠楚楚，但內在——才是你真實的樣貌。

沒人願意費心一探究竟。

而因為某種見鬼的奇蹟，我不信奉的神竟難得眷顧了我，沒在我的去路降下狂風暴雨，讓我準時抵達蘇菲亞說的會面點，而且沒人認出我或多問什麼。現在，我正搭著外燴的小巴士前往唐寧街十號。

感謝蘇菲亞。

感謝她相信我能做出正確的事。

# 水仙之家

西塞羅輕輕放開以撒的手。

「你剛剛是在眨眼睛嗎？年輕人？」他低聲說：「我不知道你在哪裡，但你能聽到我的聲音嗎？

「我們會救你的，」他繼續說，「所以努力一下，掙脫腦中的黑暗，回到我們身邊。我們都在等你。

「瑪莎愛你，她是好孩子。」

# 瑪莎

「這個端到與赤土廳相連的柱廳，」他們說，「不要端錯到小飯廳。」他們指示，「要到較大的國宴廳。」

檸檬黃的牆壁、波斯地毯、肖像、絲絨椅……

我的天！這完全是天秤另一端的人生。

真不敢相信我身在首相官邸。

我照他們交代做了一會兒事，隨後馬上找機會開溜，脫去長圍裙，讓自己看來和一般賓客無異。

首相官邸真是富麗堂皇。無數的門、房間、長廊、電梯和樓梯。我該從何找起？我怎麼可能找到呢？

我迅速在各個房間進出，盡量不引起注意。但不大成功。

我刻意不在樓梯跑上跑下。

天啊，我的手心出了汗、心跳加速。表現正常，瑪莎，努力表現正常。

接著我跑進一些之前進過的房間，我好困惑。

而且開始驚慌失措。

冷靜，瑪莎，冷靜下來，我的腦袋說，動動腦子思考。

這裡只是迷宮、是拼圖，你就把這裡當作高樓區錯綜複雜的小巷和街道，就是那些可以穿梭和躲藏的地方。

我回頭朝下層樓梯走，沿途有畫作點綴，樓梯底是棋盤格紋的地板，大型擺鐘滴滴答答響不停。我吞了吞口水。

忽然之間，傳來笑聲。

我僵住了。

腳步聲。

汗水刺痛上唇。

有人出現在樓梯底下。他一身西裝、高眺挺拔且器宇不凡。我看不到他的臉，但我知道那是首相。他身邊跟著一名金髮女性。她撥弄了一下頭髮，露出嬌笑。調情。

我不敢妄動，待在兩層樓梯間。

他們看不到我。

「不要動，瑪莎。」我如此告誡自己。

「起居空間位於三樓，這層樓供例行業務使用，有員工會議室和辦公室。」

「真了不起，」女人拖長聲音——是美國口音。「充滿歷史感。」

「非常有歷史感，」他說：「而我很榮幸能參與其中。」

「而且牆上還有你的肖像！」她笑著說，「這幅畫真是活靈活現。」

他們的鞋子敲打著地磚。

「我親自委託畫師作畫。」

用民眾的稅金，我想。

「樓上有什麼嗎？」

操，該死！

我以慢動作退回一階、兩階……不要發出聲音……不要發出聲音……

我的心跳如雷。

「我先帶你參觀這邊吧。」他說。我從扶欄往下看——沒看到他們的臉。但看到他的手貼著她的背。「這區比較舒適。」

真是嚇出我一身冷汗。

我恢復呼吸，等首相將門帶上，三步併成兩步下樓，直奔左側的門，亦即首相對面的那扇。

這裡的長廊和其他地方一樣狹窄，牆壁上半部漆成檸檬黃，掛了畫作；下半部嵌著木板，地毯厚實到簡直要吞沒我的雙腳。

還有一道又一道的門。

數也數不完。

見鬼，怎麼可能有人記得哪扇門通往哪個房間？

我一手搭上最近的門，附耳貼上門板：沒聲音。我吸氣後憋住，把門推開。我的腦中盤旋著成千上萬個藉口，準備用來搪塞房裡的人。

但房裡沒人。

自動感應燈打亮了一排排座椅，前方講台有英國皇室的獅子與獨角獸的徽章，以及英皇格言「汝權天授」，我不禁想：*真是天大的笑話*。我認得這房間，也在電視上看過。這是首相開記者會的地方。

我關上門，這房間一定沒東西。

我走到下一道門。接下來是兩道相鄰的門，我用力吞口水後推開第一道。

寬大的木質辦公桌，電話、電腦、書架，除此之外別無他物，連隻蒼蠅也沒有。

我平復呼吸後關上門，移向下一道。

最起碼我是在正確的區域，但實在不知道該怎麼在這裡找東西。

如果是我，我會將證據鎖在保險櫃裡。

我推開下一道門。

門完全敞開前，詭異的藍光先流洩而出。

電燈亮起。

我進門後，驚訝得闔不攏嘴。

後方的門隨著「咻」的氣密聲闔上。

悄然無聲。

閃爍的藍光映上我眼球和皮膚……令人目眩神迷。

我走上前，靠近那面占據整片牆的螢幕。許多小螢幕圍繞著中間的大螢幕，下方是長桌和兩張皮椅。

我一屁股坐上其中一張椅子，抬頭看著眼前的市景圖，並將手放在桌面。此時我碰到了某種控制面板，中間的螢幕頓時出現一個方框。

「請輸入姓名。」系統說。

我吃驚地摀著嘴。

我知道這是什麼房間了：首相在這個地方追蹤每一個人。

我的手指懸在鍵盤上。

我不確定自己是否有勇氣。

老天，我的心在狂跳。
耗得愈久……我腦裡的聲音說。
我知道、我知道，我回答。
我輸入「瑪—莎—」
要命，看到自己的名字出現在螢幕真怪。
我不順地呼著氣，連手指都出了汗。
「蜜露。」
我按下輸入鍵。
圓圈短暫旋轉一陣。
「找不到結果。」系統說。
我再按輸入鍵確認，但系統給我相同的回覆。
沒有GPS，沒人追蹤我。
我閉上眼，長吁一口氣。
然後重新看著螢幕。

所有權力都在我的指尖下。

我迅速輸入「以撒・派爵。」

「找不到結果。」

感謝老天。

「湯瑪斯・西塞羅。」

「找不到結果。」

「約書亞・德克。」

結果一樣。

「葛斯・伊凡斯。」

一樣。我鬆了一大口氣，有如消氣的氣球。

「麥克斯・史坦頓。」

紅點出現，畫面一轉、放大。我不知道那是什麼地方，大概是位於市區某處。金斯頓嗎？高檔區域。

什麼？

為什麼……？

我再按了輸入鍵，我一定要確認……但畫面沒變。

「你在搞什麼？麥克斯？」我低語。

真希望我懂得怎麼操作這玩意兒，這樣就能查出屋主是誰。我的手懸在鍵盤上方。

後方傳來「喀」一聲。

要命。

我回頭看到門把向下轉，傳來交談聲。

該死。

我敲下刪除鍵，急忙站起來離開椅子。

操，沒地方躲。

我該怎麼辦……？

我在原地打轉。

無處可躲！

門開了。

怎麼回事……？

我插翅難飛。

# 上午十點三十分　死即是正義　晨間談話節目

燈光劃過華麗的攝影棚，心跳節奏的主題音樂響起。克麗絲汀娜穿著紅色緊身上衣和窄裙坐在沙發上，她對面的另一張沙發是挺著胸膛、開腿而坐的迪・哈特。當燈光停在克麗絲汀娜身上，主題音樂淡去。她對觀眾嫣然一笑。

克麗絲汀娜：各位先生女士早安，歡迎收看「死即是正義」的晨間談話節目。今天早上有很多有趣的內容等著你們，包括訪問死刑列聘用的電椅工程師，以及現場電話連線，訪問由死刑列囚犯變成基督教牧師的人，瞭解他步出黑暗、迎向光明的奇妙旅程，以及死亡威脅如何使他領會生命。但在此之前——

她轉身面對舞台右側的大螢幕，眼睛標識滑向左下角後，畫面上填滿傑若米的笑容。

克麗絲汀娜：我們要連線位於新死刑列的英勇記者，傑若米．夏普。早安，傑若米，今天好嗎？你似乎沒參與今早的晨間節目！

傑若米露出燦笑。他的皮膚、頭髮和牙齒皆完美無瑕，衣服和神態散發出專業氣勢。他對鏡頭輕輕點頭。

傑若米：早安，很榮幸能和棚內連線。請容我說明，目前我有很多頭銜，而且必定會很快回到晨間節目。但我不得不說，克麗絲汀娜，你真的是抽到了死守攝影棚的下下籤吶！

他輕聲笑著時，克麗絲汀娜也跟著笑了。

傑若米：新的死刑列散發出歷史和強烈特色，我們現在準備深入地下，直擊這些凶惡罪犯的生活。是的，夜間才收看的觀眾將能定期觀賞本台在監獄的報導，囚犯因愧疚而輾轉難眠的模樣，一窺他們失眠而布滿血絲的眼睛，因為他們知道，這分愧疚不僅會跟著他們上電椅，也會追隨他們至陰曹地府。您更可以目睹他們落下悔恨的眼淚，因為他們知道自己犯下的可怕罪行會在歷史上留下怎樣不可抹滅的痕跡，永遠得不到原諒或遺忘。

他打住。畫面回到攝影棚，克麗絲汀娜點點頭。

克麗絲汀娜：聽來新死刑列的氣氛相當酥麻帶電呢，傑若米。

傑若米（大笑）：太風趣了！克麗絲汀娜！你的才華可不只在主持！但我們暫時不談這個，跟我來。

他示意攝影師跟上。鏡頭隨他走過長廊，停在上方標示「三號牢房」的門外。

傑若米：如果各位長期收看本台，會發現夜間節目少了個特定的囚犯。因為我們是特別為各位保留起來的。

他挑眉後頭朝伊芙的牢房一點。鏡頭跟著他入內。

燈光轉換，打在伊芙身上。她坐在床墊上，短髮清爽，臉看似沒上妝，但眼睛下方沒有眼袋，而且皮膚透光。床墊旁的地板有個錫杯，裝著半滿的咖啡。伊芙在傑若米和攝影機靠近時面帶淺笑，拿著錫杯起身，伸手迎接他。

傑若米：早安，史坦頓太太，謝謝你允許我們進來。

伊芙（小聲）：不客氣。

傑若米：請和我們分享你的近況。你看來容光煥發。

她伸手撫過腦袋，鐵鍊隨之發出鏗鏘聲響。當鏡頭拉近，她垂眼咬唇，胸前托著咖啡杯的手已用粉底將腕處的挫傷蓋住。

伊芙：我很煎熬，傑若米，但——

傑若米笑看後方的攝影機，打斷了她。

傑若米（眨眼）：看來確實很煎熬吧？我說——

但他猛地一顫，潑了滿臉咖啡，向後踉蹌。鏡頭激烈地來回晃動，先對著地板，再轉天花板和門，最後才拉回來。

傑若米：救命！快——

他倒抽一口氣，出不了聲，攝影師穩住後往側邊移，特寫傑若米。伊芙在他身後，手腕上多餘的鐵鍊纏著他的脖子，將他拉近。沿著傑若米漲紅的臉，咖啡從鼻子和下巴滴落。他的頭髮溼漉漉，十指搔抓著脖子上的鐵鍊。

伊芙（咆哮）：閉嘴！

口水噴到他臉上。傑若米雙眼圓睜、張嘴喘息。

伊芙（對著鏡頭）：攝影機繼續對我。如果你敢放人進門，他就沒命。知道嗎？

傑若米：照她的話做！照她的話做！

伊芙（對傑若米）：閉上你的鳥嘴！

伊芙（對著鏡頭）：我不想殺他，但我做得到。反正我四天後必死無疑，多帶一個人上路沒什麼不好——攝影機繼續對著我！仔細聽著，不准切斷傳輸。我知道那顆紅燈代表連線，所以你繼續拍。

鏡頭微晃，依舊牢牢對著她。

伊芙：我不打算抱怨體制不公，或說我殺人是逼不得已。我也不打算談我的好丈夫為了讓我扶養我們的兒子才決定犧牲生命。你們全都知道，但置若罔聞。我這段訊息是要給麥克斯。

她放鬆表情。而她身邊的傑若米正用眼睛胡亂掃視牢房，十指緊抓脖子上的鐵鍊，不再掙扎。

伊芙：麥克斯、麥克斯……我該從何說起？

她的眼眶含淚。

伊芙：事實是，我確實殺了人。當他攻擊我，我用鐵棒毆打他的頭。我那麼做不是為了保命，是因為想到你的成長過程將沒有母親陪伴，是因為我不忍心在你哭時無法安慰你，或聽不到你喊我的聲音，或無法在你放學出校門時以笑容迎接你，問你今天過得好嗎；或是你夜裡做惡夢醒來卻找不到我。在那短短幾秒，當我知道我可能活不了，心中想到的只有你——就只有你。可是吉姆，我的丈夫、你的父親，他告訴警方是他做的，並在我準備反駁時搖頭制止。他不顧我的反對，自願揹黑鍋，因為他愛我也愛你——而我也愛你，麥克斯，我愛你、我愛你、我愛你。我永遠會因為沒告訴你真相而後悔——永遠都會。所以我求你，請你在心裡撥個空間原諒我，讓我在死後知道你已原諒了我。

她停下來深呼吸，稍微鬆開纏著傑若米脖子的鐵鍊。他動也不敢動。

伊芙：我可以在此不斷重複說我很抱歉，還有希望自己早點告訴你真相。但這些對你來說都於事無補，也不能改變事實。請你對我不要只剩下恨，記得我曾牽著你的手走過公園的踏腳石，還有站在花園的棚架下喝熱可可，看著頭頂上的風雨；請記得聖誕假期我在走廊畫馴鹿蹄印，還有我們一起用醋做實驗，最後卻失敗收場。記得我們分享的笑語，我在你腳趾上塗顏色，所有我們共度的時光。如果你的父親——你那心地善良的父親沒有——

毫無預警之下，靜電劈里啪啦的聲響和閃光出現，她倒在地上，傑若米則跌坐在地，大口吸氣。

傑若米：醫護人員！——是醫治我，不是她。

鏡頭從傑若米移至左方，看到雙手平舉著電擊槍的警衛，再移至伊芙。她癱倒在地，兩只電擊探針穿透她的囚服，接著鏡頭轉回傑若米。他整理電線後將耳機放回原位。

傑若米（氣喘吁吁）：可別……別說我們……節目不刺激……現在將鏡頭……交還給棚內的……克麗絲汀娜。

畫面轉暗。鏡頭鎖定棚內挺胸坐在沙發上的克麗絲汀娜。

克麗絲汀娜：天啊，這插曲真是太驚人了，怎麼會發生這種事？我想傑若米絕對有資格坐下來享用一杯熱飲。今天如果她是正派人士，絕不會挾持人質，所以我不禁得問——有她這種人在街上——我們安全嗎？民眾安全嗎？馬上來看伊芙案件最新的數據。

螢幕出現兩個大欄位，一個欄位上方為「有罪」，另一個為「無罪」。紅燈忽上忽下照射兩個欄位後戛然而止。克麗絲汀娜高聲驚呼。

克麗絲汀娜：各位先生女士，百分之七十二有罪，百分之二十八無罪。雖然目前有罪的票數大幅領先，但就我而言，我可不願承受票數下滑的風險。微幅上揚的百分之二十三想看到伊芙·史坦頓四天後無罪開釋。各位甘心冒這樣的風險嗎？如果不想，請在節目休息時間立刻撥號投票。

燈光舞動後，畫面逐漸消失。

# 瑪莎

她一點也不吃驚，反而將拉鍊式的皮質資料袋塞到我懷裡。

「我想你是在找這資料？」

我答不上話。

「一整疊的證據；相片、記憶卡——甚至行賄的底帳。」

「你怎麼……？」

「你到死也找不到的。」

「你怎麼知道我要找證據？」

「我又不笨，」她說，「不然你何必來官邸？」

「那你為什麼不直接拿到高樓區給我？」

「你認為我會冒被逮個正著的風險拿證據給你嗎？」她齜牙咧嘴。「屆時我的事業就完了。」

「但你還不是冒險……」我起了頭又打住。搞不好沒把我帶到監獄的風險才比較小，我不知道。我不敢說自己多瞭解她。

我打量著房間……如果能讓民眾看到這裡……

「謝謝。」我低聲說。

「你竟然有辦法一路來到這兒，簡直是奇蹟。我該找警衛談談了。」她苦笑。

「這地方、這房間……」我指著後方，擠不出適當的話。「有誰知道這裡？在官府工作的人都知道嗎？」

她搖頭說：「你該走了，現在就走，快點。」

「可是這房間——」我說，「如果我能證明這房間的存在……如果民眾知道自己的一舉一動、就連在自己家中都受到監控，他們一定會……」

「我得在你被人看到之前把你弄出去。快走吧。」

「可是這裡……這個房間……」

「瑪莎！」她咬牙切齒地揪住我袖子。

但我甩開她，跑到辦公桌前推出椅子、擋在她面前。我迅速輸入「亞伯・迪倫佐」，紅點瞬間出現。

「他們要來了，瑪莎！」

「好啦好啦。」我回答。她說的沒錯，我聽到聲音了。

她拉著我離開房間、來到長廊。我認得這聲音，我知道這迴盪在長廊的笑聲屬於誰。首相。

她強硬地拉著我轉過轉角，立刻站住不動，並以食指抵唇要我噤聲。

「容我向你展示我的權力和影響力。」他對金髮美國妞這麼說，接著我便聽到開門聲。

「不准再有第二次。」蘇菲亞以口型警告我，然後帶著我從那個房間的門離開此處。

# 伊芙

非常時期，要用非常手段。

擔任諮商師時，我見過很多人在極端情境下狗急跳牆，做出自己也想不到的事。

我以前沒有（以後也不會）威脅人，更別說拿鐵鍊纏住人的脖子。

我不會殺他，那不是我的目的。

我後悔恐嚇了他。

我後悔傷害了他。

但我不後悔自己做的事。

多年前，那男人攻擊我和吉姆，而我舉起鐵棒打他。那時我只是想阻止他，沒有殺他的意圖。

我為他的死遺憾，但不後悔自己的所作所為。

有名女囚曾對我說：「我從沒想過我能奪走一條人命。」

我反覆思量後告訴她：「我相信每個人都有能力奪走人命。」

我仍是這麼相信，在時機正巧——或不巧的情況下，誰都有能力奪走人命。

我對另一個囚犯說過一樣的話。這名捲入幫派毒品事件的寡言年輕人不同意。

我向他舉例、說明理由：如果有人威脅要殺我的孩子，而我手裡有槍，同時很確定，要是不開槍射殺對方，我的孩子就會死——我絕對會立刻扣下扳機。

「你一定很愛你的家人。」他說。

「我就和全天下的母親一樣。」我回。

他搖頭笑說：「換成我媽，她絕對會想辦法賣掉手邊的槍用來買快克。」

我應該為他哭泣。

因為三天後，當我出席他的死刑，他的母親也在場。事前她將她的故事出售給《國家新聞報》，結果被狗仔團團包圍。不出一個禮拜的時間，她即因濫用藥物身亡。

我至今邂逅很多人。因為他們，我希望四天後的那個時刻來臨時，他們會在另一個世界迎接我。

屆時我會笑著和他們握手，再邁開步伐去尋找吉姆。

# 瑪莎

我記下她帶我走回廚房的每個轉角、每段階梯。

「跟他們說你不舒服，」她說，「我可以證明。」

我在外燴的廂型車裡坐了一陣子，但有人可憐我（或只是擔心我吐得到處都是），便載我回去。

「你在這裡放我下車就好，」經過金斯頓時，我說，「我可以搭地鐵。」

他們甚至不問我「真的可以嗎？」大概是急於擺脫我這個會吐得整車穢物的人。

我等他們消失在轉角，馬上查看地圖上那個「你在這裡」的指示，回想顯示迪倫佐所在位置的紅點，努力弄清楚怎麼去找他。接著我快步走到巷子，將害我滿頭大汗的愚蠢假髮塞進口袋，重新穿回外套、戴上兜帽。

我低著頭頹坐在街邊。少了美麗的長髮，戴著兜帽的我不再屬於他們的一員——現在的我不是人們微笑致意的一般人，而是避之唯恐不及的對象。

我拐過街角就看到他了，運氣真好。我對他的認識有來自電視，也有電視外，（他在談話性節目的所有裝扮、新聞節目的高談闊論、印在自家報紙頭版的大臉，或是用那笑容和魅力操縱整個社會、大放厥詞）。

他令我害怕。

我緊張到血管裡像有螞蟻在爬。

民眾似乎把我視為麻煩人物或桀驁不遜的青少年。但這是因為我沒讓他們看到我內心的起伏。

一切都是演技。

是表演。

好，又要上場了。

「迪倫佐先生？」我跟在他身旁說。

「什麼事？」他說：「你是有什麼料要爆嗎？」

「是啊。」我回。

他大笑。「你是不是在想我怎麼知道？人人都有料。所以請你聯絡報社的櫃台，報上來意後他們會轉接給負責的人。」

「你就是那個人。」

「這位……」他停頓一下，我感到他用視線上下打量我。「……年輕小姐？我有專門為我接洽這類事宜的員工。去聯絡他們。」

「我想你不會希望被他們看到我手上的資料。」

快！我想著，吞下誘餌。

「你知道有多少人想用這法子引我上鉤嗎？滾遠點！」他大步走開。我任他超前一小段距離。

「買春難道違法嗎？」我在他身後大喊。「我向來不清楚法律。所以到底是賣春違法還買春違法？還是雙方都違法？」

他打住腳步。

「如果不違法我想就無關緊要了，但民眾對性交易的態度很不一樣，你不覺得嗎？——尤其是家人。無論是妻子、女友，或學校裡的青少年。你要知道，對於父親買春的孩子，他們會……」

他轉過身。

「……對他……」我看著他的臉，停頓一下製造效果。「……非常不好。」

我忍不住彎起嘴角。

他臉上的表情……該怎麼形容呢？是恐懼？屈服？憤怒？

他撫著下顎那撮頗有型的鬍鬚往回走來。

「你是什麼人？」他問。

「不重要。」我回，他愈走愈近，我不斷後退，卻無路可逃，一下子就被逼到牆邊。

可惡，要命。

「我認為很重要。」他的聲音平靜且慎重。「而且如果你想敲詐我，你的身分就更重要了。」

「我不……」我小聲地說。我的聲音在發抖，該死，我得勇敢起來、堅強起來。我深呼吸。

「大聲一點！」他說：「你戴著兜帽我聽不清楚，為什麼不拿下來？」

「我不是要敲詐你！」我瞄了他一眼，大聲地說。他皺起眉，盯著我不放。「不是你想的那樣，我沒想公開你做的事，我是要……」噢，去他的。「……我要……」靠，我辦不到。「……你……幫忙。」老天，好痛。

我抬頭看他，他伸手拉開我的兜帽。

「瑪莎．蜜露，」他說，「真想不到。」

十二月四日

# 死即是正義：晨間節目

傑若米站在棚內的廚房流理台後方，側邊有只閃亮的茶壺，前方的盤子上放著塗了果醬的吐司片，一旁是報紙。

傑若米：早安，各位觀眾，歡迎收看「死即是正義：晨間節目」！我很高興能重返棚內！精采絕倫的時事和引人入勝的小道消息全在我手邊，要報給你們知。「那今天有什麼新聞？」我聽到你們的疑問了！關於這點，我們確實有新聞要告訴大家！我希望你們找張椅子坐穩，因為這消息震撼到我食不下嚥！

他對著鏡頭大笑。

傑若米：但這消息不是鬧著玩的。因為昨晚《國家新聞報》的員工嚇傻在旁，看著老闆兼主編亞伯・迪倫佐大反常，下令停印今天出版的報紙！

據內部人士描述，他宣稱要發布「重大消息」後便抽掉主要報導、拉掉追蹤「城市對抗高樓區」現況的頭條，換成鐵定會動搖社會的新聞。

他拿起流理台的報紙高舉在鏡頭前。斗大紅字映入眼簾。

傑若米：這引發爭議的頭條寫著**我們究竟能信任誰**？報導詳述多起公眾人物和官員的違法犯紀，並利用其影響力妨礙司法公正。當中的大名不乏迪・哈特、足球員瑞可・米多納、已故名人富翁傑克森・派爵。而被指控的罪名包括謀殺、強暴、勒索、綁架、戀童。迪倫佐聲稱，該證據是家境大不如前的派爵和他的夫人派蒂所收集，目的是打入掌權的社交圈、勒索犯罪者。

他放下報紙，傾身靠近鏡頭。

傑若米（小聲）：本節目的消息來源指出，瑪莎・蜜露和傑克森・派爵的兒子以撒——這兩位死刑列的前囚犯和恐怖組織成員的高樓七人組——試圖告知大眾實情，但事件從不曾經過調查。至今爆炸現場仍未尋獲以撒・派爵的屍首，警探正在訊問蜜露，而她本人在使用炸彈攻擊死刑列後，遭「按鈕定罪」裁決有罪、收押。噢，順便提醒一下各位觀眾，之後如果尋獲以撒・派爵的屍首，亦或爆炸後仍仰賴儀器維生的派蒂・派爵沒有康復，蜜露將重返死刑列。此外，報紙頭版也報導了哈特探長收賄掩蓋警方犯罪，及警員吸食或販售從街頭沒收的毒品。亞伯・迪倫佐也暗示在本週後續揭露更多消息。儘管迪倫佐以上的聲明已掀起軒然大波，但他更指出首相史蒂芬・雷納德是他所謂「制度化貪腐」及「極權體制、恐懼治國」的關鍵人物。各位先生女士，案件內幕重重，請持續鎖定本台，我們將帶給各位最新的消息。

# 瑪莎

迪倫佐關了電視後看著我。

「你真是逼著我接下了燙手山芋，現在他們會傾巢而出追殺我。」

「你沒有把柄。」我告訴他，「昨天我交出、燒毀的是最後一份證據。」

「我怎麼知道能信任你？」

「我怎麼曉得，」我回。「但我也可以反問你一樣的問題。我現在坐在你家客廳，而其他人認定我在監獄，所以你能通報警方說發現通緝中的恐怖分子。」

「所以你打算怎麼離開？」他問。

我看看他：有白髮、有眼袋，不如電視上迷人年輕。我想現實生活中的確是沒有美化特效。接著我打量公寓：他有小孩的相片，但家裡沒有小孩，只有印著「世上最棒的老爸」的破損泛黃馬克杯。昨晚他加熱了冷凍庫的「個人餐」供我們果腹時，花了一番心力找出非咖啡或酒的飲料給我。雖然我表示要喝酒，但他回絕了。

很怪吧？眼見並不能為憑。我甚至不知道他離婚了。

「我不能說。」我想信任他，但我不敢。

他只是點頭，沒有追問。

「你接下來有什麼打算？」我問。

他看著放在我們前方玻璃茶几上的報紙，標題醒目。

「你也許能讓貪腐的政府垮台。」

「我也許會被人發現沉屍湖底。」他回。

我們坐在那裡，一語不發。外面的雨打著窗戶，陰暗的倫敦天空風雨欲來。

「你不只是嘴上說說？」他最後說。

我點頭。

他拿起我昨晚給他的皮革文件夾，拉開拉鍊，快速翻閱所有文件。

「我全看過了，」他說，「我確定有足夠證據扳倒部分重要人物。如派蒂——假使她從昏迷中清醒。哈特——他會使出卑劣的招數，絕不坐以待斃。外加兩個名人、一些政治人物。但史蒂芬．雷納德——」他搖搖頭說，「恐怕有困難。」

「我想改變司法體制。」我說。

他鼓起腮幫子。「要是不摧毀雷納德和他的聲望，就不可能改變司法體制，但如果想達成目的……」他停頓一下，抓頭思考。

「我們得讓民眾反抗他。」我說。

他大笑。「那祝你好運。民眾敬愛他。」

我沒笑，反而說：「我能弄到扳倒他的證據。只要你幫忙，我能在今天內給你。」

他往後靠著沙發，臉上掛著淺笑，看著我，「好，瑪莎．蜜露，你給我證據，如果能派上用場——」

「它一定能派上用場。」

「如果我認為派得上用場，我們就依計行事，但我有一個條件——不對，兩個條件。」

「是什麼？」

「如果事情真的成功，功勞歸我，而且你要接受我報社的獨家專訪。」

「一言為定。」我說，並和他握手。

# 首相——史蒂芬・雷納德

蘇菲亞打開唐寧街十號的大門，首相闊步走出。

他挺直上身，面無表情地來到講台，

他看著擠滿對街人行道的成群記者。

蘇菲亞照慣例隨侍在左側。

「我的聲明很簡短，」他說，「而且不接受提問。今天《國家新聞報》的股東、員工、業主，意圖藉由組織犯罪、貪腐、掩蓋、行賄的不實指控，破壞我國的社會結構，迫使我採取行動。

「不肖之徒無視以民主方式論述真實與法律制度的需求，使我們必須實施新法，減輕奉公守法的人民對自身安全保障的恐懼。

「因此，九點之後，任何人若有被視為或確認為危害國家安全的舉動，將立刻收押死刑列。

「新法將能嚇阻個人和團體犯下這類罪行，帶來恭謹謙和的社稷與更安全的街道、社會。

「我向各位保證，當初相信我能打造安居樂業而投我一票，是明智之舉。我將盡其所能，確保你們和家人的安全。

「謝謝。」

# 迪·哈特

哈特將報紙丟給桌子另一頭的麥克斯。

「這篇報導全在寫你女友。」他厲聲說道，腹部撐起上衣鈕釦，大腿上長褲的布料繃緊。

「她不是我女友。」

哈特假笑說：「只要一通電話，就能看到選票全投你媽有罪。」

「你做了承諾。」

「但你沒兌現。你就像高樓區的人渣，天天保證說會打給她，結果一直待在我這兒白吃白喝，浪費上帝賞賜你的時間，在那邊看『死即是正義』！你用我的電話投你媽無罪多少次了？」

「從來沒有。」他回。

「很好，因為那是無濟於事。」

「你為什麼這樣說？只因為我媽承認她殺人嗎？」

哈特氣鼓鼓地翻了個白眼，譏諷道：「她承不承認沒有差。你還不知道制度運作的方式嗎？民主是謬見，不存在於世。政府和我們警方決定哪些刑案重要，再來就是炒作，讓民眾盡量投票——但其實結果早就定了。我以為你和你女友——」

「她不是——」

「——以及那個葬送未來的傻蛋以撒早就知道事實。真正能讓民眾投票的只有那些沒人在乎的案件。」

「就像我媽？」

「肯定不是你媽。為了殺雞儆猴，她必須死——除非你合作。」

麥克斯翻過報紙、瀏覽頭版。「報導提到每一件貪腐都有你一份，那為什麼沒人來逮捕你？」

「區區記者竟然妄想自己也有影響力。」

「你說迪倫佐？」

「他是個苦悶又寂寞的傢伙，不知道怎麼消磨時間。」

麥克斯假意打量房間。「我在你家沒看到老婆、伴侶或重要的人，甚至孩子——還是說他們知道你幹的好事，所以出走？」

他賞了麥克斯一記響亮的巴掌。「閉嘴。」

麥克斯扶穩椅子。「事實很傷人，不是嗎？」

「我警告你——我只要打通電話就能讓你媽直接移到七號牢房，並在午夜前行刑。今天報紙出版前我就要蜜露歸案，讓她的臉出現在早報，否則……」他的話聲漸弱。

# 伊芙

夜深人靜時常有隻老鼠來訪。一開始牠並不貿然接近我，之後才漸漸大膽起來。昨晚獄方端來溫涼的湯和不新鮮的圓麵包，所以我藏了些麵包餵牠。我這麼做不是因為我不餓，而是因為可憐牠，餵牠食物讓我想起身為人的本質。這時牠回來了，但我沒有東西可餵。

寒冷或飢餓不是牢裡最難熬的，與世隔絕才是。

我想知道現況如何：瑪莎在監獄過得怎麼樣？西塞羅發生什麼事？麥克斯好嗎？他們之前說要逮捕他，我很擔心。

想念他讓我心痛，像繩子綁緊我的內心，直向外拉，但我無法跟隨繩子而去。

不想他我會比較好過，但他的模樣不斷自動浮現腦海。

我讓他好失望。

如果我不贊同吉姆的提議、如果我不讓他成為代罪羔羊呢？那現在麥克斯就還有爸爸。

三天……三年……三十年後……誰知道呢？至少他仍會有一個親人在。

反之，三天後他將舉目無親。

變成孤兒。

如果我要他和西塞羅同住的心願沒有成，他將以孤兒的身分被託付至收容所。

因為擔憂他和他的未來，我心顫抖。

就剩三天，但我能做什麼？

我只能等。

## 瑪莎

今天天色陰暗，才大白天已開著街燈。
還有聖誕節燈飾。
我離開攝政街，人們揹著袋子，裡面八成裝滿其實沒人想要的聖誕禮物。
商店播放著音樂。
祝你聖誕快樂……
最好是。
我連想都不敢想。
瑪莎？你要什麼聖誕禮物？

以撒清醒。

伊芙不死。

我們全都自由。

如果能實現，我只想和他們在一起，而且身體暖暖的、乾乾的。

雨終於停了，但我的腳溼了。

我穿梭在人群中，走過大街小巷，完全不去想我之後要做什麼蠢事。

做就對了，蜜露。我的腦袋說。

我致電蘇菲亞時，她說「清潔工」。

「就這樣？」我問。

「如果你不認識我，連這樣都沒有。」她說。

真慶幸我沒丟掉假髮。

我戴上假髮時，迪倫佐說：「我不會問理由。」

「很好。」我回。

「他們會給你制服。」蘇菲亞交代。

「很好。」我給出一樣的回答。

如今有兩人協助我。

至少我希望是這樣。

「你之前成功過，瑪莎，」我自言自語，「你可以再辦到的。」

我邊走邊掏出手機、輸入號碼。

他接起電話後，我喊了聲「法官」。

電話另一頭傳來嘆息。「感謝老天你平安無事。那新聞頭條……是你嗎？」

「他好嗎？」我問。我現在不想談其他事，我滿腦子都是接下來該怎麼行動。昨天我只要進去出來就好了。

而今天……

我的腦袋擔心到要炸開。

如果被逮到就真的完了。

真的是GG。

我逼自己專心講電話，結果太過入神，沒長眼地直接走上馬路。一輛車按了喇叭，高速從我身旁駛過。

「一樣。」他說。

我嘆氣，不確定是鬆了口氣還是失望。

「他的眼睛曾有顫動。諾瓦克不願明說那徵狀代表什麼意義，但我看是好兆頭。」

「你會打電話通知我吧？如果有……有事——」

「一定會。」他回。

遠方的大笨鐘開始敲響。

十二點了。我想。

「希望你很安全。」他說。

安全？我什麼時候安全過呢？

「我得掛電話了。」我說。

「聽著，瑪莎，麥克斯之前打來想和你說話，我告訴他你不在後，他問了你的去向。」

「你怎麼回？」

「實話……我不知道，但我將你的號碼給了他，希望你不介意。」

「我不介意。」我回。「他好嗎？」

我可以在心中想像西塞羅咬著鬍子末端思考的模樣。「難說。」他最後回答。

大笨鐘停了。

「你要小心，瑪莎，回來前給我通電話。高樓區的情況有些……令人擔心。」

我點頭不答，然後掛掉。

我來到騎兵衛隊閱兵場，接近蘇菲亞告訴我清潔車停靠的地方，並在腦中演練接下來該說的話。我沒看路。

但前方出現叫嚷，因為恐懼和自我保護的本能，我停了下來。

有狀況。

一輛警笛大作的鎮暴車閃著燈從旁呼嘯而過。

接著又一輛。

再一輛。

搞什麼東西……？

我知道我不該這麼做，但我拔腿狂奔，想一探究竟。

民眾表情驚恐，推擠著朝我的反方向竄逃。有母親一路緊牽孩子的手，或是推著嬰兒車，見縫就鑽；西裝筆挺的男士以手肘頂開其他人；老人則盡力加快蹣跚的腳步。

「發生什麼事？」我大喊。

沒人停下。

沒人回我隻字片語。

遠方傳來另一聲大叫。

槍聲讓所有人迅速低下頭。

尖叫聲四起。

「發生什麼事了？」我嘶聲問著蹲在旁邊的女性，但她一個勁兒的搖頭。

我採取了不該做的舉動。

我站起來，走過因害怕而縮著身子的人群。

沒人阻止我或抓我的腿，或催促我蹲下。

他們根本不看我一眼。

不遠處站著十數個人，沒有嘶吼尖叫，只是靜靜站著。我看不出他們的年紀，但依他們的穿著判斷，應該比我年長二十歲左右。

他們的手裡拿著標語。

我走近看上面寫什麼。

又一輛鎮暴車呼嘯而過。

我繼續靠近。

「伸張正義。」一張標語如此寫道。

另外有標語貼著哈特和首相的相片，並以紅墨水寫著「罪犯」。

「高樓七人組遭構陷。」另一個標語寫著。

我呆住了，背脊發涼。

為什麼有人這麼說？

另一張標語上有伊芙的相片，相片上面寫著「受害者」。

我眨去不請自來的眼淚，心中刺痛。

為什麼會有人出面抗議？

我繼續前進，但鎮暴車的門開啟，警察魚貫而出。我不知道總共有多少警察——十名、十二名吧。他們高舉警棍或電擊槍挺進手無寸鐵、平和抗議的群眾。

我聽到一聲聲重擊和尖叫，感到愛莫能助。

上啊，瑪莎！我的大腦嘶吼著，拯救他們！幫助他們！

要怎麼做？

一名鎮暴警察轉身看到我，舉槍對準我胸口。我附近沒人說句話，也沒人出手搭救。

「你要帶他們去哪裡？」我高聲說。

警官轉頭不理我。

我的胸口發燙、怒火中燒。

「我問你，」我上前怒吼，「你要帶他們去哪裡？」他回過頭，再次高舉電擊槍，我嚇得停住了。

「死刑列，」他說：「以危害國家安全的罪名。」

他的臉上沒有一絲情緒。

「大家，」我對著附近的民眾說，「我們可以阻止這一切。看看四周，看看我們有多少人——多到數不清。警力有多少？頂多二十人吧？幫幫忙。」

沒人看我。

「該死的！」我拚命懇求。「警方說要殺了他們！但他們根本沒犯罪。拜託你們！」

一個肥胖又禿頭的老男人看著我說：「他們是危及大眾安全的同情者。」

「你明知道這說詞全是屁。這些人即將因為挺身支持他人而死，只不過揮舞硬紙板，是要怎麼危及他人安全？你不認為他們有權表明立場嗎？」

沒人回話。

「他們會死的！」我說。

「是，」同一個男人說，「但我們不會。」

我瞪著他，對他的自私難以置信。

「那我自己去救他們。」我回。

「那你也會沒命。」他說。

要自私還是自保？我不知道。我只知道，如果在場的人一起行動，就能阻止憾事。

「不好意思，」後方傳來細細柔柔的聲音。我回過頭，憤怒的眼淚在眼眶打轉，同時渾身不住顫抖。「是蘇菲亞・納強特派你來的嗎？你來做清潔工作嗎？」一個戴貝雷帽、拿寫字板，看來不堪一擊的嬌小女人看著我。

瘋了。我想，這真是操他媽的瘋了。

我轉頭去看示威遊行，抗議人士被拖著塞進鎮暴車，他們面露痛苦，請求我們幫忙。

我看看附近的民眾：他們一心只想自保。

然後又看著這名嬌小的女人。

選吧，瑪莎，做出正確的抉擇。

「是你嗎？」她再問。

群眾之間開始傳出叫聲，但我背對著他們。

「是我。」我回答。

「很好，」她說，「這邊請。」

我到底是個問題，還是解答？

# 以撒

嗶嗶。
嗶嗶。
溫暖。
柔軟。
寧靜。
嗶嗶。
音樂，很小聲。
口哨，愈來愈近。

一個旋律。
黑暗，但有幾道明亮的光線。
喉嚨痛。
嗶嗶。
腿疼。
呼……吸……困難。
雙臂沉重。
「要來杯茶嗎，諾瓦克醫師？」
諾瓦克？
「求之不得，法官。」
法官？
腳步聲。
刮鬍水？
我動動手指、腳趾。

眼皮很重。
光線明亮。
一片朦朧。
一張臉孔。
禿頭、眉毛、大眼。
又一張臉孔。
鬍鬚、眼鏡、笑容。
「你好啊，年輕人。」
西塞羅。
「歡迎回來。」

# 瑪莎

我記得通往森林另一頭的路徑，那裡有最適合攀爬的樹。

我記得遲到時能避開校警室，穿越校園而不被逮到的捷徑。

所以我有辦法記得唐寧街十號廚房到那房間的路線，熟悉得彷彿認識了好久的森林和學校。

沒人阻止我，這真是見鬼的奇蹟。

我看來難道不像青少女瑪莎·蜜露嗎？一個到處惹麻煩、炸毀死刑列、意圖殺害大批民眾的恐怖分子。

我不像嗎？

我理應待在監獄，不該在全世界警備森嚴數一數二的大樓到處走動，還戴著假髮、穿著制服——這似乎就不會讓人來多問。

大家只會看到自己想看的。

我提著裝滿清潔用具的奇怪籃子走過長廊。

「十二點三十分，」蘇菲亞說，「這裡不會有人。」要命，有太多事可能出差錯，例如我搞不好拿科技沒輒。

「你一定是來清廁所的。」有個男人對我說，「他們終於沒有像之前那樣讓我們等到下班後了。」

我微笑以對。「這是份屎缺。」這話脫口而出，我根本來不及阻止。

他笑開來，大步往長廊另一個方向走，回頭說：「那就請多擔待了。」然後繼續說什麼「這裡有些人就是缺乏規矩和禮儀。這會兒大家不是在開會就是在用餐，請你一定要在他們十二點四十分回來前清掃完畢。一般上班時間有清潔工在辦公室並不合規矩，但就像我剛剛說的，請多擔待了。」

我等到他消失在轉角。

十二點四十分？

蘇菲亞說我有半小時，這下我只剩……十分鐘了。

該死。

「開始吧，」我告訴自己動作要快，然後推開門。

和蘇菲亞保證的一樣，房間沒人。

詭異的藍光在房間四處閃爍。

「該來趕工了。」

提醒自己後，我摸索口袋，掏出一只小巧的裝置，按下開關，改拿出手機連線，點開迪倫佐設定的連結。不消片刻就搞定——我現在可以透過這台小攝影機直播了。

接著，我把皮革椅拉到門邊，一面期望不要有人闖進來，一面站在椅子上，將攝影機固定在門框上方的牆面，調整角度，讓攝影機對準那一整排螢幕。

我在長褲上抹抹汗溼的手。

手機顯示時間為十二點三十四分。

過得真快。

我再三檢查攝影機是否黏牢。嗯，它哪裡也不會去。

老天，我好緊張。

我推回椅子，坐下，輸入「迪．哈特」，紅點出現，畫面立刻放大。我稍作停留，讓民眾看清紅點是隨他移動。

我再次查看時間。

十二點三十五分。

又過了一分鐘。

首相辦公室的人很在意時間嗎？

他們會在十二點四十分時一分不差地進辦公室嗎？

我很懷疑。

接著我輸入第一個浮現腦海的名人。那顆紅點出現在城市另一區。

然後是電影明星。

歌手。

系統跑得很順，這裡的網路毋庸置疑遠勝高樓區。

十二點三十七分。

動作快，瑪莎。

最後幾個是一些平民百姓。

我輸入我知道的店主姓名。

再來是學校老師。

我在速食店遇到的員工。

保育員。

我可以一直輸入下去，但我相信民眾應該知道事實了。

於是我在房間四處拍照。

我已經盡量加快腳步，可是時光稍縱即逝。我查看手機，十二點三十九分。

噢，要命！

快啊、快啊快啊，瑪莎。

除非完成任務，否則我不離開。

我坐在皮革椅上，以大片螢幕為背景，豎起大拇指自拍，隨後又對著直播的攝影機揮手。

「直播？」我突然想到，「直播？」

媽的。

噢，我好像聽到聲音了。

「要命，瑪莎，你應該先拍照再錄影的，」我暗罵。「你應該在離開前再錄影，現在……噢該死……現在已經直播了將近十分鐘。如果有人發現這是哪裡怎麼辦？如果影片傳到在官邸工作的人那裡……怎麼辦？如果……？」

該死。

我得立刻離開。

老天，瑪莎，你有時真是蠢到家了。

我再次查看時間。

該死，到此為止，沒時間了。

我將手機塞在口袋、擺正椅子，希望他們不會馬上發現有人來過，接著我立刻直奔門口。

我握著門把，暫停動作，努力思考著……豎耳聆聽著……

大家最好是有這麼計較時間啦。我想。

我希望是這樣。

我聽不到其他人或其他事物的聲音……

我放慢速度打開門。

一樣無聲無息。

我踏出房間。

呼吸，瑪莎。

我在長廊上前進一步、兩步。

「掃好了嗎？」

該死，又是這人。我嚇了一大跳。

我面帶笑容地點頭致意。

「這工作很鳥吧？」他說。

「是啊。」我經過他身旁。繼續走……繼續走。

快到底了。

我的手機打破寧靜。

我被嚇得魂不附體。我把手伸到口袋拿手機，卻在驚慌中一個失手，又一腳將手機踢到旁邊。

我急忙趴到地上時，聽到長廊另一頭的門打開。

該死、該死、該死。

然後又關上。

我的手機繼續響。

「禁帶手機。」蘇菲亞曾這麼說。「他們禁止清潔工攜帶手機，這是安全措施，防止任何人拍照。」

可惡。

我扣住手機。

然後聽到門再次打開。

「喂！你！」是那個男人。「廁所根本沒清啊，你之前是在摸什麼魚？」接著他看到我拿著手機。「搞什麼鬼？你不能帶手機進來！」

操！

螢幕上顯示西塞羅。

西塞羅？該不會……？以撒！

我一陣胃痛，而且一時間頭暈目眩。我抹去額頭的汗，卻不小心弄歪假髮。

媽的！

「我說……」他加大音量走上前，但突然停住。「你戴假髮？我在什麼地方看過你嗎？」

「什麼事？」我低聲對著手機說。

「放下手機過來！」他開始咆哮。情況不妙。

「瑪莎？」西塞羅說。

那男人想搶走我的手機，我死命抓住。

不要放開，不要弄壞。

但他憤怒又強壯。

「瑪莎，方便說話嗎？」西塞羅說，「是以撒的事。」

「放手！」男人咆哮。

「去你的！」我反嗆，然後朝他臉上吐口水。

他放開手機，甩我一巴掌，我的假髮應聲落地。我害怕地僵在原地。

另一道門打開。

「你們最好——」那聲音停住，但我已認出聲音的主人是誰。

我轉過身，有如電影的慢動作。

他的眼睛簡直要在我身上鑿穿兩個洞。

「瑪莎．蜜露？」首相咬牙切齒地說，「這是怎麼回事……？」

不等他多說，我掉頭就跑。我知道方向，也知道該去什麼地方，但警鈴突然大作。

該死、該死、該死。

我沿著長廊直奔下樓，重新拿手機抵著臉。「西塞羅，」我大喊著蓋過警鈴，「等我一下。」我不能在這情況聽壞消息。

我回頭一看，有人在追。

我立刻轉往另一條長廊，再拐個彎，回頭已看不到人。我又轉一次彎，前方出現一道門。

門打開了——是蘇菲亞。她以手指抵唇。

我以最快的速度衝進去。當我踏入廚房，她對我豎起拇指。

「各位！」她對著廚房大聲說，「警鈴響了，這不是演習。所有已對我報到的幫傭都可以離開，其他人得留下。」

我沒有看她，逕自跟著其他人走出去。當我離開警衛的視線，立刻將手機貼在耳邊。

「在嗎？」我走在人群中悄聲問。

沒聲音。

「西塞羅？」我嘶啞著聲音說：「你在嗎？」但沒有回應。

我的心沉到谷底。

線路斷了。

我繼續緊緊地跟人群待在一起（人多有保障），並回撥手機——忙線中，我只能掛斷電話、繼續等待。

他會再打來的吧？

我們現在離開建築了，眾人開始分散，有些人留在附近抽菸，有些人癱坐在長椅上。我則過街前往聖詹姆斯公園，遠離吵鬧和人群。前腳才踏上馬路的另一頭，手機立刻響起。

「西塞羅？」我低聲對著手機說，「發生什麼事了？」
沉默。
「西塞羅……？」
「不是，我是麥克斯。」
「麥克斯？怎麼……你在哪裡？發生什麼事了嗎？你回水仙之家了？」
我連珠砲似的一陣狂問，再努力保持冷靜，踩過潮溼的草地，想找個安靜又四下無人的地方坐著。
「沒有。」他回。
「那你為什麼……？聽著，我得掛電話了。我要——」
「不，你不能掛電話，你得聽我說。」
「麥克斯——」
「這是你欠我的。」
「我欠你？什麼？你到底要幹麼？」
「我要你和我碰面。你在市區吧？半小時後我們在老貝利前見。」

「麥克斯，不行，我得……」快掛電話，瑪莎——我腦袋裡的聲音說。「西塞羅他剛剛……」

不行，瑪莎。

直覺制止了我。

「我不會占用你太多時間，」他說。「拜託，」他的聲調放軟。「我得見你。」

老天，我該怎麼辦？

耳邊的手機發出嗶聲。

是什麼聲音？訊息？插播？

我拿開耳邊的手機，細看螢幕。

電量過低！

真要命。

動腦啊，瑪莎，快。

「麥克斯，我得掛電話了，我的手機快沒電。我之後再打給你好嗎？」

「不行，我得盡快和你談談。事態緊急，與我會面——我會帶充電器。」

我頭暈腦脹，想釐清一切。

「好吧、好吧。」我說。「半小時後老貝利街見，但我不能待太久。」

「不會很久的。」他回完，電話立刻斷訊。

# 下午一點　死即是正義

上方的燈光在攝影棚和觀眾間舞動。

舞台右方的眼睛標識占據整個畫面，螢幕下方角落是網安的小掛鎖。

克麗絲汀娜快步走出後台。她穿著一襲深V白色洋裝，腰間繫著金色腰帶，搭配金色魚口高跟涼鞋，金色長項鍊在事業線來回擺動。

克麗絲汀娜：各位先生女士，午安。歡迎收看「死即是正義」午後特別節目！

觀眾歡呼鼓掌，還夾雜著幾聲口哨。

克麗絲汀娜：各位先生女士，在史蒂芬．雷納德首相公開發言後，情況有了很大的進展。我必須說，任何能讓街道更安全的行動都能獲得我的一票。我相信各位也同意，只要有人危害孩童和我們脆弱的生命，都該徹底接受法律制裁。但新的法令對死刑列產生了巨大的影響！當我知道社會上有這麼多人威脅到他人的安全與保障，實在感到驚恐萬分。所以，首相表示堅定的立場，安撫了包含我在內所有人。

認同的低語突然轉為掌聲，音量愈來愈大，直到觀眾全數起立。

克麗絲汀娜：但不提嚴肅的話題了，回到娛樂吧！為了帶給大家歡樂，我們今天派傑若米到監牢轉播，完整呈現新法造成的衝擊。另外，我們將揭曉最後的數據：酒駕的雪莉·杜比克可能面臨死刑。我們也要詢問各位的看法如何，因為現在死刑列的人數超過一倍，因此可能同時處決多人。不過，首先我們要提供伊芙·史坦頓的近況。傑若米，我相信你正在史坦頓身邊，是嗎？

眼睛標識移至畫面角落，取而代之是傑若米的笑臉。他後方是牢房剝落的牆面。

傑若米：下午好，克麗絲汀娜！歡迎來到貨真價實的罪人窟！誰能想到有這麼多人計畫顛覆我們的國家？告訴各位，我真的很震驚。但這件事確實帶來極大的娛樂，而我非常享受過去的幾小時，勝過這整週在老貝利的時光。

鏡頭隨他沿狹窄的長廊前進。

傑若米：其實我們現在是逆向走在死囚之路上。如各位所知，在我身後，長廊的盡頭，正是死刑室。這些頹圮的白磚和一個比一個矮的拱門是過往囚犯死前看到的最後景色，而今，這些景物再次成為死囚的最後一幕。我國終於恢復高標準的預防性羈押和懲處，真是令人欣慰。現在，我們進入牢房的起點。門上的燈若亮著，就表示牢房有囚犯。如各位所見，這條陰暗長廊的整排燈顯示每間牢房都有囚犯。一號牢房不僅有囚犯——各位先生女士——一號牢房根本是人滿為患。首相頒布的新法成效非凡，也提醒我一則振奮人心的消息。克麗絲汀娜，我能有這個榮幸嗎？或者你想親自宣布呢？

回到攝影棚，克麗絲汀娜對著螢幕嫣然一笑。

克麗絲汀娜：傑若米，我想現場觀眾和電視機前的觀眾都很期待你向囚犯公布消息，我迫不及待想看到他們的反應。

螢幕上，傑若米笑著眨眼。

傑若米：我也是這樣想，克麗絲汀娜。那就開始吧。

鏡頭隨他進入一旁的牢房。伊芙在對角位置靠牆而坐。她的膚色蒼白，臉頰和眼窩凹陷。

傑若米：伊芙，很高興再次見到你。

他蹲下，將麥克風拿近伊芙，但保持著安全距離。

傑若米：你好嗎？

她看著他，兩眼無神、布滿血絲。

傑若米（小聲）：我帶了消息要給你，伊芙，我想你一定會樂於聽到這個能終止你痛苦的消息。

她坐直起來，眼神專注。

傑若米：通常你不會收到最新消息，尤其該消息其實與你沒有直接關連，但首相頒布新法，任何視為違反或危及我國安全與保證的罪行都將處以死刑。你應該能想像死刑列在瞬間湧進大批罪犯！

他燦笑，潔白的牙齒與昏暗的牢房形成強烈對比。

傑若米：伊芙，你今早換牢房時被獄警蒙住了眼睛，對吧？

伊芙（沙啞而小聲）：他們向來都是這麼做。

傑若米：可想而知，但我們要清楚讓觀眾知道。之後獄警帶你到隔壁牢房，對嗎？

她頷首。

傑若米：真是這樣嗎？

他停頓一下，看著鏡頭挑眉後回頭面對伊芙。

傑若米：說真的，你知道自己現在在哪間牢房嗎？

鏡頭拉近伊芙的臉。很難得，她眼周的細紋和眼下的眼袋一覽無遺。

伊芙（顫抖而小聲）：今天是第四天，所以是四號牢房，不會錯。

她伸手，鏡頭特寫她手臂四道顯而易見的抓痕。

傑若米：伊芙，你說的沒錯，今天是你的第四天，但這不是四號牢房。你要知道，因為囚犯人數暴增，我們不得不有所變更。既然你前面的死刑列只有一名身在七號牢房的囚犯，而你們之間隔著兩間空房——

伊芙的臉色一沉，雙唇輕顫，不斷搖頭。

伊芙（低聲）：不、不……

傑若米：這是最恰當的選擇。伊芙，你該感謝獄友和高樓區的同情者免去你兩天的痛苦——是的，你直接移至六號牢房了！明天即是你的審判日！

伊芙突然起身，鏡頭搖晃著跟著她，只見她衝上前，鐵鍊因她的抵抗而繃緊，噹啷聲響徹牢房和整列長廊。

伊芙（尖叫）：不！不！不該是這樣，這不公平！

傑若米：你犯下讓你身陷囹圄的罪行時就已喪失人權和平等了。你的確犯下殺人罪，對吧？伊芙？畢竟你殺了那男人？

伊芙：可是他要殺我！或殺吉姆！或同時殺死我們！我不能讓麥克斯無依無靠！

傑若米：但麥克斯也將成為孤兒，不是嗎？大概再過三十一小時。

鐵鍊因她的抵抗鏗鏘作響。

伊芙：你這個卑鄙小人！這敗壞的司法體制。你們帶給無辜者痛苦與折磨，我希望你們全下地獄去死！

傑若米：真是強烈的字眼，伊芙，但我認為你才會因自己造成的痛苦與折磨，下地獄去死。

伊芙：我要跟高層說話！

傑若米（大笑）：伊芙，親愛的，你在跟全世界說話！他們都看到你情緒失控，也聽到你再次承認殺了那男人。不瞞你說，這令人不快的事件能比你認定的提早兩天落幕，我還以為你會高興呢。兩天後，你兒子就能繼續過他的人生！

鏡頭停在伊芙的臉上，特寫她潰堤落淚。

傑若米（畫面外）：前提是他屆時沒有鋃鐺入獄。但這是題外話了，對吧？各位觀眾？

伊芙：什麼？

鏡頭回到傑若米身上，攝影機跟著他到牢房外的長廊。

傑若米：克麗絲汀娜，你都看到了！我想保守的說法是「情況完全出乎她的意料」。

伊芙（在背景吼叫）：為什麼要逮捕麥克斯？怎麼回事？

傑若米（面對鏡頭，不理會伊芙）：坦白說，這決定很合理，何必浪費兩天刑期呢？她已承認犯行，這是毋庸置疑。我們還必須知道什麼別的嗎？克麗絲汀娜，現在將時間交還給你。

克麗絲汀娜：天啊，傑若米，真是戲劇化！伊芙．史坦頓的反應異常激烈，我們都認為她應該比較懂得控制情緒，但她似乎克制不了淚水，哪怕是看在她兒子的份上。現在我們來確認一下傑若米的看法是否屬實。大眾對史坦頓太太已有定論嗎？還有空間可討論嗎？或再多個兩天只是浪費時間呢？如果答案是肯定的，司法體制能更精簡嗎？且讓我們回答第一個問題。

攝影棚內，傑若米的臉變成兩個欄位：**有罪**和**無罪**。

克麗絲汀娜：電腦，請顯示數據！

觀眾席傳出響亮的滴答聲，欄位裡的光條跟著忽上忽下。

克麗絲汀娜：我等不及要看結果了！

接著是「磅」的一聲，光條戛然而止。

克麗絲汀娜：數據出來了。無罪為百分之十八點六，有罪為百分之八十一點四。票數不如我預期的一面倒，但在我看來已成定局。明天情況會生變嗎？請觀眾繼續投票，並收看明天的節目、一探究竟！同時，等不及處決的觀眾朋友請不要走開——因為廣告後我們將查看那位酒駕者的數據！

輕快的音樂響起，眼睛標識回到螢幕，網安的掛鎖在畫面一角緊扣著蓬鬆的白雲。

# 水仙之家

西塞羅嘆息著關掉電視。

「我不認為你該看這節目。」他對以撒說。

「我一定要看。」他回，聲音低沉沙啞。

諾瓦克醫師忙著給他檢查，然後吹著口哨拿掉以薩手臂的血壓袖帶。「看來沒有大礙。」

以撒點頭。「我除了頭痛外沒有其他症狀。瑪莎呢？」

西塞羅低頭看看手裡的手機，說：「我聯絡不上她。不過她應該在回來的路上了。」

以撒掙扎著從床上坐起。「我得做點事。情況——」他比著電視。「——情況更惡劣了。」

「你什麼也不准做！」諾瓦克醫師拿毛毯裹住以撒。「你需要休息和保暖。」

「我休息好幾天了。」以撒回，「我得——」

西塞羅搖頭勸他。「先等瑪莎吧。之後我們再想辦法，我會繼續聯絡她。」

# 首相——史蒂芬・雷納德

「怎麼回事？」首相說，隨著他轉回來的動作，藍色房間中的皮椅嘎吱響。

蘇菲亞傾身，在首相面前的玻璃杯注入威士忌。「我已要求他們清查此事。」

「監獄為什麼不通知我？她究竟在這兒做什麼？她為什麼甘願冒險？」

「我沒有冒犯之意，長官，但那真的是她嗎？你有沒有可能認錯人？」

「肯定是她。」他一口飲盡威士忌。「而且不只我看到。」

「你認為我們該隱瞞這件事嗎？」她起身走到門邊（攝影機仍固定在門上的牆壁），打開咖啡機。

「這事當然不能洩漏出去！」首相轉過椅子面對她，高聲說道：「要是民眾知道蜜露不在牢裡，會怎麼看我們？」

「我明白。」蘇菲亞喃喃應聲，倒了杯咖啡。

「可恨的丫頭。」他說，「真希望派蒂當初照我要求除掉她。話說回來，派蒂的情況怎麼樣？有新消息嗎？」

蘇菲亞啜飲咖啡。「她昨晚傷重不治過世了。」

首相親自拿起威士忌瓶倒酒。「不值得惋惜，」他說，「反正那女人活著也是浪費空間。她一直以為事情在掌控之中，根本不是那樣。她連自己的丈夫都管不了。如果她管好他，那他當初就會趁機斃了蜜露那黃毛丫頭，省去現在一切麻煩。」

蘇菲亞迅速瞄了眼攝影機，緩步走回辦公桌。

「蘇菲亞，你知道領導者最大的難題是什麼嗎？」

「不知道，長官。是什麼呢？」

「就是『人』。」

# 瑪莎

該死的，手機沒電了。

我走到電話亭，才想起我不知道西塞羅或其他人的號碼，而我家八百年前就沒安裝室內電話。

老天，我頭痛欲裂，很不舒服。

西塞羅為什麼聯絡我？

是好消息或壞消息？

剛剛他的音調聽起來是怎樣？

我開始奔跑。

我要盡快趕到老貝利街。或許麥克斯已經到了，這樣我就能從他那裡拿到行動電源聯絡西塞羅，弄清狀況。

話說，麥克斯到底要做什麼？

他還在生氣嗎？

老天，這實在太折磨人了！

聖保羅大教堂再過去就是下坡，雖然只有一小段路，也足以讓我稍喘口氣。

天啊，我在流汗。即使現在很冷。

我沿著街道小跑步穿過人群，來到馬路上避開行人再回人行道。民眾對我皺眉。

我想對他們說：「這是該死的倫敦，所有人都在趕時間，所以閃邊去。」

上帝啊，我真暴躁。

但有誰脾氣不暴躁？

這個街角轉彎就到了。

我猜他就在前面。

真是奇怪的會面地點，不太隱密，道路條條相通。

我放慢速度走。

看不到他。

站定後，我東張西望。

附近停了一些車。想必是公務車或政府官員的，因為這裡禁停一般車輛。

我的呼吸平復下來。

我掏出手機，盼望電力能奇蹟恢復。但沒有。

「瑪莎。」

我轉過身，麥克斯就在我面前。我沒看到他走近。

「麥克斯。」我上前要抱他。無論他現在多生我的氣，仍是救了我一命，是我的朋友。

但他退開。「麥克斯，我很抱歉，和好吧。我們該互相幫忙，還要拯救你媽。」

「我一直在幫你，現在輪你了。」

「當然。」我回，「你知道我一定會幫你的。首先……你有行動電源嗎？西塞羅想──」

「你又變回老樣子了。」

「什麼？」

「只顧自己，不顧我，也不管我想要什麼。」
「不是這樣，麥克斯。西塞羅——」
「你知道，我剛開始還對你感到過意不去，猶豫該不該做接下來這件事，但哈特說的沒錯——」
「什麼？」
「他說你只是個嬌縱又自私自戀的臭丫頭，而你剛證實了他的論點。」
我的胃在翻攪，並感到天旋地轉、渾身緊繃。
「為什麼扯到哈特？」
「因為他答應我了；他與我達成協議。」
我看著他，一陣暈眩。
「用你交換我媽。」
「什麼？」我說。
他嘲笑我：「你是腦袋有問題嗎？只要我交出你，他就交出我媽：你，換我媽回來。」
「什麼？」我又重複，無法理解他說的每字每句。

「你只有『什麼』兩個字可說嗎？我剛剛說——」他完全當我是智障，放緩速度說：「我與他達成協議。他答應只要我帶著他找到你，就釋放我媽。」

「麥克斯，」我隱忍著不要對他咆哮，同時努力想讓他知道這場鬧劇有多荒謬。「你是白癡嗎？他根本無權釋放你媽。」

「他是探長，要人脈有人脈，要風得風、要雨得雨。」

「不，他無權作主，也許他自認大權在握……但麥克斯，即使他有能力也不可能放了伊芙！他不會為你做任何事！你不能信任他！」

「果然，他提到你會這麼說。」

「因為這是事實！」」我大叫。

他扣住我的手臂，想把我拉到馬路上。

「放開！」我尖叫後試著甩開他，但他力氣很大，我在人行道上一路踉蹌。

「一直以來什麼都是以你為主，這情形該改變了。我這麼做不為自己，瑪莎，是為我媽，我知道你會理解，因為這是你虧欠她的。」

我繼續掙扎，卻站不穩失去平衡。他拖著我到停在路邊的黑車旁，車門打開，一雙腿跨出來。

一雙肥胖的腿。

「麥克斯，不要這樣。麥克斯，我求你。」

老天，我幾乎是哭著求他，不敢相信現在發生的事。

「麥克斯，他是在騙你，他不會放走你媽。」

「是啦最好是，我不想聽你說了——看看我們落得什麼下場。」

「麥克斯，放我走，拜託你。」

哈特下車，民眾開始聚集，或放慢腳步窺看，也有人拿出手機。

是在拍還是在報警？

八成是在拍。

要命，瑪莎，快動腦。你還有什麼招？如果他抓你上車就完了。

「拜託，」我真的哭了。「求求你。」

「你怎麼哀求都沒用，」麥克斯說，「反正我不會改變心意。」

只有一個選擇了。

「對不起，麥克斯。」我嗚咽著說。

「你是該對不起。」

「對不起，但我只能這麼做了。」

「做什麼？」

對不起，伊芙。但我有其他選擇嗎？

我反客為主，一把抓住他，扯下他外套的兜帽。

路人都在看。很好。

「麥克斯．史坦頓！」我扯開嗓門。「救命！是麥克斯．史坦頓！高樓七人組的恐怖分子。」

他放手後沉下臉瞪著我，整條街的人都停下來看他，還掏出手機對著他。

「是麥克斯．史坦頓！」我繼續大叫。「立刻報警，快！」

我抬起頭，哈特愣怔著站在原地。

「迪．哈特！」我高呼。「感謝老天！快，他是高樓七人組的麥克斯．史坦頓——他說不定有炸彈！」我聽見自己大呼小叫，為我的所作所為感到羞愧，但我得阻止他們反過來對付我、揭穿我的身分。

群眾尖叫，還有人拔腿就跑，有人繼續拍。媒體最擅長炒作恐懼，而我正在助紂為虐。所有人都期盼哈特保護他們安全。而他現在有其他選擇嗎？

麥克斯看我的眼神淬著恨意，我很訝異自己竟沒有當場倒地身亡。

「對不起，」我小聲且真心地說，「但他愚弄了你，他絕不會放走你媽。」

「你這賤人。」他說。

此時此刻，我想我是名符其實。

「逃吧。」我說，但他搖頭。

「他和我是一夥的，」他說，「不會傷害我。」

後方的哈特走上前，一群人指著麥克斯叫嚷。

「放開她！」有位男性衝上前拉開麥克斯的手。「去躲到安全的地方，」他催促，「快，自保要緊。」

我不能繼續和麥克斯爭論。

我別無選擇。

我只能離開。

下雨了。

天色陰沉、淒風苦雨。

一如我的心情。

我沿著鐵道邊走邊想：只要往不該去的方向跨個兩步，就能一了百了。

我經過電話亭，卻聯絡不上西塞羅。再說，即使我有他的號碼也可能承受不了壞消息。

我被雨淋成落湯雞。人生真是爛透了。

搞不好該讓哈特逮捕我才是。

我不該出賣麥克斯。朋友不是這麼當的。

我舉步維艱地走在街上，排水溝的積水反映燈光、垃圾像棄船似的漂浮在水面。我經過商店，聖誕燈飾象徵快樂、團圓和珍貴的回憶。

相較之下，我只有孤獨相依。

我看到櫥窗上自己的倒影。

我佇足於此，拿下兜帽，直視這名回望著我的陌生人。

我認得自己的眼睛、鼻子，習以為常的頭髮——和痛苦。卻不知道我流露出幾分痛楚。

我做了什麼，媽？

B太太？

我能到天上找你們嗎？

你們會摟我、抱我、安慰我和歡迎我嗎？

「振作，女孩，你很堅強，你能辦到。」這是B太太會說的話。

媽則會說，「不然還有什麼解決辦法，瑪莎？你得擺平問題，不然就會失敗。你得持續奮戰，直到獲勝。」

那要奮戰多久？你什麼時候要承認失敗？

你有承認過嗎？

一群婦人靠近，我把兜帽戴回去。

「這肯定是好事。」一位婦人說，「報紙表示新法讓國家更安全，我們的城市將不再有炸彈和隨機攻擊。」

「伊芙·史坦頓沒傷過人。」另一人回。

「她殺了那個男人！」

他們停下腳步，而我動也不動。

「如果有人在巷子攻擊你、要你的命，你會怎麼做？不自保嗎？她不是有意要殺他。她是為了救她和丈夫的命才打那人的腦袋。你不會這樣嗎？」

「我不會去那種危險的地方。」

「在夜裡走路回家是危險的地方？她甚至不是獨自一人。」

「所以新法是好事啊，讓街道更安全。如果當時採用這法令，伊芙·史坦頓絕不會遇到危險。」

我不加思索地轉過身問他們。「什麼新法？」

他們立刻抓著皮包退後。

「抱歉，我不是故意要嚇你們。」我說，「但你說什麼新法？」

「首相今天早上通過的法令，」第一位婦人說，「凡有人犯下被認為有違國家安全與保障的罪行，立刻關入死刑列。」

我後頸的汗毛直豎。

「即使沒殺害任何人？」

她點頭說「是。」

該死。

我掉頭，沒命地狂奔。我對麥克斯幹了什麼好事？

操，我跑過大橋、穿過大街小巷，跑到肺和雙腿出聲抗議，仍不停歇。

我任憑雨打在身上。

雷聲隆隆。

街上高速行駛的車濺得我一身溼。

我撞倒人後還是繼續狂奔。

我推開大門，衝過車道，去敲他的家門。

沒人應門。

我敲了一下又一下，敲個不停。

走廊的燈火點亮。

我繼續敲。

門一開，我立刻闖進去。

「瑪莎，你搞什麼鬼？」迪倫佐說。

「你知道發生什麼事了嗎？」

他關門後手扠著腰，點點頭。

「那你怎麼能這麼冷靜？」

他咬著牙，透過牙縫吸氣。「蜜露——瑪莎——這只是讓進展快一點。考慮到民眾目前對她的看法，我想這是必然的結果，哪怕她仍有兩天，票數也不太可能下降。」

我皺眉。「你他媽的在胡說什麼？」

他瑟縮。「顯然跟你說的事不太一樣。」

「是什麼事？」我說。

他嘆了口氣，回答：「伊芙，他們將她挪到六號牢房，明天行刑。」

我沒看到迎面而來的地板，但撞上地面時倒是該死的很有感。

## 十二月五日

# 瑪莎

「瑪莎。」

我好像聽到了我的名字。

「瑪莎？」

又更大聲。

「瑪莎？」

有人碰我的胳膊。

我睜開眼睛，光線朦朧。我眨了眨眼，試著回想。

乾燥而暖和。

眼前的景象逐漸清晰。

迪倫佐拿著馬克杯，臉上掛著淺笑看著我。

我掙扎著坐直身子。

「這是什麼地方？」我問。

「我的客廳。」他回，聲音輕柔平靜。

我拉開羽絨被，動動腳板，問：「我的衣服呢？」我穿著別人的睡衣。

「我家幫傭替你換的衣服。」他答。「你渾身溼透了。放心吧，她很細心。我本來要讓你在我床上休息，但她覺得你半夜醒來時或許會嚇到。」

「發生什麼事？」我問。

「你昏過去了，一分鐘前曾醒來過，但意識不清。可能是過度疲勞，或壓力，或沒進食——或以上皆是。誰知道呢？」

我兩腿移下沙發。「我們得行動。」我說：「我在那房間設置攝影機後就發生哈特事件……接著……」客廳在旋轉。「噢……」我一手扶著頭，一手撐住自己。

「慢慢來，」他說。「你該留下來吃中餐。」

「中餐？現在是什麼時候了？」

「接近十一點。」他說：「你睡了將近二十四小時，看來你很需要休息。」

「老天！我沒時間慢慢來了！」我閉上眼，想驅走暈眩。

「你有。」他起身說，「我叫醒你就是有東西要你看。」

他打開電視。

「仔細看著，仔細聽。」

頭條新聞的樂聲漸小。

「我們今日破例改變預定新聞，報導正在發生中的唐寧街醜聞。」

我的血液凍結。

「昨晚，唐寧街十號的隱藏式攝影機公開直播片段……」

我不自覺摀住嘴。

「……揭露這個監視系統，它是一種侵略性、全國性甚至全球性的裝置，能夠追蹤個人乃至住家內，隨時獲悉他們的行蹤。

「有些人認為這種層級的監視能增加安全。然而部分國民——確切來說是部分高層官員，質疑該系統顯然連結至行動電話，違反人權。很多人宣稱雷納德在他人不知情的情況設置系統，因此要求他下台。」

我感到反胃作嘔。

「翻攝網路的影片充分顯示系統的效用。」

我看到一張被兜帽遮掩的臉占據電視畫面，知道這人是我。人臉移開攝影機後，馬上看到整個房間，包括中央的大型螢幕和外圍環繞的小型螢幕。感謝老天，我將攝影機對到正確的角度。畫面顯示螢幕上的人（也就是我）坐在皮椅上，輸入姓名，立刻出現紅點，也看到系統追蹤著在街道移動的紅點。

接著是我（但沒人知道）離開房間的畫面。

影片沒有聲音，所以聽不見首相看到我後響起的警報。

而在影片快轉後（角落的計時器加快速度），首相進入房間。

一開始只看到他的背影，可是當他坐在椅子上回過頭，那張臉清晰可見。

接著，他的手指在鍵盤上輸入我的名字。

瑪莎・蜜露。

螢幕出現訊息「找不到結果」。

影片顯示他搥打辦公桌一陣，旋即起身踱步，但又打住，直挺挺地站在那裡咧嘴微笑。

我昨天在官邸看到的那名美國女性出現在畫面，他傾身去吻她的臉頰。

兩人有說有笑。

之後他們坐在皮椅上。

首相對她說了些什麼，隨即輸入美國總統大名。

系統和中間的螢幕似乎有些延遲才左移，跨越大半地球，畫面放大，出現「華盛頓特區」幾個字，紅點就在白宮內。

要命。

誰料得到？

電視畫面回到新聞播報員身上。「我們目前不知道是什麼人在房間設置攝影機，而且仍在等待雷納德發表聲明。」

「我完全沒頭緒。」我低語。

「我也是。」迪倫佐回應。

「但，」我說，「你一定……你一定是在我設置攝影機後立刻上傳影片。」

「就在你按下開關後。」他承認。

「天啊，」我說，「去他的——天啊。」我跳起來抱住他，但又想起他的名字就在那些文件上，又感到脆弱、恐懼。

我退開。

「不要太早下結論。」他別過頭。

「該死，」我說，「伊芙。」我的記憶都回來了。「麥克斯，該死，西塞羅。」

# 伊芙

七號牢房。
但不是第七天。
我希望有奇蹟出現，也祈求奇蹟出現。
我想著麥克斯。
時、
時、
刻、
刻。

他是否真如那個爛人傑若米所說被捕了？

他們為什麼要逮捕麥克斯？

他們是以什麼罪名起訴他？

他們會怎麼對待他？

關入老貝利？

還是處決？

真希望我能和他們協商，告訴他們我樂意赴死——只要他們放過他、留他一命。雖然我懷疑是自己涉入此事太深，讓兒子也一起被犧牲，但我接著想，這事遲早會發生，如果他們一直握有我的資訊，大概只是在等適當的時機公布。

或許，這事的開端不是瑪莎，而是我拾起鐵棒的那天。要是我和吉姆當晚不出門、要是當時下著傾盆大雨，我們改搭計程車……

要是。

我記得每次聽到諮商的對象說「要是」，總拿我試圖說服自己的說詞來說服他們。

「選擇攻擊的是罪犯，起因不在你，不是你的錯。」

但我的理智立刻反駁，我不由得想：也許我應該、或要能有不同做法。如果當初我沒殺他，現在這一切都不會發生。我的兒子會很安全。

我的腦海充斥著千頭萬緒。麥克斯、西塞羅、瑪莎、我的朋友，我諮商的囚犯——有些人維持尊嚴，坦然面對死刑；有一些則全程不斷哭喊，我就這樣在旁看著。

曾有人問我：「人們用什麼方式面對死刑？他們接受死亡嗎？他們是否突然間信了上帝？」但這些問題都沒有確切答案。他們都以自己的方式面對。

而我的方式是什麼？我不知道。

「現在時間是……」

噢，開始倒數計時了。

「上午十一點。你可能會在——十小時——後被處決。目前數據為百分之七十二贊成，百分之二十八反對。下次提示是一小時後。」

十小時。

我開始發抖、無法思考。

我嚇得要死。

# 麥克斯

「你答應我了。」

「你沒有實現諾言，你該慶幸沒有真的被逮捕，否則此時此刻你早就去了死刑列。我之所以不送你上警局，只是因為這樣有太多事要解釋。你的朋友蜜露現在八成以為你待在一號牢房。竟然有人是這樣對朋友的。」他咂咂舌。「這樣對一個救她一命的人——我早就告訴你她是賤貨。」

「我才不在乎她，我在乎我媽，而你答應我——」

「我剛也說了——你沒實現諾言！你是想浪費一整天兜圈子，還是想目送你媽度過生命最後幾小時？」他遙控器把丟給麥克斯，但麥克斯側身閃開，讓遙控器順勢砸在電視螢幕上，害螢幕破裂。

「混蛋。」麥克斯咒罵他。

哈特轉過身，腹部的襯衫鈕釦繃緊，漲紅了臉，看著他。「滾！你他媽的給我滾回高樓區。你有半小時，之後我會報警，說有人看到你出現在這區，明白嗎？」

麥克斯抓著椅背上的背包衝出屋外。

# 瑪莎

有時人會出乎你的預料。

有時不會。

我想這就是人生。

迪倫佐就讓我大吃了一驚。

「你覺得我該去死刑列嗎？」我問他。「我該不該在死刑列外發起什麼運動？想辦法讓民眾投她無罪？我們之前成功過。」

他打開車門後擋著門讓我上車。「你們之前成功是因為駭入系統。現在你有兩個問題：第一、你不擅長科技，麥克斯才會，所以這方式行不通。第二、他一次次駭入系統，他們就一次次加強系統，所以他現在進不去了。他們技高一籌。」
「現在該怎麼辦？」
「如果這事發生在兩天前——或她還有兩天——我們可能有機會改變民眾對她的看法。媒體是很強大的工具。」
「你覺得我不知道嗎？」我咕噥。「但民眾已要求首相下台。」
「這個人數相對少，而且單憑他們不可能在——」他看看手錶。「——十小時內改變司法體制。」
我上車等他坐進駕駛席。
「所以你是說沒指望了？」
「對。」他低聲說。
「可是……」
他發動引擎。「對伊芙來說已經無望，但她之後的人則不一定。」
「為什麼伊芙就無望了？」
他駛入車流。「『主啊！求祢賜我寧靜的心，去接受我不能改變的一切……』？」

「我知道這禱文，」我回答，「接下來的也知道，『賜我勇氣，去改變我所能改變的一切』。」

他搖頭嘆息。「『並賜我智慧，去分辨這兩者的差異』。」

「但我不信神或什麼愚蠢的禱文。如果我有能力就該奮力一搏。」

「勇氣的定義是知道何時該為下場戰役養精蓄銳。」

「掰出這話的人也去吃屎。」我說。

他差點笑出來。「這人就是我。」他說。

他在交叉口停下來，確認左右來車。

「我載你到高樓區柵門。」

「不如載我到老貝利吧。」

他嘆氣，打方向燈變換車道。「如果我拒絕，你會怎麼做？」他問。

「你真的有必要問嗎？」我抱著胸，注視倫敦街道。

「你回高樓區就會知道西塞羅為什麼找你。」

啊，我都忘了我對他提過這件事。

「或許不是壞消息啊。」

我不答腔。

「我知道你怕，但——」

「不要說了。」我惡聲惡氣地說。

「派蒂死了。」他突然說。

我的血液凝結。

「你知道這代表什麼嗎？」

我點頭。「代表只要他們捉到我，就會送我回死刑列。」

他不說話。

「老實說，我相信他們無論如何都會送我到死刑列。」

他點點頭，於是我移開視線，看著副駕駛座的窗外。

沉默籠罩了我們好一會兒。

我分不清自己究竟對派蒂有什麼感受。我希望她沒有受苦。

街道很靜，好怪。行人個個低頭沿牆邊疾行，沒有視線交流，沒有笑容。

時常賣給觀光客劣質商品的小販不見了。
街角或門邊都看不到街友的身影。
甚至他媽的一輛計程車都沒有！
我們經過國家新聞報大樓。
「遊行的人跑哪兒去了？」我問。
「新法頒布並開始逮捕人後，他們便離開了。」
「為什麼街上連個警察都沒有？」
我看他一眼，他皺著眉頭回答「我不知道」。
交通順暢。
一路通行無阻。
「我們簡直像在喪屍末日。」我低聲說。
他再轉彎，沒車沒行人沒自行車騎士，沒快遞車。
這是一座空城。
他停在路邊，一語不發。我們旁邊是老貝利的拱門。

「真是怪了。」我看著窗外。

「是啊，」他回，「非常怪。」

我深呼吸後下車。

「我在這等你十分鐘，」他說，「以防萬一。」

以防萬一？我想問出口，但他大概也不知道答案。

我帶上車門，聲音自牆面反彈回來。

車子引擎熄火，寧靜跟著降臨。

寧靜……但我該死的心臟卻不斷撞擊肋骨。媽的，我怕得要死。

我走過拱門。左邊是入口，右邊是沒車的馬路，對街是連一個顧客或員工都沒有的商店和房地產公司。

人是在一夜之間全死光了嗎？

空氣中有病毒在散播嗎？

我左轉，沿建築正面而行。

沒人。一個也沒有。

一陣風吹來，洋芋片包裝飛過柏油路，掉入排水溝。我踢開地上的空飲料罐，發出的聲響大到他媽的能吵醒死人。

上週以撒在死刑列時，這地方擠得水泄不通。現在是發生什麼事了？

「測試……測試……」一道聲音轟然響起，嚇得我立刻轉過身。

只見大螢幕仍在原處，發出嘶嘶聲啟動。

眼睛標識出現在螢幕上。

好巨大。

「以眼還眼」的文字繞著瞳孔轉時，冷藍色的虹膜不斷閃爍。

「測試……測試……」

我不敢動，就這麼看著眼睛。那眼睛晃動、轉變，最後換成將麥克風舉在臉前、瀟灑迷人的傑若米。他的身後是死刑列的牆壁。他走向一道門後，停下來伸出一根手指擺在耳邊。

「聽得到嗎？」他說，「哈囉？哈囉？測試……這還管用吧？影像有傳送到牆外的螢幕供大家觀賞嗎？」

我轉頭看看空曠的四周。呃，是啊，沒錯。

「好極了。我的鼻子有出油嗎？能請化妝師來嗎？」

我真想當面罵他「你這蠢貨」。畫面多次晃動後，眼睛標識重返螢幕。

我暫且按兵不動，謹慎地抬頭左右張望。

燈柱頂端和其他位置有監視攝影機，商店街角和螢幕邊緣也有。我走近老貝利，馬上看到入口上方有攝影機。

我回頭看第一台攝影機，鏡頭隨我移動——我被包圍了。誰在監視我？警方？不對。還是雷納德？想必他已經發現我裝設的攝影機，然後拆除光光？

我可以在這裡坐下，來一場只有一個人的遊行，抗議死刑、抗議伊芙的處決。但這麼做無濟於事。

接下來呢？

我遮著臉，壯著膽子走到前門，深呼吸後推門進去。老天，看看這地方！

大理石地板、巨幅肖像、圓頂天花板……真是美輪美奐。

我的溼鞋走過磁磚地板，發出吧唧吧唧的聲音。我向後看，見到一排鞋印。算是小小的反叛？我不禁笑出來。

「留在原地！」槍枝發出「喀答」一聲上膛，我立刻定住不動。

「你來這裡做什麼？」

噢，該死，快想，瑪莎，快想。

「我……呃……」

又一把槍發出「喀答」一聲上膛。我放慢速度、舉起雙手，試著張望周圍，但不敢亂動。有一人在樓梯中途，另一人從大柱子後方出來。兩名黑衣人都拿槍指著我。

「我以為觀眾要來這裡看。」我勉強擠出話來說。

「你有票嗎？」

「呃……」老天，這實在太詭異了。「我想買一張。」

「你走錯地方了，售票亭在新門街的入口。」

「謝、謝謝。」我結巴，緩慢地向後退。「你們是誰啊？」我問，「警察嗎？」我繼續舉著手。

一人嗤笑著說：「我們超越警方，我們是政府。」

「我不懂。」我說。

「你之後就會懂。」他說，「快離開吧。」

我一出去，立刻聽到門上鎖的聲音。

我跑到建築正面，然後停住。

不太對勁。空氣與風中有股山雨欲來的氣息，我感覺到那分刺激和威脅。

我站在路中央，藉著兜帽的掩護，謹慎查看兩側的攝影機。

接著我舉起右手，賞他們個中指。

# 伊芙

他們的名字我全都記得。

他們自述有罪或無罪、是生是死，我全都記得。

他們愧疚、悲傷、挫敗、恐懼的眼淚，我全都記得。

他們的緘口不言我也記得。

我記得有個男人承認自己犯下最極為凶殘的殺人罪，但表現得毫無悔意。他問我個人認為他該生或該死，我當時不知道答案，現在仍不知道。

我記得有個年輕女性在抱著襁褓的孩子時摔倒，導致孩子死亡。那是一場不幸的意外，她天天祈求能活下來。「死太簡單，」她說，「我該為我犯的錯痛苦一生。」

處決前，她哭了。

我不知道該因為她脫離自身的折磨而開心，或傷心好人不長命。

至於那些活下來的人，我很想知道有哪些會來看我最終的審判。當他們知道我是犯罪的偽君子後，會對我有什麼看法。

但大多時候我擔心的是麥克斯和他對我的看法。

我想知道他的未來，而我很可能再也看不到。

我想知道他畢業後會做什麼。

他會上大學。

他會邂逅喜歡的對象。不知道對方會是什麼模樣？

某天他會有自己的孩子。

我想知道他會怎麼和孩子介紹我。

「現在時間是：下午四點。」

我的胃一陣翻覆。

「你可能被處決的時間還有：五小時。目前數據為……」

我閉眼等待。我之前根本——根本不瞭解待審的心情。這不是皮肉痛的折磨、這是提心吊膽的……

「……百分之八十一贊成，百分之十九反對。下次提示為一小時後。」

為什麼支持的是死刑而不是被告呢？是否因為一開始就有失公允，因為他們要的就是死刑？

我感到暈眩。

數據一下傾向贊成，一下傾向反對，全無邏輯。十一點，數據落在百分之七十二贊成，我不禁感到絕望；下午一點的數據落在百分之六十三，我有可能返家再次擁抱著兒子。我的心好像飛在天空。但一小時後語音提示數據為百分之八十九時，我摔回地面——希望全滅。可是下午三點數據又拉回百分之六十九。而現在數據再次攀升。

將最強烈的情緒「希望」玩弄在股掌之中，是一種詭譎的折磨方式。

我不想再去搞清楚數據，但絕不捨棄返家的可能。

家。

即為心之所在——老普林尼。

是愛的起點——德蕾莎修女。
即使遠行仍心繫之處——小奧利弗．溫德爾．霍姆斯。
也是我有幸和許多好人分享生命之處。
我只剩五小時。
只有五小時。
五小時。
等我，吉姆。

# 水仙之家

以撒站在窗邊，望著高樓區那片囚禁他們的圍牆。

「你覺得她會在什麼地方？」他問。

「城裡，幹些勇敢的事。」約書亞回。

「或愚蠢的事。」以撒說，「你不是說牆外有一大群人嗎？」

「是啊，」約書亞答，「之前有一群憎恨高樓區居民的人，他們舉著布條和標語高喊著要拿他們血祭。」

「現在外面沒人了。」

「沒人嗎？」

「只有兩個警衛。」

「真是奇怪……你該坐著休息。」

以撒慢條斯理地轉過身，說：「我坐著休息很久了。」然後他踱步走到房間另一頭再折返。

西塞羅跌跌撞撞地跑進來。他的眼睛泛紅、浮現血絲，但臉上卻有淚痕。「有人看到我的外套嗎？」他問，音量幾乎聽不見。

約書亞起身。「怎麼？你要出門？」

「我要去老貝利。」他搓搓額頭。「我得在那裡陪她，我得在觀眾席上。」

約書亞和以撒交換視線。

「他們不放人出去了。」約書亞平靜地說。

「不管，我得試一試。」

「即使他們放你出去，也沒多餘的票了。」

「只要我付的錢夠多，一定有人願意賣。我知道一定有人願意。」他大步走到走廊，拉開衣櫃翻找。「外套不在。」

「也許在臥室？」約書亞說。

西塞羅重重踏過公寓。「沒有！」他大叫，「外套也不在這。」他重新出現在門口。
「湯瑪斯，」約書亞說，「我認為去老貝利不是好主意。」
「是不是好主意不重要！」西塞羅高聲說，「我得去到那裡！你不明白嗎？當她看著觀眾席，那裡不會有她認識的人——一個也沒有——而且觀眾對她恨之入骨。我必須為了她做這件事，我得在場給她支持。」他神情緊繃，雙手扠腰站在那裡搖著頭。「不找外套了。」然後匆匆離去。
門在他身後甩上。
以撒看看牆上的鐘。「不到五小時，我們也該有所行動。」
「我們無能為力。他們不放人就沒人能離開高樓區，現在的我們是籠中鳥。」
以撒回到窗邊。「西塞羅就認為能出去，我現在只看到兩名警衛。」
「兩名警衛都佩槍。」約書亞回答，「即使我們能……」
以撒一屁股坐在沙發上，「再討論下去也沒用。」他打開電視轉台。
「……恐懼使得很多人選擇明哲保身。」記者站在空曠的皮卡迪利圓環中央，霓虹燈一閃一閃，掠過他的皮膚。「這真是空前絕後的經歷。高層使用的民眾監視系統揭露後，公車司機、店主、企業主全因害怕被捕而停工。很多人堅稱監視系統對光明磊落的人不構成威脅，但也有人認為監視系統違反政府說要維護的公民自由，或認為無辜民眾可能會被抓起來，以降低犯罪率。一分鐘前警方發表聲明，表示將展開行動、抵抗該系統——甚至抵抗首相。他們也提及這種等級的監視簡直有辱警方的專業，並可能導致警方失業率上升，同時使他們的辦案能力倒退。」

以撒挑眉看著約書亞。

「真有意思。」約書亞說。

## 瑪莎

迪倫佐有等我，我真是超高興。
我是可以走路到高樓區，但感覺會很可怕。
附近沒人、沒車、沒警察，而且天色開始暗了。
撇開這些不談，你看城市的眼光會變得不一樣。城市的靈魂消失了。
高樓區的圍牆聳立在遠方。
我沒把握進去後還出得來。
我很害怕。
我很擔憂。

我努力不去想西塞羅要傳達的消息，以及我打開家門時他們臉上可能出現什麼表情。

空床。

還有伊芙。

天啊，伊芙。

她經歷的一切。

「我們一定有辦法救伊芙的，」我低聲說，「不能放棄。」

「你想怎麼做？」迪倫佐溫柔地問。他跟我長期以來在電視看到的不一樣，我沒辦法將眼前的他和之前的他對起來，尤其我知道他之前做了什麼事。

「我知道你說我們無法入侵系統，但如果我們上電視，直接跟那些投票的觀眾訴求投伊芙無罪呢？」

我聽到他大吸一口氣。「我是能出現在新聞台，我是有能力這麼做，他們會讓我上節目，但你知道投票系統的運作方式吧?麥克斯可以想辦法進入，但投票系統就像某種生物。他們編輯好要的結果後由電腦負責達成目標——而且要用令人信服的方式。當然他們會加入一些變數，提供緊張和刺激，但只要他們希望結果是有罪就是有罪。即使你找上千人分分秒秒投她無罪，電腦一樣能打消。」

「為什麼沒人發現這件事？」

他大笑。「原因有二。第一，他們的確開放投票，所以當有人登入系統檢查，會看到每一票後面都有手機號碼。第二——他們是政府。」

「所以全知全能？」我說。

他挑眉看我，像是在說「高樓區的孤女怎麼可能知道這種高級用語？」

「出身高樓區不代表笨。」我對他說。

「的確，」他回。「可是你不是無所不知，他們是，而且他們能控制一切。他們……」

他用手指敲打方向盤，搜尋適當的形容詞。

「為奪權力不擇手段？」我接下去。

「等這一切結束，你該來為我工作，」他笑說，「你比我半數員工都聰明。」

我不習慣聽讚美，所以不知道該做什麼反應。

「這事永遠不會結束。」我邊嘀咕邊看著現在與我們平行的圍牆。「而且我一進圍牆就出不來了。」

他在路邊停車，柵門在有些距離的前方。

「炸彈不是你設的吧？」他說。

我看著他搖頭。

「事情總有結束的一天，」他說，「我很確定。」他把手伸進內側口袋，然後遞名片給我。「結束後聯絡我。」他說，「我們再來安排讓你和大眾說你的故事。」

我把名片塞到口袋後開門下車。

「瑪莎？」他喊我。「伊芙的事我很遺憾，但戰爭難免有傷亡。」

「已經有太多傷亡了。」我關上車門，看著他離去，突然覺得很孤單。

我走向柵門時手抖個不停。水仙之家幾乎融入夜空，但我知道它就在那兒，守著消息等待著我。

警衛沒有質疑我的通行證。「進去後乖乖待著。」他們說，我覺得自己像是步入一座大型監獄設施。

我通過旋轉門，看到地面的血跡——是新的——在月光下發亮。我一語不發地跨過，然而差點哭出來。

我穿越地下道，經過關門大吉的商店，來到坑坑巴巴的草地。我想拜訪B太太的墳墓，可是還無法面對她。

公園出現在前方，光線昏暗，壞掉的長椅、單人鞦韆、豎立在地面、曾是攀爬架的金屬桿（看起來活像某種生物死了好久的骨骸）。有個少女走上前。

「你有吃的嗎？」她說。

我搖頭說抱歉，並這麼對她說：「不過你往那裡走也一樣，商店都關了。」

「反正店裡也沒東西。」她高聲回應道。「噢，我到警衛那邊看看他們有沒有東西能施捨給我。」

施捨？搞什麼？是我想的那樣嗎？

情況已經慘到這個地步了嗎？

「有好些天沒食物運進高樓區，民眾恐慌，購買大量食物——可是我們沒錢。為了巧克力棒殺人都有可能。」

我張口想反駁，卻不知道該說什麼。

或許再過不久就會開始發送海報，就像學校給我們看的那種戰時宣傳品。搭配孩童抱著胡蘿蔔微笑的圖片，要我們「耕田而食」、「挖掘勝利」、「縫製溫暖」。

最好是啦，搞不好還有「拿褲子來換巧克力棒」。

嗯……我打了個哆嗦。無法忍受這想法。

也許他們會給我們取個新名字，「高樓自治區」之類，讓我們覺得這筆交易划算，覺得自己跟一般人不同？

不過我看那名字更像是「各位，這裡是高樓『他媽的自求多福』區」。

回神之後，我發現自己愣在公園裡——如果可以這麼形容的話。一定是因為剛才那個少女嚇到我了。

你還記得嗎？之前和以撒在這公園裡，你坐在鞦韆上，他扳過你的身子，和你一起向後仰著看星星？

看天空中我們一同擁有的星星？

水仙之家窗戶透出的燈火就像看著我的眼睛。

對不起，我在腦中對它說，但我還不能進去，我還沒做好準備。

只要我進門、爬上樓梯或搭電梯，再走過長廊、打開家門，就會看到他們面露同情地搖頭，而我就不得不停止假裝。
我還沒做好準備面對這一切。
我坐在單人鞦韆上，手臂鉤住鍊條向後倒。
我們的星星，以撒。
你在天上看著我嗎？

# 水仙之家

「今晚的星星很明亮。」以撒說：「萬里無雲，看來明天早上會結霜。」他看著窗外，而約書亞用拇指點著手機。「公園的鞦韆上坐著一個人。」他補充，「這是我一整天在戶外看到的第三個人。」

「大家嚇壞了。」約書亞說，「人害怕時會躲在自己四四方方的屋子裡。」

「除了西塞羅。」

「的確。」

「所以你認為彼特現在待在屋裡嗎——就是你家？」

約書亞嘆了口氣。「我希望他在工作，如此一來就能解釋他為什麼不回我電話和訊息——因為醫院有急救病患。」

「他是醫生?」

約書亞點頭。「你有再試著用電話聯絡瑪莎嗎?」

以撒走到餐桌,拿起手機撥號。

他搖頭模仿語音訊息的聲音:「您撥的號碼暫時無法接聽。」

「也許她的手機掛了。」

「或是她掛了。」以撒低語。

門「咿呀」一聲開啟,又用力關上,整間公寓隨之震盪。

以撒和約書亞交換視線。

走廊傳來雜亂的腳步,隨後停在客廳。

「你說對了。」門口的西塞羅腳步虛浮,臉上染血紅腫,左眼下方有一道劃開的口。

他鼻子的血滴在混雜泥土和鞋印的上衣,眼鏡不見蹤影,嘴唇也裂了。「他們不放人出去。」

「天啊,」約書亞立刻起身去扶西塞羅。「他們揍你?」他抓著西塞羅的手臂領他到椅子坐下。「以撒，你能拿溫水和法蘭絨衣來嗎？」

「也順便拿我放在廚房櫥櫃的威士忌。」西塞羅要求道。

約書亞抽了幾張面紙遞給他。

西塞羅輕擦臉和鼻子，說：「我們就是囚犯。」

約書亞點點頭，低聲說：「很遺憾。」

西塞羅閉上眼，淚水傾瀉而下。他吸了氣後突然開始抽噎，身體跟著震顫。

約書亞摟住他。

「我不曾表白過我的愛。」西塞羅嗚咽。

「她知道的。」約書亞輕聲回應。「她心裡一直知道。」

# 伊芙

「現在時間是：晚間八點三十分。你可能被處決的時間還有：三十分鐘。目前數據為……」

語音提示出現時，我總以為自己會暈過去，但我力圖振作。

「……百分之七十八贊成，百分之二十二反對。下一次提示在十分鐘後。」

數據下降了，可是還不夠。它會繼續下降嗎？或者這只是娛樂，要刺激民眾持續投票，直到最後一刻？

再三十分鐘。

我先前諮商過、最後沒被處決的每個人都說，最後半小時他們幾乎失去理智。

這可能是我人生最後的三十分鐘。

我聽到響亮而沉重的腳步聲，獄警出現在門口。

「該走了，」他說，「來吧。」

「要到哪裡？」我問。

「死刑室。」

「可是——」

「你將在死刑室聽取最後數據。」

「為什麼？為什麼改方式了？發生什麼事？」

他聳肩。「因為我們預期觀眾人數會繼續增加，所以分次帶囚犯前往死刑室顯然是控管最好的方式。」

他抓住我手腕的鐵鍊。

「有需要的話拖著你走也行。」他說。

我像條戴著項圈的狗，踉蹌地跟著他走——但我可能不會得到獎賞。我們出了門口，來到長廊，他說：「這邊。」

「死囚通過，」他高呼，「死囚通過。」

我感到頭暈目眩。

我們沿著拱門之下骯髒破碎的白磚行走。

「死囚通過。」他再喊。

又一道拱門，但比較小。

前方只見黑暗。

再一道拱門。門更小了，獄警彎腰鑽過。

我知道這是死囚之路，是過去新門監獄押解罪犯到刑場的必經之路。

我們走過另一道又更小的拱門，隨後轉彎。

冷風吹過，也帶來上方的呼喊。

「死刑、死刑、死刑。」

我抬起頭。低頭俯視我的是一張張憤怒的面孔，接著有東西砸在我臉上。好像是腐爛的水果。

「他們氣瘋了，」獄警說，「因為買不到票觀賞你被電焦，只能帶著爛水果和蔬菜到拱道上面。我也很火，因為我不想被波及。」

「我可以獨自走到死刑室，」我說，「不用你護送。」

「最好是，」他說：「但我得在場扳下開關！」

「死囚通過！」他又喊一次，引來上方群眾嘲弄。

「死刑、死刑、死刑。」

他推開長廊盡頭的門，拉我進死刑室。

我們身後的門關上，剩下驚人的死寂。

我原本以為會有轟然嘈雜，有咆哮或嘲笑，但現場靜謐無聲。

他領我走過磨損的木地板，解開我手腕的鐵鍊。我感到如釋重負。

「不要拘束，就當在家。」他譏諷著說，消失在另一道門後，留我獨自一人。

地板中間有張椅子。不是之前的電椅，因為原本那張毀了。現在這張像是博物館找來的。高椅背、木板條，有皮帶束縛手腕腳踝，而其中一條皮帶是用來綁住胸膛。

我的胸膛。

椅子上方類似碟子的金屬片吊在轉軸上，以尺寸誇張的螺栓鎖牢，另有紅黃電線從金屬片延伸到後方的小房間。

屆時獄警就會在小房間。我想像他守在開關旁，準備扳下手把，而一旁的老式電錶會在電流傳輸時閃閃發亮。

或許他們是刻意選擇這種中古世紀風格，強調這地方的歷史，增添牢獄的氛圍，提醒人們別忘記他們監禁過哪些囚犯——丹尼爾．狄弗、卡薩諾瓦、威廉．潘恩。

不知他們困在這裡時有何感想？

如果能獲釋，我第一件要做的事是抱著兒子道歉。

第二是告訴西塞羅我愛他；我早該坦白。

我希望他們保有先前死刑列的一些老規矩。不過，因為怕事情再出差錯，看來他們改變了做法。現在沒有被害人發言，也不容許我講話。

在那瘋狂的瞬間，我忍不住幻想自己能心電感應，滲入我愛的人腦中，低聲說出安慰話語，並收到他們的回覆。

兩千伏特的電流通過身體時會痛嗎？

整個過程到死亡需要多久呢？

我這可悲的靈魂，如今所有能逃過一劫的希望已離我而去。

「現在時間是：晚間八點四十分。你可能被處決的時間還有：二十分鐘。目前數據為……」

十分鐘只是轉瞬之間。

我頭痛欲裂，快要崩潰。

「……百分之七十一贊成，百分之二十九反對。下一次提示在……」

寂靜。數據下降了。我不確定我還有勇氣抱持希望。

死囚之路的嘶吼仍迴盪在耳中——**死刑**、**死刑**、**死刑**。

「……十分鐘後。」

# 水仙之家

以撒與約書亞坐在臨時替代的病床。

西塞羅拿著玻璃杯，癱坐在房間另一側的椅子，一旁桌上有威士忌酒瓶。

「我很抱歉。」諾瓦克醫師說完，從另一張椅子起身，打算離開房間。「我不忍心看，觀看死刑感覺像是推波助瀾的共犯，我應該到其他房間禱告。」

約書亞點頭，但沒人答腔。

電視的光在他們臉上搖曳。克麗絲汀娜大步走在攝影棚地板，嫣然對他們一笑。

西塞羅重新倒了杯酒，一口飲盡。他的臉清乾淨了，但仍腫脹且右眼烏青。

「你要禱告嗎？」約書亞小聲問。

「我不信神。」西塞羅咕膿。

「我也不信。」約書亞回。「但——」

「上帝也不能入侵投票系統。」以撒低語。

「我得找點事做。」約書亞說。

「你之前主持這惡毒節目時禱告過嗎?」西塞羅問。

約書亞慢條斯理轉頭看他,低聲說:「每次都有。」

# 晚間八點四十五　死即是正義

鏡頭拉近鼓掌的觀眾後停在笑容可掬的克麗絲汀娜身上。她穿著合身的藍色褲裝，腳蹬厚底高跟鞋。頭髮盤高的她撥去臉上幾撮散落的髮絲。

克麗絲汀娜：各位先生女士，歡迎收看「死即是正義」加長節目。因為死刑列的囚犯眾多，我們有豐富的小道消息和駭人的祕聞要與各位分享。另外，因囚犯不得不共用牢房，變得十分焦慮，爆發刺激場面！天啊，大家有看過鬥毆嗎？沒有的話今天就給你們看。

她走近螢幕，眼睛標識淡去，換上七號牢房的直播畫面。

克麗絲汀娜：是，以眼還眼製作單位永遠走在最前端，這週節目要將一連串張力十足、進展神速的公平正義事件呈現給各位，我們看過最引人入勝的司法事件和投票連續劇恐怕就要邁入精采大結局。這事件始於死刑列的第一號青少年——瑪莎．蜜露。接著是第七天，她的真愛以撒．派爵出面解救她，我們見證了一樁醜事，沒多久便證實是她利用這個毫無防備的窮小子殺害他的父親，而這樣的殺父之罪使我們——也就是投票的民眾別無選擇，只能投他有罪。於是死刑列出現史上第一個遭處刑的青少年。但各位也知道，蜜露領導統稱「高樓七人組」的恐怖組織，無預警地攻擊大眾，死刑列被她安置的炸彈夷為平地。或許各位認為事情到此結束，可是沒有！蜜露的這場鬧劇似乎永無止境，因為我們不但發現前指定諮商師伊芙．史坦頓協助該少女銷聲匿跡，更得知十四年前殺死攻擊她的男性的是她本人，不是她遭處死的丈夫。所以，我們現在面臨囚犯迅速湧進監獄、決定提前執行史坦頓死刑的情況。是樂得解脫嗎？很多人這麼形容這場提前處決，我們只希望這麼做能為一系列可怕事件畫下句點。

她身旁的螢幕有兩個欄位占據左側，一個欄位上方是「有罪」，另一個是「無罪」，螢幕右側正直播伊芙在死刑室的影像。

克麗絲汀娜：最後幾小時，數據出現驚人的拉鋸，會不會在最後十分鐘發生奇蹟，讓數據落在百分之五十以下呢？各位先生女士及電視機前的觀眾，我只能確定一件事：韶光易逝！

螢幕上的伊芙在電椅前來回踱步一陣，隨後打住。她抬起頭，以含淚的藍眼東張西望。

鏡頭拉近她茫然而驚恐的臉。

克麗絲汀娜：她究竟會活還是會死？誰說得準？但我們能肯定一件事，她的確殺了攻擊她的男人，如果有罪的數據達不到百分之百，我反而會很吃驚，想不透為什麼有人甘冒釋放殺人犯的風險。

她走回辦公桌。

克麗絲汀娜：敬請在本節目贊助商短暫的工商服務後繼續收看。千萬不要轉台，各位觀眾。在數據如此接近的情況下，什麼都可能發生。

# 瑪莎

風像報喪女妖一樣呼嘯鑽過鐵鍊和鐵桿，鞭撻著我。

我比較喜歡蕨類森林的風及裡頭的和平、靜謐和動物。也許我晚點可以過去一下。我對那裡的回憶比較深，說不定能假裝他仍在我身邊。

你不能逃一輩子。我腦內的聲音說。

「搞不好可以啊。」我問。

我沒理由回公寓。

我失敗了。

想遠一點，那聲音說，想想首相現在是什麼處境？想想明天會發生什麼事？

沒了以撒和伊芙，我根本不在乎。

警察跟這靜悄悄的大街是怎麼回事？

誰鳥這些啊？

你啊。

我踢著腿，將鞦韆盪得老高。

我不想在乎，如此一來事情會簡單很多。

我往後傾，在鞦韆搖晃時看著星空。頭好暈。

我用腳在水泥地上煞住車，看看錶。

如果時間準確，再六分鐘就會是伊芙投票數據的最終更新。

噢，伊芙，對不起。我罪該萬死，我對不起你。

我大叫著，站起來對鞦韆又踢又打，並在失手後舉起鞦韆椅，把它往鞦韆鍊子上砸。

靠，我氣死了。

我氣炸了。

我一面大叫，一面抓著鞦韆一陣猛扯，鞦韆一邊的鐵鍊斷裂，我繼續拉，另一條鐵鍊跟著斷開——老天，這兩條鐵鍊一定是老舊生鏽了。我摔下座椅，然後踹它一腳。

我就這麼站在原地，哭到眼淚流乾。

然後躺在碎裂又骯髒的可怕水泥地，看著美麗的夜空。

伊芙，我會在這竭盡全力地想著你。

# 伊芙

「現在時間是：晚間八點五十分。你可能被處決的時間還有：十分鐘。目前數據為……」

我頭好昏，一轉身馬上吐在地板。我還以為我很冷靜鎮定，還有尊嚴，但我根本是一場糊塗。

「……百分之八十五贊成，百分之十五反對。投票將在：五分鐘後結束。」

我怕死、怕痛、怕未知。

我怕沒人照顧我兒子。

我對這一切都好抱歉。

他們稱這裡為死刑室，但其實這頂多只是個空間，不是什麼「室」。死刑室像個舞台，木地板和上方的天空讓我想到之前帶麥克斯去的環球劇場。有些觀眾站在我下方，但距離沒環球劇場那麼近，而且有鐵欄杆，不是開放空間。

我頓時察覺自己已成了動物園的動物，我獨自一人，被隔絕起來，供人觀賞和玩味；我感到脆弱，因為我能否生存全取決於他們。

下方觀眾席再過去是通稱為「前排」的座位，票價想必比較貴。這些座位有遮棚，以防下雨，所以我猜想他們也有舒適的靠枕。

我和麥克斯去環球劇場時有下雨，但當時是夏天，所以即使我們成了落湯雞，冰淇淋也照吃，非常開心。

我走近欄杆往外看。這裡一樣有冰淇淋小販及漢堡、爆米花、熱狗和薯條攤位。每一個的香氣都令人垂涎三尺，將我拉回不堪回首的記憶。

我以為我已失去感受痛苦的能力，看來不是這麼一回事。

在座的觀眾出乎意料地安靜，沒有我預期的砸食物和辱罵。

「現在時間是：晚間八點五十五分，投票專線已關閉。最後的數據是——」

我站在那裡，雙腳瑟瑟抖個不停，但我依舊站著。

我都不知道已是這個時間了。
提示中間的停頓恍若永恆。
「——百分之九十贊成，百分之十反對。你的死刑將在：五分鐘後執行。」
我腿一軟，跌坐在地。
什麼？
什麼?!
天啊，噢，上帝……
我要死了。
我要死了。
我要死了。
神啊，拜託不要、拜託不要、拜託……
麥克斯。
麥克斯。

噢，天啊，麥克斯，對不起。
有在手碰我、拉我。
我看不到。
我覺得天昏地暗，一切事物模糊不清。
天啊，不要。
麥克斯，對不起。我很抱歉。
他們拉我起來。
我想抵抗、我想奮戰，但我辦不到。
我啜泣。
努力呼吸。
拜託不要。
他們將我壓在椅子上。
我使勁尖叫，喉嚨宛如火燒。
我亂踢亂踹。

又踢又叫。
他們粗暴地扣住我的腳踝。
固定起來。
有東西繞過我腳踝綁緊，我的腿動不了。
我的腿動不了！
我再次尖叫。
我該維持尊嚴，拿出自尊，面對死亡。
去他的。
這太瘋狂了。
這是不對的。
應該要阻止這種事。
不是因為我的關係。
「不！」我大吼大叫，「不！不要……！」
我打到了東西，但手立刻被抓住。

我弓背反抗，可是立刻有東西纏住我的胸膛，緊緊拉住。

我不能呼吸。

噢，麥克斯。

吉姆。

我不……不……

等我，吉姆，陪著我，留在我身邊。

救我、抱著我、安慰我。

我的手動不了，現在身體也一樣。

我真的壞到不能夠活著嗎？

我比這樣對我的人還惡劣嗎？

我比那些投票要我死的人還差勁嗎？

我被綁在椅子上。

來了。

來了。

這是麥克斯看到我的最後機會。

冷靜點，呼吸，快。

「你看，」有人說，「你看觀眾，史坦頓太太。」

我不知道說話的是誰，還是這聲音只是我的幻想，但那話語中隱含溫柔，像一巴掌似的讓我冷靜了下來。

我吸了口氣，定睛一看。

觀眾全站在那裡。

我看看時鐘，剩兩分鐘。

他們將手放在心窩，安靜地站著。

我不禁熱淚盈眶。

這不是憎恨，是尊敬和同情。

剩下一分三十秒。

我笑了。我居然笑了。

接著我想到兒子——想到我美好、善良、貼心又正直的兒子。想到過去十六年我扶養他的喜悅，和有他陪伴的快樂。

「我愛你，麥克斯。」我大聲說。

我知道他聽不到，但祈求觀眾中有人讀了唇語轉告給他，又或者幾年後他能知道。

「我愛你，麥克斯。」我笑著，一字一字說清楚。

因為我這輩子做了件可怕的事——殺了那男人讓吉姆頂罪——但其他事我沒做錯。我行善、助人。我一直是好人，也養育出最優秀的孩子，他會成為了不起的人物，達成了不起的成就。

「我愛你，麥克斯。」我繼續說。「我愛你，麥克斯。」

我流著淚，可是很平靜。

我很害怕，但事情很快會結束。

倒數一分鐘。

獄警將海綿泡水，放到我頭頂，水流下我的臉，感覺清涼又提神。

「我愛你，麥克斯。」我開始啜泣，然而也感到下方那些將手放在心窩的觀眾的力量。

我看到計時器倒數至三十秒，觀眾帶著敬意地低下頭。

我對上獄警的眼睛，他在我耳邊低聲說道：「他其實知道。」於是我便明白之前聽到的是他的聲音，「但我會找到他，再告訴他一次。」

「也請你轉達西塞羅，」我搶在自己改變心意前開口，「我也愛他。」

他的臉上有淚。「你是好人，伊芙．史坦頓，你的死是這世界的損失。我會想念你。」

我看著他轉身面向我後方那房間的窗戶，對負責控制的人頷首。

「我愛你，麥克斯。」我又說了最後一次。

然後閉上眼睛。

# 水仙之家

倒在一旁的威士忌酒瓶空了。

屋內很安靜，電視沒聲音。

黑暗的客廳裡只有螢幕的搖曳光線。

西塞羅拿遙控器關掉電視後，客廳立刻陷入黑暗。

他們坐在那裡一語不發。

西塞羅起身，踩著蹣跚的步伐離開，一秒後寢室傳來關門聲。

「希望麥克斯平安無事。」最後，約書亞悄聲說。

以撒沒答話，只是走到窗邊向外望。

隔了一會兒，約書亞問：「外頭依然平靜？」

「很平靜。」以撒回，「而且在樓下的鞦韆那兒還是有個人。」

沉默籠罩，連鄰近的公寓都悄無聲息，彷彿整區都在默哀。

「無論躺在地上的是什麼人，」以撒補充，「他把鞦韆弄壞了。」

兩分鐘後。

「先前有尖叫聲，」約書亞小聲地說，「你有聽到嗎？已經隔一段時間了，之前……」

他說到一半就打住。

「你在想什麼？」

約書亞聳肩。「我不知道，也許沒什麼大不了。」

以撒繼續看著窗外。風颼颼鑽進縫隙。

他嘆氣抱胸，說：「我下去看看。」

「你應該留在屋內，你身上還帶著傷。」

「我沒事，而且我需要出去走走。」他低聲說完，拐著腳離開。

# 麥克斯

人群沉默地走出老貝利，上方的街燈穿透寒夜，人行道上映照數池白光。

他們垂下淚痕未乾的臉，縮著肩膀，手插在口袋。

沒人注意躲在門邊的黑衣少年。

當人群散去，麥克斯出來，卻撞到一旁落單的婦人。

她看到他時小聲地說：「我鐵定會哭上一個禮拜。」

「什麼？」麥克斯說。

「伊芙．史坦頓。她……」她搖搖頭。「真是可怕。你在場嗎？」

「不，」他低聲說，「我想入場，但票賣完了。」

「票兩分鐘就售罄了。」婦人說。

麥克斯嘲諷道：「你們這些人就想看人受苦、看人死。」接著他冷笑，「和那些放慢車速偷看車禍現場的駕駛一樣，你該真該感到羞恥。」

她停下來扠著腰說：「你才該羞恥。」她先暫停看了一下周圍，才走近麥克斯。「我們拿出所有積蓄來收購門票——」

「聽來更他媽的低級！」

「閉嘴！」她說：「聽好！我們拿出所有積蓄收購門票——老天——那是因為大家感同身受。你知道原因嗎？你知道嗎？」

「原因就是你們有病。」

「原因是：我們希望她最後看到的是尊敬她、在乎她的人。我們全都將手放在胸口，安靜地站著那裡，陪她到死亡前一刻，而她也看到了。

「我們是為此才收購門票。」她邊說邊戳著麥克斯的胸膛，他不斷倒退。「我們不要有人在現場吼叫侮辱她，在場的人全都曾有家人或朋友在死刑列，所以我們確保她最後的幾分鐘盡可能安詳，受到尊重。」

她瞪他，而他別過眼。「你呢？你為什麼想要門票？」

他不吭聲。

「你要回答嗎？還是你沒臉回答？你為什麼想要門票？」

「我……我……」他結巴了，「我想和她說聲對不起。」而後他拿下兜帽，「我很榮幸能當她的兒子。」

婦人看了眼眶泛淚的麥克斯，上前一把抱住他。

# 瑪莎

我閉著眼。
今晚很寧靜。
遠方有狗嗥。
貓頭鷹鳴叫。
舊車轆轆駛過，但為數不多。
沒有警笛。
沒有警報。
情況說有多不對勁，就有多不對勁。

十二月五日

外頭向來有吼叫、有引擎聲隆隆；列車行駛在鐵軌的鏗鏗響、手機鈴聲、摩托車呼嘯而過，電視嘈雜、音樂。各式各樣雜音。

但今晚不一樣。

今天不一樣。

真是怪透了。

目前為止我沒看到其他人外出，大家都待在屋內，這也是怪事一樁。

我睜開眼睛。

今晚的天空很美。

靛藍的天鵝絨上點綴星星。

之前學校同學對我說，人死後會變星星，我回他說也可能變成潮蟲啊，他不是很高興。

但我喜歡天空，因為很平靜。你可以對這數百萬英里的天空有無限想像，不知道哪裡是盡頭——或甚至沒有盡頭——都讓我感到渺小而無足輕重。

這是好事。

我不禁懷疑這些鳥事有多重要。

以撒。

伊芙。

我抱著一個不想知道答案的疑問，很想一直逃避下去，但我知道不能。——因為繼續待在這兒鐵定會凍成冰棒、感染肺炎。

天氣很冷。

好了，瑪莎。我的腦子說，該走了。

我最後再深吸口氣，緩緩吐出，看著氣息在空中消散。

忽然有張臉出現在我上方，嚇我一跳。

那張臉看著我，我也看著他。

我們都眨了眼。

我們看著對方。

見鬼了……？

我頓時背脊發麻，起了雞皮疙瘩、汗毛直豎。

我瞠目結舌。

而他也是。

「瑪莎？」他說。

他說。

他說……

「以撒？天啊，以撒，真的是你？不是幻影嗎？」

我坐起來，拿開他的帽子。「以撒！」

他笑著來摸我的臉，順勢撥開兜帽，手在我臉上、頭上游移。「是你對吧？是吧瑪莎？」

我喜極而泣地說：「是我！」我碰觸著他。他的臉、頭和肩膀，然後握著他的手。他哭了，我們都哭了

「我以為你死了，」我急急忙忙地說，「我以為西塞羅聯絡我是因為你死了，所以我沒勇氣回去面對你不在的事實。」

「我沒事啊。」他說。

「炸彈不是我設的。」

「我知道，」他回，「絕不會是你。」
我們四目對望，簡直不敢置信。
「是你，你還活著。」我說。
我們擁抱對方、摟著對方，感到難以形容的安心。
「我愛你。」我對他說。
我們跪在殘破的公園中心擁抱、凝視。
「我也愛你。」他說。
我們彎起嘴角。
輕輕地笑了。
我們接吻。

十二月六日

# 瑪莎

黑夜到白晝，我的心情不斷在快樂和傷心間擺盪。

我因感到快樂而內疚。

我因感到傷心而抱歉。

當我們回到公寓，西塞羅抱住我，先給我一個燦爛的笑容才上床歇息。約書亞則煮東西給我吃。

我很感激生命中有這些人。

我很感激自己生在這世上。

太陽露臉，努力穿透瀰漫的霧氣。
我站在寢室窗邊，身後的以撒還在睡。
稍早，我醒來時躺在床上看他，確定他仍有氣息——而我也是。還有我們終於、終於相聚了。
我想永遠待在床上，或接受我們的生活就是如此——被關在囚禁我們的圍牆內。
可是諸多思緒在腦裡遊走：麥克斯、伊芙、派蒂——甚至蘇菲亞。
社會為何淪落至此？
我們是什麼時候走錯方向？
抑或我們今日的境況純粹是環境使然？
我們有貪腐的政府、只給有錢人用的司法體制、左右民眾思想的媒體。之前為什麼沒人發現不對勁，並踩下煞車？
因為他們不在納粹德國。我的腦子說。
面對現實，瑪莎，政客都會操弄國家。
但應該不是每個政治人物？

這世界上，錢就是一切。

到處都是無關心的人。

真是這樣嗎？我持懷疑態度。還是說民眾只是忙著自掃門前雪？是誰說過這句話？「你要不是解決問題的人，就是製造問題的人。」

我忘了。

他還說：「這世界已沒有中立。」

我不能枯坐在這兒，對吧？

我們不能虎頭蛇尾。

不然伊芙、我媽、奧和B太太的死就失去一切意義。

# 首相——史蒂芬・雷納德

安全無虞的藍色房間中，首相和蘇菲亞坐在螢幕前的皮革旋轉椅上。

中間螢幕有的紅點四散，有些地區則充滿紅點，但多數地區是空著的。

「愈來愈少了，」她說，「民眾開始發現停用GPS的方法。」

她移動游標，畫面逐漸改變，顯示出城市各個區域和大道區周邊，接著轉為手持攝影高樓區。

「否認、否認、都否認。」首相說，「指控我的證據十分薄弱。」

蘇菲亞點頭贊同，「的確，有些人根本不在乎你收賄提供公家什麼職位，有些則不在乎你的這個房間，或相信這裡是立意良善。」

「我仍想不透蜜露那小妮子是怎麼進來的。」

「你放心，長官，我已啟動全面調查。我依然認為最好不要告知民眾是她洩密，畢竟我們不希望民眾在這個節骨眼對司法體制失去信心。」

「我認同，」他說，「你想我該和盤托出其他事嗎？」

蘇菲亞往後傾，遠離螢幕，看著首相說：「民眾都說喜歡誠實，但我懷疑他們到底瞭不瞭解世界的現況，或許選擇性的誠實是較恰當的做法。」

他點點頭。「我喜歡你的措辭：『選擇性的誠實』。我承認之前犯了些錯，但我從中記取教訓，瞭解誘惑的力量，諸如此類……試著用演說打動他們。」

「站在民眾的角度和他們說話，成為他們的一分子。」

「我該和他們提到房產嗎？」

「房產？」她問。

他皺著臉。「那個足球明星叫什麼來著？我一時想不起來。他前晚來時送我一棟南法的房子，感謝我冊封他爵位。」

「我不知道這件事。」

「反正這與他人無關。」他看著遠方沉思。

蘇菲亞一面注意首相，一面以鍵盤輸入「麥克斯．史坦頓」。她自問，他現在在什麼地方？他在做些什麼？

螢幕閃爍「找不到結果」。

「又潛回地下了嗎……」她低語。

「我在想他們是否還知道其他人的事，我該冒險保持緘默嗎？」首相說。

「其他人？你是說你之前為了換取——咳——因為他們值得嘉許的成就而給予的授動嗎？」

「比起接受授動的一長串名單，我有更重要的事得記。」

「長官，我想你該摸著良心辦事。」

「別管良心了，」他說，「只要能保有權力，什麼話我都說、什麼事我都做。」

「甚至不擇手段？」蘇菲亞問。

「當然。」他毫不遲疑。

# 死即是正義：晨間節目

傑若米坐在紅色長沙發上。他的左側是亞伯・迪倫佐，右側是警察署長戈登・盧海爾。

傑若米：早安，歡迎收看本日絕對會令你收穫滿滿的節目。今天的來賓是《國家新聞報》總編亞伯・迪倫佐及警察署長戈登・盧海爾。盧海爾署長，昨晚你發表聲明，要求發起史蒂芬・雷納德首相的不信任案公投，你的警員接著便在市區發動罷工。警方罷工可說是史無前例，不是嗎？

盧海爾：警員為他們當前的待遇憂心忡忡，也擔心雷納德的新系統可能為警方未來帶來的影響。我們已收到雷納德辦公室指示，需卸下重要職務，例如看守死刑列和老貝利。我們也發現目前是由政府雇用的守衛駐守在這兩處。這些人為政府效力，所以他們是否會和警方一樣遵守嚴謹的紀律與行為守則呢？實在引人疑竇，而這甚至還沒把首相採用違反人權的監視系統考慮進去。

傑若米：很多人表示，只有做虧心事的人才會反對監視系統。監視系統能定位和追蹤，難道不會讓破案更輕鬆嗎？

盧海爾：這牽涉很多問題。雖然監視攝影機確實不是新鮮事，但這種等級的監視是第一次看到。監視系統違反人權公約的第八條規定——「人人的隱私和家庭生活應受尊重」。我們也不知道系統是否萬無一失。要是系統誤判身分呢？要是有人利用系統陷害無辜民眾呢？所以我們警方要求說明，但仍未收到答覆。民眾感到不滿是可以理解的，很多警員擔心他們會上街抗議系統侵害隱私、引發暴動。而我們也將系統視為對警方辦案能力的侮辱。

傑若米：我相信民眾的安全是第一要務。首相發布並實施危害城市安全與保障的罪犯，依法甚至可以處以死刑。在這之後街頭一直很平靜不是嗎？你不認為這與新法有直接的因果關係嗎？

盧海爾：街頭不是平靜，是根本沒有人。我加入警隊是為了保護人民的生命與權利，而這些事物就快被最該守護人權的人破壞殆盡。所以今天我的警員才會投票決定罷工。

傑若米：罷工是非常嚴重的恫嚇行為。可是你之前為什麼不出面？前不久你都委任迪．哈特負責所有媒體發言。

盧海爾：考慮到近期不利哈特的那些報導，讓他在媒體上發言已不可行，也不恰當。此外，我想聲明：現在情況已到達臨界點，我的良心和信念比事業重要。

傑若米：你的意思是，如果你公開發表意見，事業將面臨威脅嗎？

盧海爾搖頭後深呼吸一口氣。

盧海爾：為多數人發聲等同危險舉動——這已經好一陣子了。這種情況必須停止。

傑若米轉向迪倫佐。

傑若米：迪倫佐先生，揭露這則新聞後，你看到了新聞事件對社會造成的影響，也聽到盧海爾先生剛才的看法。對此我們方便請教你的見解嗎？

迪倫佐：在我回答你的問題前，我想問盧海爾先生。新聞刊出並明顯有充分證據支持時，他和他的警員為什麼不行動？迪．哈特等違法者為什麼仍逍遙法外？

盧海爾：我無權談論此事。

迪倫佐：這表示有地位比你高的人——例如首相——在下指導棋嗎？

盧海爾在座位上侷促不安地搖頭抹眉。

迪倫佐（高聲）：前一分鐘你不是才表示良心比事業重要嗎？回答我的問題。首相史蒂芬．雷納德曾下令逮捕哈特或新聞裡列出的人嗎？

盧海爾：有兩種心理在支配常人，一是冷漠，二是恐懼。當他們的權利遭到舉著保護大旗的行為踐踏時，恐懼讓他們動彈不得，而多數人的冷漠會導致——

迪倫佐起身，怒瞪盧海爾，拿手指戳他。

迪倫佐（高聲）：那你是受什麼支配？冷漠還是恐懼？我們有證據，也將證據交給了警方。這些人拿權力當掩護，犯下殺人、強暴、綁架和賄賂的罪嫌，警方什麼時候要將他們繩之以法？

他轉身面對鏡頭。

迪倫佐：你們——社會大眾——團結就是力量，你們應該立刻行動、要求正義。殺人犯不可以逃脫罪行。馬上去阻止這些人利用他人把柄保護自身地位！去要求公平而且正當的法律！

後方的盧海爾在座位上緊張扭動。

迪倫佐：機會就是現在。你們不立刻行動，就等於坐以待斃。因為只要你們不行動，情況絕不會有改變。

畫面外聽到有人鼓掌的聲音，其他人也陸續加入。迪倫佐慢慢地點頭。

# 首相——史蒂芬・雷納德

「長官，這麼做是正確的。」蘇菲亞對首相說。

「我照遊戲規則走，蘇菲亞。」他說，「但不代表我是錯的。」

她為他調整領帶。「民眾只要相信你能掌控大局，只要他們看到你人性的一面和決心，就會放下心來。」

「我不知道警方為什麼突然要這樣唱高調。監視系統減輕了他們的工作，所以我認為只有貪腐的警察會反對，他們不想因監視系統讓自己曝光。」

「首相？」實習生傑諾進來。「準備完成，你可以上場了。」

「終於——為什麼耗這麼久？」首相問。

「對不起，但很多人想知道你要發表怎樣的聲明，所以我們決定在街尾設置螢幕，方便民眾聽你演說，同時保持安全距離。」

首相撫平頭髮。「好主意。」

雷納德出去後，傑諾看看蘇菲亞。「我不知道你在想什麼。但記者會把他生吞活剝，他應該只釋出聲明就好。」

蘇菲亞忽視他，直接隨首相離開。

# 瑪莎

我關掉電視，將客廳掃視一遍。

西塞羅一整天都不與人交談，甚至沒什麼動靜。

「你有什麼想法？」以撒問。

「我們應該集結高樓區的居民進城，直搗唐寧街。」

「牆門的警衛有槍。」約書亞說。

「如果我們人數夠多，」以撒問，「你想他們會動武嗎？」

「除此之外我們還有什麼選擇嗎？」我回。

「這舉動很危險。」以撒說。

「的確，但高樓區居民冒的風險不只如此。」我直言道。
「可是你現在是要他們冒『生命』危險。」以撒回。
「犧牲者夠多了。」約書亞說。
「但這是唯一的機會。」我說。
「我不知道，瑪莎。」以撒想要反駁，「我們只有……我和你……」
「這太自私了。」我說。但我明白他的意思。
大門傳來巨響，我們全停下來，面面相覷地聽著走廊的腳步聲。
出現在門口的是麥克斯。他頭髮凌亂，臉上混著髒汙和淚痕，衣衫不整。
看來哈特沒逮捕他。
他直接走到我面前，我瑟縮了一下，等著接受應得的攻擊。
「她死了。」他輕聲說。
我起身逼自己直視他——最起碼我可以這麼做。「我對發生的一切非常抱歉。」
他看著我。
「你在場嗎？」我小聲問。

他搖頭。「門票全售完了。」

「我很抱歉。」我說。

「我看著觀眾離開，他們沒有像我之前看到的群眾那樣亢奮又歡呼，而是很安靜、很壓抑，有些人甚至在哭。」他停頓一下。我看得出他正努力平復心情。「這群人是她之前諮商的對象或對象的親友。有名婦人表示，他們買下所有門票，只是為了讓我媽最後看到的人對她充滿尊敬，而且很在乎她。」他再次停頓，顫抖著深吸一口氣，抹抹臉。「你知道那個婦人之後做了什麼嗎？」

「不知道。」我低聲說。

「她抱著我好久好久，接著請我喝熱飲，我們促膝長談。她問我有沒有聽過蘇菲亞。我回答說沒有，她就說根本沒人聽過。接著她問我或我們之中有沒有人知道『網安』，我的答案一樣是不知道。你聽過蘇菲亞和網安嗎？」

我一回神，發現自己皺著眉。蘇菲亞？網安？

「沒聽過，」我搖頭。「他們有關連嗎？」

他聳肩。「我不知道，但之後她告訴我改變即將到來，民眾準備採取行動。」

屋內頓時陷入沉默，只有電暖器加熱時的劈啪作響。

「說得是很好聽，但我不相信。過去幾個禮拜我們聽過多少次『情況會有所不同』？人們老是說大話。」

「我今早到警局自首。」他迅速說出口就別開臉看地板，再看窗外。「我不覺得活著有任何意義，所以到警局表明身分。」

他刻意停頓。我眼前突然浮現一個畫面：走廊上的警察或政府鷹犬持槍闖進來。

我看了西塞羅一眼，從他的眼神可以看出他也這樣想。

「但他們興趣缺缺。」麥克斯激動地舉起手。「就算表明我是高樓七人組也一樣，他們只說警方有更重要的事要辦，我們已經是舊聞了。」

西塞羅看著麥克斯。

「他們竟然取笑我——他們哈哈大笑！說記者最喜歡幫人或團體取名，好比惡名昭彰的『開膛手傑克』或『波士頓絞殺狂』，以吸引讀者的目光，讓他們掏錢買報紙。媒體認為『高樓七人組』非常聳動。但我說，除非他們逮捕我、移送我到死刑列法辦，不然我絕不離開，因為我罪有應得——結果他們笑得更大聲，還問我知不知道一個禮拜有多少個瘋子宣稱自己犯案、要求警方逮捕——只為了在溫暖的地方睡一晚。

「我澄清自己絕對沒撒謊，而且還曾入侵投票系統。結果一名警察起身看著我說，如果我真是麥克斯．史坦頓，那他有信息給我。我以為他要揍我，他卻遞出紙條，表示這是死刑列的獄警送到警局的，因為不知道怎麼轉交給我，可是他知道政府有發出我的逮捕令。那名警察說，他本來準備把紙條送到《國家新聞報》供他們報導。」

麥克斯拿出折疊的紙條。發皺的灰紙甚至沒有他的手掌大，邊緣破破爛爛。他攤開紙條。

「麥克斯，我是艾爾，在死刑列服務，負責以皮帶捆綁囚犯，防止他們脫逃。我不喜歡做這件事，但我找不到別種工作。當我不得不捆綁你的……」

麥克斯的聲音斷續。他深吸一口氣後徐徐吐出。

「……你的母親時，她哭得很哀淒，令人不忍。她是位善良的女士。她擔任諮商師時，我就對她印象深刻，她很善良，所以我恨不得能放她走——但我不能。對不起。她一直重複同一句話，當我答應代她轉達後，她笑了。我想我的承諾多少使她感到寬慰。她說了很多次『我愛你，麥克斯』。」

他抹抹臉。

「另外，她說……」

麥克斯打住，看著西塞羅。

「……她說，『告訴西塞羅我也愛他』。」

室內的空氣頓時凝滯。

萬物靜止。

所有人都看著西塞羅。

我眨去眼淚，朦朧的淚眼讓我看不清楚。

西塞羅看著麥克斯，似乎費了好些時間才理解那訊息。

他瞠目結舌。

西塞羅臉上的面具潰堤了，他搖著頭又哭又笑。「她……」他好不容易擠出聲音。「她說她愛我？」他淚流滿面。

麥克斯點點頭，遞出紙條。

西塞羅邊吸鼻子邊看紙條，雙手不住顫抖。

「謝謝你。」他輕聲對麥克斯說，「謝謝。」

麥克斯抽走紙條，放進口袋，環視客廳，並對以撒點頭致意。「我們什麼時候進城？」他問，「我們有很多事要做。」

要怎麼說服眾人冒著被射殺的風險通過兩名武裝警衛？

事實證明，我不必費什麼唇舌。

葛斯整個早上都在處理這件事。

我們步出水仙之家時，居民已經聚集起來了。

不過不是所有人，這沒什麼好說。

就我所知，有的人很善變，有的人是不想惹麻煩，有的則將整件事怪在我們身上；有的寧可當鴕鳥，把頭埋在沙裡；更有人相信圍牆能保護我們，不受他們侵害。

也許圍牆更像一面鏡子。

我們不是齊步前進，也並未持有鐵棒、槍、刀或任何武器。我們赤手空拳，以隨意的步伐往牆門和旋轉柵門走去。

我、西塞羅、約書亞、以撒、葛斯。

麥克斯最後留下了，因為要『弄電腦』——不管這是什麼意思。

我們不是高樓七人組，或他們口中的恐怖分子。

在精神上我們永遠是七個人，而且來自不同地方的我們願意為所有人奮戰。

我聽過一句話：「一群人眼中的恐怖分子，可能是另一群人眼中的自由鬥士。」但我不認同，因為自由鬥士不會攻擊無辜民眾。

昨晚放晴後，風帶來的冰霜在我們腳下嘎吱作響；圍牆妝點霜白，牆門欄杆覆蓋銀雪。

一名警衛站在欄杆後，左邊是旋轉柵門。他穿了一身黑，豎起衣領、戴著毛帽，但鼻子和臉頰通紅。他不是警察，是私人保全公司的雇員，和老貝利的警衛一樣，他們也不是警察。

另一名警衛在小崗亭，我看到他將馬克杯拿在臉前吹涼。

如果他們整晚都在戶外站崗，一定凍壞了。

隨著我們接近，他放下馬克杯，先伸展一下雙臂才掏槍。

又冷又遲鈍，而且不靈活，我想，他們肯定很想回家。

前一名警衛右手貼著槍，一步跨近旋轉柵門。

「政府指示不許任何人通行。」他說。

我們放慢速度。

「為了你們的安全。」他說。

我們後方的群眾有些後知後覺地停下，不過人數實在太多，我們不斷被推擠到障礙前方。

「為什麼？」我問。

他用食指敲著靠近扳機的槍身，看著我們的眼神閃爍不定，此時另一名警衛踏出崗亭。

「呃……因為……」第一個警衛一時語塞，想不到理由，於是向後退了兩小步。但是另一名警衛上前舉槍對著我們。

「城市和大道區的居民不想看到你們，他們揚言看到一個高樓區居民就殺一個。」

「我這陣子看到的新聞並沒有相關報導。」我說。

「新聞不會什麼都報。」

「我們願意冒這個險。」我說，「該走旋轉柵門嗎？還是你可以升起屏障？」

「我們收到的命令是不能讓你們通過，即便要去上班也不行。」

「你不是警察吧？」我問。

「不是，但我們直接跟政府報告。」

「那我們要出去。」我說。

「那我就不得不射殺你。」他回答，然後扣下扳機。槍聲在我們上方縈繞不去。有居民倒抽一口氣，有人害怕地嘀咕或後退。

但我大步上前。

「既然你不是警察，」我大聲說道，讓後方信任我們的人能聽清楚。「射殺我就得面臨死刑。」

「自衛殺人，」他得意地笑著。「我只是依令行事。」

「一樣脫不了罪。」我拿下兜帽，讓他看清我的身分。以撒上前站在我身邊。「我、以撒，或麥克斯的母親——伊芙．史坦頓——都無法脫罪。你昨天看到她遭處決了吧？她也是自衛殺人。」

他的臉色鐵青。我瞄瞄他的手，發現他把食指移開扳機了。

「我們待過死刑列，那很不好受。自衛殺人或聽令行事也不能免責，我相信你也知道。

你只是虛張聲勢，除非……你想死在電椅上。儘管在我身上開洞，你要知道，反正我已經完了，沒什麼損失。至於你……會有什麼損失呢？家人？妻子？小孩？」

他看向另一名警衛。

「我們不想引發衝突，只想和平通過大門。請你讓我們出去。」

沒人有動作。

沒人說話。

連竊竊私語都聽不見。

然後，他慢慢地放下槍，到門邊按鈕，升起屏障，放我們通行。

「謝謝。」我說。

我們沉默地走著。

以撒輕捏我的手，我對他微笑。

我怕得要命，可是有以撒陪我。

而我的左右有西塞羅、葛斯、約書亞，後方是在意現況也渴望改變現況的居民。

良善的民眾。

我邊走邊聯絡迪倫佐。

「你最好不是騙我的。」我對著手機說。

「我會實現我的承諾。」他說。

「我們快到了。」

「到時會有更多人。」他回。

我改撥給蘇菲亞——撥了兩次。

「我現在很忙，」她一接起電話立刻效率十足地說。我想她旁邊大概有人。「不過之後能與你會面。」

「哈特呢？」我問。

「沒問題，全安排好了。」

我將手機收回口袋時不禁想，老天，如果這是騙局，那我們都會沒命——而且一切都要怪我。

「你還好嗎？」以撒問，我點點頭。

「答應我，」我悄聲說道，「如果事情出了差錯，你會盡快帶居民離開這裡。」

他毫不遲疑地點頭，也沒有試圖安慰，因為我們知道情況很容易就會失控。

市區街道一路上都很安靜。

看不到公車、計程車，有些商店開門營業，但多數緊閉門扉。

越接近目的地，附近民眾也愈多。

有些人和我們點頭致意後便一起加入。

看來麥克斯在伊芙處刑後遇到的女人說對了。

空氣中瀰漫緊張。

以及擔憂畏懼。

這城市因為畏懼彼此而分裂。

我們則因為擔憂彼此而團結。

到達白廳街後，人數逐漸增加，和我們一樣勇敢站出來的城市和大道區民眾加入後，我們便跟高樓區居民分開了。

我、西塞羅、以撒、約書亞繼續前進，最後停在唐寧街尾聳立的圍欄。

圍欄另一頭有六名警衛，和圍牆的警衛一樣穿著素色黑衣。

「又是政府雇用的私家保全。」西塞羅低語。

群眾開始喧譁。

以撒捏捏我的手，我轉頭張望。

前方——也就是圍欄右側的大型螢幕播映著「國家新聞報」，而再往前則是亞伯·迪倫佐，他拿著麥克風站在唐寧街十號外。這時，他身後閃爍光澤的黑色大門開啟，他伸手指著門。

# 首相——史蒂芬・雷納德

鎂光燈此起彼落，首相大步來到路中央的講台，昂首挺胸、左右顧盼，卻完全不和現場等待的記者打招呼。

低調留在後方的蘇菲亞瞥了瞥首相右側的傑諾，他彷彿在搜尋什麼威脅似的頻頻掃視聽眾。

她翻了個白眼後長嘆一口氣。

群眾的喊叫響徹白廳街。

「各位先生女士，」首相開口，輕而易舉蓋過雜音。「今天下午，我帶著沉重但滿懷希望的心情，向各位表述我的決心，以及對於公平正義的堅決態度。」

白廳街的群眾安靜下來。

「我國出現不實的指控，詆毀政府及許多在公部門擔任要職的特權人士。而我身為國家領袖，有責任徹查所有指控，確定正義得以伸張，亦即據實懲辦違法犯紀者。我對各位保證，只要在這職務當權一天，必確保所有罪犯均受到應得的懲罰。

「我衷心相信我是最適任的人選。因此，在調查期間，我將繼續領導國家——」

街尾傳來咆哮。群眾猛敲猛晃那道阻擋他們的鐵欄杆。

「叛徒！」

「騙子！」

「——繼續領導國家！」他挺胸站直，自信的聲音傳遍整群記者。相機接連閃爍鎂光燈後，提問的麥克風直接伸到他面前。

「你包庇殺人犯！」是迪倫佐的聲音。「還有戀童癖。」

首相動搖了。他顫抖著唇，閉口吞嚥，喉結跟著上下晃動。「國家的根基建立在道德——」

「——你哪有道德可言！」另有記者高呼。

「——因此，我將拿著公正和品德的羅盤，引領國家通過狂風暴雨的海域。」

當他伸手拭眉，攝影機捕捉到他顫抖的手。

蘇菲亞上前。

「長官，記者會或許到此為止就好。」她悄聲說。

他點點頭，動作小到難以察覺。

# 瑪莎

湧入的人變多了。

氣氛頓時一轉，笑容不再。

現場擁擠到空氣中充滿眾人呼出的熱氣和汗味。

我緊握以撒的手，拚命想保護他，深怕這一切超出他的身體負荷。

「人好多，」我說，「你覺得這些人來是為了要求首相下台嗎？」

「我希望他們來是因為知道該改變現況了。」以撒說，「我希望，是因為他們知道情況在某個時刻偏移正軌，他們當時放任不管，或因為當時相信我們——也就是人民——能撥亂反正。」

我希望他是對的。

不斷有人加入，最後我與西塞羅和約書亞也走失了。

擠在一起的眾人開始閒聊，問對方為什麼來。

我側耳傾聽。

有人說學校不收他的孩子，因為其他家長較有影響力，或認識重要人士，甚至能捐款給校方。

有人說，她知道自己的經歷和條件更適合這份工作，得到該職務的卻是另一人，因為他的父親陪該公司高層打高爾夫球。

有人說，一名男士能比她母親早接受治療，是因為他與醫師就讀同所大學。

又有人說，因為孩子的媽出身高樓區，所以孩子被禁止與其他孩童一起玩。

爛透了。

民眾各自說出的故事有如水壩上破的小洞，這裡滲些水、那裡滲些水。這水壩能承受多少壓力呢？

民眾氣炸了。

他們的故事順勢打開其他人的話匣子，吐露很多不為人知的情況。

「雖然本來就是你認識什麼人比腦袋裡有什麼還重要，」有人說，「可是這太過了，竟然讓殺人或猥褻兒童的犯人脫罪。真病態。」

他的朋友聳聳肩。「誰曉得，說不定一直以來就是那樣，只是我們不知道罷了。」

「我們需要有人出面解決這問題——但絕不是那個可笑的首相。他只想討好名人，實在很不要臉。」

他的朋友看著他身後，皺眉說：「你看。」

我循著他的視線轉過頭——有人爬上通往唐寧街的欄杆！群眾為他喝采，助他一臂之力，並高舉起手，準備在他萬一摔落時接住他，送他回欄杆上。

他抵達頂端時響起歡呼聲。

「我們應該學他。」我旁邊的人說。

欄杆另一側的警衛舉槍瞄準那名成功翻越的男人。

我回頭想叫以撒看看，但他拉著我說：

「那是西塞羅。」

# 首相——史蒂芬・雷納德

「因近來爆出對你的不利指控，很多人表示你已完全失去身為領導者的信用，並要求你辭職下台，你怎麼回應？」迪倫佐的語調強硬而響亮。

「對此我的回應如下：面對逆境，我們必須尋求法律的保護，好讓我們……」

他低頭看著蘇菲亞為他準備的講稿和答辯清單。

「……能堅強、有力量……」

「法律要怎麼讓我們堅強有力量？」迪倫佐高聲說。「法律是讓你堅強有力量，不是人民，不是——」他停下來。

全場悄然無聲。

記者轉頭，首相也跟著轉。

西塞羅平靜而緩慢地走著，從白廳街欄杆朝唐寧街的方向前進。穿著大衣和西裝的他領帶服貼，頭髮文風不動，並一派輕鬆地平舉雙手，以示自己沒有威脅性。

相機、攝影機和手機全對著他。

西塞羅後方的警衛放下武器，站在原地看他。雖然不知道他對警衛說了什麼，但至少阻止了他們開槍。

但唐寧街另一頭有三名武裝警衛緊扣槍柄，瞄準靠近首相的西塞羅。

「我沒有惡意，」西塞羅說，笑意在長鬍鬚下若隱若現。「我是以法官的身分代表人民而來。」

「你是遭通緝的恐怖分子。」首相反駁，沒有移開視線對著西塞羅大喊，「逮捕他！」

「我犯了什麼罪嗎？」西塞羅問。

警衛停下動作。

「你有什麼證據指控我？」

「我是首相，不用證據。」他轉頭命令後方的警衛。「立刻逮捕他！」他又看了前方的警衛。「我命令你們逮捕他！」

「他們只是你的私人保全，不是警察，有權逮捕任何人嗎？」

「他們得聽我命令行事。」

「我認為你雇用他們是因為警方發起內閣不信任投票，拒絕直接聽令於你。」

「老天，我可是這該死的國家領袖，警方和保全都要服從我！現在就給我逮捕他！」

警衛面面相覷，但沒人有動作。

蘇菲亞後退，繼續維持低調。

「我不是恐怖分子。」西塞羅平心靜氣地陳述道：「我沒有參與炸毀死刑列。你沒有證據或正當理由懷疑我。」

「證據或正當理由根本不重要，這是我的國家，我可以隨心所欲！」

「你不可以隨心所欲。」西塞羅繼續說，「你已經不依法行事太久了，而這種舉動是不能容忍的。因為你是人民的依靠！你本該以身作則，卻反其道而行，縱容貪腐滋長和慘無人道的犯罪，只為壯大你的勢力！你採用監視系統監控街頭的民眾，連住家也不放過，這是直接違反人權。」

首相衝向西塞羅，猛戳他的胸膛。

「這是我的國家，人民信任我、投票選我——」

「——而你背叛人民的信任！」

「——我以我覺得合適的方式統治國家！」

「——甚至不惜違反你強加在其他人身上的法律嗎？」

# 瑪莎

攝影機定定地拍攝著西塞羅和首相。

我一下看螢幕，一下隔著柵門注視他們的臉。

「放我過去！」我搖晃柵門大喊，另一側的警衛卻充耳不聞。

西塞羅，你想幹麼？

「西塞羅！」我隔著柵門呼喚，但他聽不到。

我繼續晃動柵門，以撒也加入，接著是約書亞和葛斯，然而我們根本無法撼動柵門半分。

民眾往前推擠，拚命想看清楚唐寧街的情形。

「我們會被擠死的！」我高聲對著警衛喊，「你們得開門。」

他們理都不理。

一堆人的身軀貼著柵門，被擠得喘不過氣。他們搖晃著欄杆發出慘叫。

「你們——」我一面用力推柵門，一面大口喘息。「要是不放我們過去，就得為這些人的死負責！」

可是警衛不理我。

別無選擇了，我想著，然後撲向柵門。如果西塞羅可以，我他媽的也做得到。

「瑪莎！」以撒高呼。

但我已經爬上去了。我翻過頂端，爬下另一側。

警衛沒有動作——可能是嚇傻了，或還沒有心理準備必須射殺一個少女、面對死刑。

這是我今天第二個好運。

我走到負責指揮的警衛面前，當著他的面解下他腰間皮帶的鑰匙。

「感謝。」我往回跑，透過柵門間隙將鑰匙遞給以撒。

「我去找西塞羅。」我迅速握了一下他的手。

當我跑開，聽到他對民眾喊著，「請保持冷靜！保持耐心！我們一定都能過去。」

# 首相——雷納德

「逮捕他！」首相喊道。

「我什麼也沒做呀。」西塞羅聳聳肩。

「我操他媽的不管他做了什麼，用……用擾亂公共秩序罪逮捕他！」

西塞羅看向後方，瑪莎跑向他，她身後的門緩緩開啟。

「你的人民要來了。」他平靜地說。

「如果你們不逮捕他，我自己來！」首相咆哮。「立刻阻止那些人！」他看著馬路另一頭。「蜜露？」他嘶吼。「他媽的是瑪莎‧蜜露？我早該知道這一切與她脫不了關係。逮捕她！」

「你無權逮捕任何人。」西塞羅說。

首相的臉整個漲紅，大吼著說：「我在這國家獨攬大權！你沒證據指控我。」

「我剛剛就在指控你。在我看來，你才該被逮捕受審。你身上扛了多少人命？」

「我沒殺——」

「但你任憑他們被殺，這世界終究是非黑即白，不容許灰色地帶。你不給他們辯護、目擊者或證據，讓他們就這樣被殺，那就是共犯。」

雷納德搖搖頭，瞇著眼，雙手握拳。「太荒謬了，不可能有這種事。」

「這種事當然可能，也會發生。」

瑪莎近在咫尺。

「那該死的丫頭。」他嘶聲說，「要不是她……」首相的視線掃過在場的人，一如車燈前受驚的兔子或困獸。

最後視線停在警衛腰間。

電光石火間，西塞羅看到瑪莎沒看到的動作。

首相衝上前搶奪警衛收在槍套的槍，拿來瞄準瑪莎，此時西塞羅奮不顧身地撲向她。

「砰！」槍聲撕裂空氣。

西塞羅和瑪莎倒地。

寂靜吞噬一切。

## 瑪莎

我不知道發生什麼事。
到處都是人，但我看不到。
附近很吵雜，但我聽不到。
我們好像在泡泡裡。
我和西塞羅。
我一直看著他。
我不要被拉開。
我不要離開他。

我不要再讓朋友死去。

我解開他的領帶，扯開他滲血的襯衫，自己的手也染得猩紅。

不要又來了……不要又來了……拜託不要……

旁邊突然出現另一雙手，有人拋圍巾給我。我擦拭西塞羅的胸前，看到一個洞。

「壓住傷口。」有人說。我認得這聲音，然而我只是點點頭，沒看他，並隔著圍巾用力壓住傷口。

西塞羅瑟縮，以很慢的速度眨眼。

「你又救了我一命。」我說。

他的臉色蒼白、冷汗直流。

「保持清醒，不准昏過去。」

他眨眨眼，我知道這代表同意。

「你真是瘋了你知道嗎？」我說，「一把年紀還翻欄杆、擋在槍前面。你實在該放聰明點。」

他的嘴角微微上揚。

「你怎麼過來的？」他啞著嗓音說。
「我嗎？我學你翻過牆後拿鑰匙給以撒。你也該這麼做！」
「不，」他說，「我的做法比較好。」
他咳嗽，並噴出唾沫。
我看見了粉色。
他閉上眼。
「繼續看著我！」我邊喊邊拍打他的臉。
他眼皮顫抖著睜開。
「他們制服他了嗎？他……」他又咳出唾沫，這次變成了紅色。「……被逮捕了嗎？」
「不要說話，」我看著他的眼睛。「你得保留體力。」
我繼續壓住他的胸膛，左右張望。
我一瞬間回到了現實——四周都是人。他們的腿、手、身體相互推擠碰撞，但全都難以理解狀況。
警笛長嘯。

藍光閃爍。

不要又來了——我想，我絕對逃不了，拜託不要又來了。

警笛鳴聲變大。

閃爍的燈光益發明亮。

人們紛紛讓道。

他們來了。我想，我知道程序，一輛救護車運送西塞羅，一輛警車運送我。

眼淚模糊了我的視線，使車燈、人群、制服全融為一團移動的色塊。

我眨眼，淚水滑落臉龐。

於是視野恢復清晰。

我再眨眼，想看清接下來發生的事。我得看個清楚。

一名警察隻身走到首相面前、拿出手銬——我很確定他拿的是手銬。

我希望是。

我想笑，但沒有勇氣，時候未到，除非我親耳聽到警察宣讀權利。我看看左邊，以撒在我身旁，表情令人費解。是難以置信？是震驚？還是擔心西塞羅？

「你辦到了。」我輕聲說。「西塞羅，我認為你辦到了。」

藍光不時劃過他蒼白的皮膚。

他笑了，那是個得意而快樂的笑容。「後面交給你了，瑪莎。」

他捏捏我的手，閉上眼睛。

# 晚間六點二十五　死即是正義

克麗絲汀娜穿著四〇年代的紅色緊身洋裝，手持寫字板，坐在桌邊，對著鏡頭嬌笑。

克麗絲汀娜：各位先生女士，我既震驚又肅然起敬！這一日實在非比尋常，因此我們將在今晚獻上精采萬分的節目。我做夢也想不到情況會發展到這種地步。如果你目前仍未收看任何新聞或時事節目，那麼——天啊，今晚娛樂性十足的節目內容將令你大開眼界！馬上準備一瓶酒、一壺咖啡或一桶啤酒，順便訂披薩，因為五分鐘後，我們的節目開始時，你絕對捨不得離席！

# 瑪莎

突然間到處都是人，我看不到首相了。

白廳街湧入大批民眾，保全人員寡不敵眾，節節敗退。以撒和我跪在西塞羅身旁，鮮血浸溼他的長褲。

急奔而來的醫護人員溫和地推開我們，以迅速且有效率的動作檢查西塞羅的呼吸、觸摸彈孔。這時天色已暗，風中開始飄起小雨，燈光閃爍，只是不足以讓我看清並理解現況。

「他不會有事。」以撒摟著我輕聲安慰。

我察覺面前有攝影機在拍攝我的一舉一動。

現在人民會怎麼處置我呢？

更多警力到場，好聲好氣管制群眾。不過民眾看到現場的情況後全都待在原地。

一名高瘦的男人出現。他穿著警察制服，但是不像其他人那樣穿著鎮暴背心。而是好看的深色外套，胸前有銀鍊和緞帶裝飾的勳章。當另一名警官對他點頭致意，哈特咆哮著從反方向闖來，氣喘吁吁滿場跑，叫囂著要民眾離開，肚子上的肥油也隨之晃動。

不過民眾置之不理。只有那名高瘦警官大步走向他，拿下胸前的警徽，一面搖著頭一面對著哈特伸出手，我猜大概是要哈特給他什麼東西。

我真希望能上前對哈特的臉吐口水，這可惡又低劣的男人，只是我沒真的這麼做，雖然我看到他交出佩槍時一臉受辱的表情忍不住笑了。瘦警官說了些話（真希望我能聽到），然後指著遠方，哈特一面搖頭，一面怒氣沖沖地離去。我大概猜得到他說了什麼。

而我希望事情不會就這麼結束。

西塞羅現在上了擔架，面戴氧氣罩，點滴接至手臂。醫護人員抬起擔架。

「你們要帶他到哪裡？」我大聲問，「你們要怎麼醫治他？我能隨車嗎？」

醫護人員擠開我。「中央綜合醫院，我們得處理他的狀況，救護車沒空間，你跟在後面吧。」

「他沒事吧？」我快步跟著他們，拚命跟上。

「他大量失血，但看情況子彈沒傷到重要器官。」

「西塞羅？」他們推他上救護車時，我摸著他的手臂。「西塞羅，你聽得到嗎？拜託你……西塞羅！」

他睜開眼睛，我的心情立刻一振，捂著嘴巴、差點落淚。

他拿開氧氣罩。「你……」他的聲音沙啞，所以我彎下腰，附耳在他嘴邊。「你留下來，收尾。」

「先生，請戴上氧氣罩。」醫護人員囑咐。

「瑪莎，照做，」西塞羅說完，醫護人員立刻介入，為他戴回氧氣罩。

我目送他們離去。

看著擔架平穩地被推上救護車，門關上，就這麼閃燈鳴笛、急駛而去。

以撒輕觸我的手臂，指著馬路另一頭。

首相戴著手銬。

我漫步走近，感覺恍若在夢中。高瘦警官來到首相旁邊。

我屏息凝氣地等待、期待警方宣讀權利。

我站在黑夜的寒風中，背脊發麻地側耳細聽。

「史蒂芬．雷納德，英國首相，我以意圖謀殺湯瑪斯．西塞羅的罪嫌逮捕你。你有權保持沉默，但你所說的每一句話都將做為呈堂證供，經由『死即是正義』播送，或『國家新聞報』網站引述。」

「我是保護國家安全，不是危害國家安全。」雷納德說，「我是想除掉麻煩的根源蜜露，不是西塞羅，你這白癡！我的行為沒有過失，這一切全是她的錯——民眾因她而死，所以一定要把她與世隔絕。你——」他試著指揮警官。「——隨著同情者和偽善者起舞。我們英國之所以會有全球最低的犯罪率，是因為遵守了最嚴苛的法律，殺掉她是為了謀求本國安全與保障的最大利益。」

他真的是對的嗎？

是我造成這一切？

「死刑列！」有人大喊。「將這混球送上死刑列！」

「他包庇殺害孩童的友人。」

「他才不在乎人命，他在乎的是錢，我們要親眼看他電成焦炭！」

民眾很憤怒，但不再是針對我了。

我看到首相面露恐懼。我一直與恐懼共存，對此再熟悉不過。長年來，恐懼像是隨時閃電打雷的朵朵烏雲，籠罩著我認識的每個人。現在那分恐懼回到了造成恐懼的男人身上。

我該高興嗎？

我該笑得開心嗎？

以撒摟著我的肩。

「他會被處死。」他說。

「我知道，」我低語，「我知道。」

# 晚間六點三十分　死即是正義

燈光劃過布景和觀眾，主題樂響起。克麗絲汀娜從後台現身，上前走向桌子，她暫停半晌，對鏡頭揮手。這時音樂停下，鏡頭帶過觀眾席，停在笑盈盈的她身上。

克麗絲汀娜：晚安，歡迎再次收看。

觀眾歡呼。

克麗絲汀娜：我保證，我真的非常榮幸能將最刺激的節目呈獻給各位。不只因為我們整理了目前死刑列階下囚的票數和詳細的罪行，也因為深夜的死刑列似乎會多加一命——天啊，這人的身分絕對出乎各位意料！是的，各位先生女士，我主持本節目及「按鈕定罪」還不久，卻時常感到震驚不已，但這甚至無法讓我有心理準備好面對手上的消息。所以——各位，馬上倒杯飲料，坐穩了，準備好面對這可能撼動你們世界的大事。我們將帶你們身歷其境——不過容我先警告各位，報導中的影像含有閃光和暴力場景。

克麗絲汀娜在桌前坐下，她的右側是大型螢幕，眼睛標識移至左邊角落後，螢幕中間的雪花畫面逐漸顯現出唐寧街的街景。

男性旁白：今天稍早發生撼動大英帝國的事件。民眾做出驚人之舉，激動地想表達意見、揭露無辜人們的處境，並渴望看到犯罪者伏法。

畫面顯示西塞羅走在唐寧街，最後停在首相搶奪警衛的槍。那幕鏡頭定格，特寫首相扭曲的表情。

男性旁白：前法官湯瑪斯·西塞羅，高樓七人組的通緝犯，因憂心聚集在白廳街的民眾，且渴望看到正義終於得以伸張。他攀越欄杆，當著首相、史蒂芬·雷納德的面提出心中擔憂。

畫面變了，轉以慢速拍攝首相用食指扣下扳機，槍瞬間發出白光。

男性旁白：即使法官西塞羅手無寸鐵，明顯對他人沒有威脅，雷納德仍無視私人警力的指示，決定自行解決。

影片恢復正常速度，槍聲震懾觀眾，有幾人驚聲尖叫。當西塞羅倒臥在地，瑪莎彎身拉開他的衣服查看，畫面以特寫拍攝鮮血滲出。

鏡頭拉回克麗絲汀娜，她輕拭眼角，流下鱷魚的眼淚。

克麗絲汀娜：這一切全發生在半小時前。我們接下來要帶各位直擊現場。

畫面再次改變，傑若米出現了。他穿著大衣，立著領子，手拿著毛茸的收音麥克風靠近嘴邊。背景能聽見警笛聲，藍光閃滅，民眾穿梭。

傑若米：晚安，克麗絲汀娜。如你所見，附近的情況仍有些混亂。其實如果你往右看，就能看到載著法官西塞羅前往醫院的救護車漸行漸遠。而在稍早，醫護人員也在奮力搶救他的性命。送他上救護車時，亦步亦趨跟在一旁的不是別人，正是瑪莎．蜜露。我們目前還不知道蜜露為什麼不在大牢，我相信，你們應該知道，根據上週「按鈕定罪」的決定，她應該在牢裡才對。另外，我們也無從得知為什麼她在今日出現，卻未遭立即逮捕，更別說此時此刻竟然還在現場。先前失蹤後被判定死亡的以撒．派爵也在。有風聲指出，其他高樓七人組存活的成員也在現場，但這項消息尚未獲得證實。我想且讓我們往前推進一些，觀眾會覺得比較有意思。

鏡頭隨他擠進人群，停在一排記者附近。他們神情嚴肅，或舉著相機，或握著麥克風。而這群記者的前方是警察署長戈登．盧海爾，以及雙手上銬的首相。旁邊隔了一段距離遠離紛擾的是蘇菲亞。

傑若米：在險些致人於死的槍擊事件後，史蒂芬．雷納德遭警察署長戈登．盧海爾以意圖謀殺法官西塞羅的罪嫌逮捕。若在一週前，首相還不至於淪落到死刑列，除非法官西塞羅身亡，但依據首相親自引進的新法──「任何人若有被視為或定義危害國家安全的舉動都將處以死刑」，他將被移送至死刑列。

鏡頭追隨盧海爾拉著首相朝等待的警車而去。

傑若米：首相！雷納德先生！請對觀眾說句話。你有話要向警方辯解嗎？你是蓄意殺害法官西塞羅的嗎？

盧海爾將首相推到攝影機前，他有些站不穩。

雷納德：不是！當然不是。我的行為純屬善意，不是蓄意殺害西塞羅。我的目標是採取必要手段拘捕逍遙法外的瑪莎．蜜露。我看到她不僅要衝向我，還要衝向記者和附近無辜民眾，所以我鼓起勇氣、賭上自己的名譽，搶過警衛的槍，想盡力拿下她、保護附近的人。很遺憾——西塞羅竟撲到槍口前。

傑若米：那麼其他聲明呢？有關警方針對你發起的不信任投票呢？可想而知，這將成為你事業的盡頭。

雷納德：領袖若不為人民鋌而走險，就是不適任。有關我收賄包庇政商名流犯罪的指控絕非事實，而這些都不影響國家的安全和保障，因為我絕不可能姑息犯罪行為，不處分或不起訴罪犯。諸如此類的控訴，以及我危及公眾安全的聲明都是謊言，要求我為這些犯罪負責更是荒謬。

盧海爾押著他離開後，鏡頭重新聚焦在傑若米身上。

傑若米：我相信我們都聽到了首相的弦外之音，克麗絲汀娜，你有數過他說了多少次「安全」和「保障」嗎？不知道那句老話「不說話沒人當你是啞巴」是否適用於這情形。

鏡頭回到攝影棚，克麗絲汀娜站在螢幕旁，畫面上是放大的傑若米。

克麗絲汀娜：我想你說對了，傑若米！我實在很難相信會有人覺得他無辜，哪怕法官西塞羅活了下來也一樣！

傑若米：克麗絲汀娜，我們敬重的首相現正被押上警車，即將前往老貝利。如果我是你，一定會換上跑鞋趕來現場搶先訪問他！

克麗絲汀娜：妙啊

鏡頭拉近克麗絲汀娜。

克麗絲汀娜：各位觀眾，這真是千載難逢的大事！廣告後請繼續收看，我們將在老貝利現場直播首相準備赴死刑列的過程！千萬別轉台！

## 瑪莎

他們帶他離開。

不知道隸屬哪間保全公司的警衛已不見蹤影，我想是擔心惹禍上身吧。警力似乎恢復運作了。

「現在由誰負責？」有人高聲說。「領導人是誰？」

「我們會有什麼下場？」

「圍牆要怎麼辦？」

一開始的低聲嘀咕逐漸變成大聲嚷嚷。

民眾開始緊張。

如果沒人負責，那……

他們東張西望、面面相覷。

這時傳來高跟鞋敲擊柏油路的聲響，我轉過身。

蘇菲亞站在講台上。

「各位，」她說，「請你們保持冷靜。目前史蒂芬・雷納德——這名操縱法律、操縱你們——也就是人民——的始作俑者已經不在。他不能繼續擔任首相。因此暫時由我填補他的職位，而我保證會公平、公開、公正地執行領導。改變是必要的，但必須謹慎執行，為了讓人民往好的方向改變。我很榮幸能擔任首相，成為英國史上最年輕的領導人，英國在我的領導下必力抗不義、促進族群融合、消滅貧困。

「我將帶領國家邁向繁榮、公正的未來。

「我保證我們的國家和街頭將是前所未有的安全。」

有人鼓掌。

有人歡呼。

但我沒有。

我無法欣然接受這一切。

我想見西塞羅，可是當我轉身要走，看到的是——

警官向某人點頭後，拿著手銬朝我走來。

我的胃一陣翻攪。

血液冰冷。

渾身刺痛。

我轉頭去看以撒，他在旁邊，仍戴著帽子遮臉，融入周遭人群中。

而我呢？

我一個人站在路中央，沒戴兜帽，大家都能看到我的臉。

電視台攝影機對準了我，人人都知道我是誰。

我看到迪倫佐在一群記者中間，指著我和警官的方向，對麥克風說話。

我對上以撒的眼睛，他先看著我，再看警官，一切恍如慢動作。

然後他弄清了情況，瞪大眼睛。

一旁的約書亞和葛斯將目光從他移到我身上，再看向警官，又重返我身上。

不，我以嘴形說，不要！

以撒往前衝，但約書亞和葛斯攔住他，將他拉回人群的掩護中。

警官來到我面前。

我沒有要逃，因為沒有意義。

「瑪莎，不要！」以撒大叫，約書亞立刻捂住他的嘴，與葛斯一起拖著他後退。

「瑪莎・蜜露，」警官說，「我以謀殺派蒂的罪名逮捕你。」

「我沒設置炸彈！警方都知道不是我！是雷納德主導整起事件！」

「抱歉，小姐，」他以只有我能聽到的音量說，「我們只是依法行事。」

「可是……可是……警方……你們發起不信任投票……對他……」

他抬頭看著我，搖搖頭。「史蒂芬・雷納德。」

我感到一陣惡寒竄過全身。

我不理解，仍靜靜伸出雙手。

我有什麼選擇呢？

不過，如果他們要玩陰的，我也不打算正大光明。

# 晚間七點　死即是正義

克麗絲汀娜穿著大毛領的訂製大衣站在老貝利外。風吹拂著她的金髮，她撥開黏在唇蜜上的幾縷髮絲。

克麗絲汀娜：歡迎收看！各位觀眾！我們正在老貝利外。稍早，警車載著前首相史蒂芬·雷納德停在我站的位置，護送依然戴著手銬的他到後方的建築。你們都知道，被告進入死刑列前會被安置在拘留室剃頭、除蝨及換囚服。

她移至門口。

克麗絲汀娜：但儘管放心，你們什麼都不會錯過！我要無比榮幸地通知你們，「死即是正義」獨家獲得進入拘留室的採訪權！我們馬上出發吧！

她笑靨如花，一個轉身，鏡頭隨她進門，越過大理石地板。他們通過一道門後沿著長廊走。她在盡頭轉彎，通過另一道門後，走下陰暗狹窄的階梯。

克麗絲汀娜：地底下真是陰森可怕！

她停在裝了小型面板的舊金屬門前，門邊站的是伊芙處刑時的獄卒。

克麗絲汀娜：各位先生女士，我得警告你們這房間會是什麼情況，你們一定會感激我，因為我們呈現的直播影像必定令人興奮不已。另外，我們將無法審查不當行為或語言，對此我只能致上歉意。

獄卒解鎖後推開門，克麗絲汀娜立刻進去。

克麗絲汀娜：天啊。

鏡頭搖攝整間牢房。

克麗絲汀娜：各位先生女士，我不知道你們能否看到，牢房裡非常陰暗，但有……四……不對，是五個人。角落有水桶，我想是用來……用來……解決內急的。

她一手在臉前揮了揮。

獄卒：我們接獲命令要直接送他到六號牢房，明天就處決。

克麗絲汀娜：什麼？

獄卒：我說他明天就要被處決了。

克麗絲汀娜：可是……可是我們要用一整週的黃金時段播出他的牢獄生活！這題材足以超越過往所有紀錄啊。是誰授權處決他的？

獄卒：不知道。下令的人職位比我高。

克麗絲汀娜：隨便誰的職位都比你高好嗎！

克麗絲汀娜停下來整理情緒，看著鏡頭，重新掛上一臉笑容。

克麗絲汀娜：各位先生女士，真是大獨家，本節目「死即是正義」第一時間獲得消息！雷納德的罪刑之重，因此他明天就要接受處決。不消說，本節目一定會將畫面呈現到你們眼前。你們有絕佳的機會投票判決，權力操在你們手裡。雷納德究竟該生該死？他要為包庇犯罪負責嗎？他意圖謀殺法官西塞羅有罪嗎？我知道我的一票將投到哪一方，也迫不及待要聽聽你們是否同意。敬請在本節目贊助商短暫的工商服務後繼續收看。

畫面開始閃爍搖晃，克麗絲汀娜的影像化成格子，音訊扭曲。

克麗絲汀娜（聲音斷斷續續）：這真是他媽的荒謬，立刻聯繫製作人。

影片結束，變成「網安」蓬鬆的雲朵標識，串流資料平緩流入飛翔在畫面上的銀色掛鎖，扣住雲朵。

女性旁白：提供您所需的資料安全，牢牢守住您的資料。

男性聲音（畫面外）：由於傳輸斷訊，我們向各位致歉。目前發生技術性的問題，但我們會盡快恢復直播。由於傳輸斷訊，我們向各位致歉——

雲朵消失後，畫面再次轉為雪花雜訊，接著出現克麗絲汀娜在老貝利外的影像。

克麗絲汀娜：各位觀眾，歡迎收看，我為訊號不佳向各位致歉。以防各位在斷訊前沒聽到，天啊，我們有天大的驚喜要給你們！我們不僅有位有史以來初次被免職進入死刑列的首相，更刺激的發展是他被直接送入——我希望各位已經坐穩了——送入六號牢房！多震撼吶！這真是「死即是正義」的大獨家。竟能在牢房直播時與各位分享第一手消息，看來我們的的確置身於眾人討論和活動的中樞，但這消息之於你們、之於各位觀眾和選民有什麼意義呢？關於這件事，各位先生女士小朋友，技術人員現在就在我身後的建築忙著安裝攝影機。攝影機直接裝在首相的牢房，一台在長廊，一台在死囚之路，而我們都知道，這是千載難逢的機會，門票需求將飆破天花板，所以我們會在新的死刑室加裝更多攝影機。各位可以訂閱進階服務，換言之，可以用九十九點九英鎊的實惠價格在家透過螢幕或媒體裝置，直擊新設攝影機傳送的即時貼身影像。進階服務更提供無限次數觀看，只要今晚攝影機連線，馬上能觀賞雷納德的處決或釋放。至於想購票到現場觀看的觀眾，電話線將在半小時後開通，門票售價從後排視野不佳的一百五十英鎊，到處刑台前排座位的四百九十九點九九英鎊。如欲瞭解完整資訊，請——

鏡頭晃動，出現閃爍的藍光和警車警笛聲。

克麗絲汀娜：我得說今晚真是十分刺激。看來我們有另一位參賽選手……我是說囚犯……抵達現場。真是驚喜！我們立刻上前查看是哪位囚犯吧。

攝影師隨克麗絲汀娜走在馬路上，然後停下，鏡頭特寫警官下車開啟後門，瑪莎跨了出來。鎂光燈照亮夜空，交織著藍與白。

克麗絲汀娜：天啊！我們有名回籠罪犯！赫赫有名的青少年殺手、炸彈客、高樓區居民、在逃少女——瑪莎·蜜露。

警方護送瑪莎前往大門。克麗絲汀娜快步跟上。

克麗絲汀娜：蜜露！瑪莎！你能和觀眾說句話嗎？

瑪莎停下腳步，轉身直接面對鏡頭。

瑪莎：別轉台。

她被帶進門後，影片立即中斷。

# 西塞羅

醫院長廊除了病房門口站崗的警官外空無一人。長廊中間鄰近病房的護理站燈火通明，卻悄然無聲，只有機器柔和的嗶嗶叫，及遠方傳來的電話鈴。

一名穿著藍色手術服的黑髮醫師走來，腳下的塑膠鞋每踩一步就吱吱作響，寫著**彼得．凱普蘭**的名牌在他胸前跳躍。

當他抵達病房門口，警官擋在他面前說：

「湯瑪斯．西塞羅在休息了。」

「我知道，」彼得回，「我剛幫他動完手術，你們的弟兄全程在我背後監督。我實在想不透──怎麼會有人以為肩膀剛取出子彈、被深度麻醉的患者有能力擺脫警備？」

警官看著他。

「我得進去了。」他說，「我得告知患者手術結果。」

警官嘆氣移開。

彼得走向西塞羅，暗淡的病房裡只有一張病床，唯一的聲音便是持續發出嗶嗶叫的機器。

「我是彼得．凱普蘭，今晚取出你肩膀子彈的醫師。」他忙碌地查看機器和點滴，調整滴速，就是不看西塞羅的眼睛。

西塞羅去拿床頭櫃的眼鏡。「你是約書亞．德克之前的伴侶。」

「我很高興通知你手術很成功，我們認為術後不會有不良影響，你的傷勢將順利痊癒。」

「他很想你。」西塞羅戴起眼鏡補充道，接在手背的點滴管線隨之擺動。

「我們計畫讓你明天出院。」最後，他終於抬頭對上西賽羅的視線。「除非有其他狀況。」

「譬如？」

彼得看著他。「高燒是出狀況的警訊，顯示可能受到感染。如果有發燒，我們必須讓你留院觀察。」

西塞羅慢條斯理地點頭。「瞭解。」

彼得欲言又止，但又搖搖頭，手插口袋轉身走到門口。

——他又停下來，回頭看著西塞羅。

「他在什麼地方？」他悄聲問。

「安全的地方。」西塞羅回。

「你確定？」

「再確定不過。」

彼得一手撫唇，搖搖頭低聲說，「我之前真蠢。」然後走回病床邊。

「不是，」西塞羅回答，「可以說害怕，但絕不是蠢。就像我之前的舉動也不愚蠢。」

「我恐怕難以苟同。」彼得微笑說。

他們一同陷入短暫的沉默。

「有什麼我能幫忙的嗎？」彼得最後說。

西塞羅笑說：「我想你現在最該做的就是聯絡約書亞。」

彼得點點頭，深嘆一口氣。

他開門離開後，西塞羅聽到他這麼說：

「他發燒了，警官，很可能是手術併發感染，明天早上不能出院。」

西塞羅閉上眼，鬍子底下的嘴扯開一個笑容。

# 以撒、約書亞、葛斯

「現在剩下三個人，最後存活的會是誰呢？」葛斯模仿電視實況播報員。「究竟是高樓區居民、前死刑列囚犯，曾是毒蟲兼警方線民的葛斯．伊凡斯？或少年百萬富翁、前青少年犯罪大使兼瑪莎情人的以撒．派爵？或新生代電視播報員、同志人權運動人士，及《女性現代雜誌》票選時尚衣著第一名的約書亞．德克？」

「閉上你的鳥嘴。」以撒說。

「『一個也不留』的可能性最大。」葛斯低聲恫嚇。

「這也完全幫不上忙。」約書亞直說。

「我不知道現在要怎樣才幫得上忙。」葛斯回。

「歇腳處。」約書亞說，「我們不能回高樓區，只怕是有進無出；或者想想下一步計畫吧。」

「什麼？你說B計畫嗎？因為昨天A計畫進行得不怎麼順利嗎？」葛斯問。

「我們比較需要Z計畫。」以撒說。

他們沿著冷清的街道漫步。有幾間開門做生意的外賣餐館為暗夜傾注光線。

「我身上有錢。」以撒說，「你們要吃薯條嗎？」他停在咖啡廳前。咖啡廳的窗戶蒙上霧白，百葉窗也破了，招牌上方的燈光忽明忽滅。

他們點頭後進了門。

店裡餐桌鋪著紅格紋塑膠巾，超大鹽罐、黏答答的醋瓶，以及瓶蓋凝結一圈蕃茄醬的瓶子，全集中在放在桌面中央。

回鍋油的氣味飄在溫暖的空氣中，牆角的電視覆蓋一層灰。櫃臺後方有一名高瘦的男性——同時也是餐廳裡唯一的人——看到了他們，在圍裙上抹了抹手。

「麻煩來三杯咖啡。」以撒說，「還有——」他看其他人。「薯條有嗎？」

「我們有湯，如果可以接受的話。」男人說，「還有烤蔬菜，自家製的。」

「好。」約書亞回，他們坐在靠近後方的餐桌，能看到完整的電視畫面——頻道停在「死即是正義」。

克麗絲汀娜的聲音清晰響起，三人看著螢幕。

「他們直接把他送到六號牢房。」以撒輕聲說。

一陣乒乒乓乓後，廚師以手臂撐著托盤，另一手拉起櫃臺的活板門——然後讓門板重重關上，走近他們。

「投票的電話線已經開通，」他說，「民眾為此失去理智，據說一分鐘前的票數就破百萬了。」

他將碗和湯匙端上桌時，三人縮著身體，避開他的視線。

「多半是投有罪。」他補充，「他們渴望見血。」

門「嘎吱」打開，上方的門鈴跟著叮噹響。他們全嚇了一跳。

門邊的男人戴著壓低的帽子，圍巾纏臉。

三人立刻低頭看著湯。

「餐廳休息了！」廚師大聲說。

「我只想喝杯茶！」男人說。

「抱歉，你晚來一步，這幾位客人也要離開了。」

男人掉頭離去。

廚師跟在男人後方，而以撒、葛斯和約書亞互看一陣後起身。

「噢不，你們不必離開。」廚師放下門閂，將牌子翻到「休息中」。「我猜你們應該比較希望在不受打擾之下用餐。」

三人動也不動。

「我知道你們的身分。你們一上門我就注意到了，我不會通報警方。」他回到櫃台，隨手拿了一籃圓麵包，比著電視說，「這真荒唐，應該要禁止才對。」當他在桌面放下麵包籃，三人重新落坐。

廚師走到窗邊拉下百葉窗。「但很困難吧？我們嘴巴上說相信民主自由，但腦子接受人家灌輸我們誰是敵人、誰是朋友。這時代令人恐懼。」

他面對電視，網安公司蓬鬆的雲朵填滿螢幕。

「我兒子剛註冊網安，說我也該註冊，因為網安目前有訂閱一年半價的優惠。我常丟三落四，你知道的，駕照、護照……他說網安可以數位複製所有資料。你們註冊了嗎？不，我想應該沒有。」

「我們該怎麼回報你？」以撒把手伸進口袋。

廚師搖頭。「不必，招待你們是我的榮幸。食物櫥有些蛋糕，請自便。我該走了，離開時鎖個門好嗎？」他放把鑰匙在餐桌上。「把鑰匙丟入信箱。」

「真不知道該怎麼感謝你。」約書亞起身握他的手。

「不必謝我。」

他脫掉圍裙，直接往咖啡廳後方走。「話說回來，那可憐的女孩又回到死刑列，雖然不是她設置炸彈的——我有點意外。」

他回頭對以撒說：

「很高興看到你還活著。」然後便離開了。後門關閉的聲音迴盪在店裡。

「湯很不賴。」葛斯說完，稀哩呼嚕地喝著湯。

「人也很不賴。」約書亞低語。

# 瑪莎

氣味很難聞，瀰漫腐臭。
還有噪音！
我的老天，這地方簡直是地獄。
我沒多餘的頭髮可剃，所以他們放了我一馬——不過我還是被灑了滿身要命的除蝨粉，
只是這次我學乖了，有記得閉眼屏息。
另外這裡也冷得要命。
石頭地板。
潮溼發霉又剝落的舊磚牆。

而我打著赤腳。

當他們領我走在某種木板活門上，木板立刻晃動起來。

「留意腳步。」獄卒說，「底下是費利特河，摔下去會失溫的——你應該不希望發生這種憾事吧？」

「中世紀的人常將屍體放水流。」我對他說。

「你有丟過屍體嗎？聰明的高樓區女孩？還是說你只是胡謅？」

「如果你有點腦子自然會知道，不是嗎？」我笑著說，但他沒露出笑容。我想他沒懂我說的話。

蠢蛋。

他停在門口，門上圍了金屬架的燈箱，醜陋的字跡漆著「一號牢房」。

「你在做什麼？」我問。

他困惑地看著我。

我搖頭。「他們要我待在六號牢房。」

我看到他努力回想，眼前彷彿飄過一片空白。「沒人交代。」他說。

「隨你便。」我回，「反正出事的不會只有我，我也沒有特別想待在六號牢房。」

他拉著我手腕的鐵鍊在長廊上前進。

我們再次停下。

另一道門，另一間牢房，另一個以醜陋字跡寫著「六號牢房」的燈箱。

我不吭聲。

他解開我的鐵鍊，推我進門。

我伸出雙手，轉身看他。

「怎麼回事？」我問，但他已經走了。

「沒有足夠的鐵鍊給所有人用。」有人回答，聲音很耳熟。「所以他們判斷沒這必要，尤其我們受到牆上可憎的攝影機二十四小時監視。」

我走向出聲的囚犯。高處的小窗投下好幾束朦朧的月光，映照在他臉上。

「晚安，首相。」我說，「還是說我應該叫你史蒂芬？」

# 十二月七日

# 上午七點三十分　死即是正義

沒有音樂，取而代之的是響亮的心跳旋律，上方燈光隨節奏脈動。步出後台的克麗絲汀娜穿著合身的白褲裝，搭配俐落的低領紫色襯衫；她的頭髮弄得直直的，妝容樸素。

燈光停下，傾注在她毫無笑容的臉上。

克麗絲汀娜：各位先生女士，歡迎收看。死刑是一件嚴肅的事，犯罪是一件嚴肅的事，安全也一樣。目前待在七號牢房的囚犯很清楚這件事——而且不是一天兩天。他掌管我國，職責是要以身作則，展現同情心、正直及公平正義，但他完全沒做到。今日他將面臨失望選民的審判，百萬選民之中，有人在他的監視下逍遙法外，有人的心愛親友因他的系統而死，留下哀傷的家人。他設立系統、追蹤街頭、家中的人民，用意是捉拿犯人、保護無辜，而日前該系統成功捉拿到罪犯——也就是他自己。今日，透過失望的選民——也就是各位——的投票，我們將目睹正義終得伸張。請立即投票，並在今晚收看本節目，一探審判結果。

# 以撒、約書亞、葛斯

「我們該離開了。」約書亞在木椅上伸著懶腰說，「我相信他不是真心要留我們在這過夜。」

以撒折好茶巾，放在櫃臺上。「我留了些錢支付湯的費用，也洗了碗。」

「我們要去哪？」葛斯看著窗外問。「現在街上有不少人。」

「不知道，」以撒說，「老貝利吧，但……」

「我們該去那裡。」約書亞回。

「如果我們想自投羅網！」葛斯說。

以撒彎身拔掉接在牆面的手機充電器。「你有未接來電。」他遞手機給約書亞，「是彼得。」

約書亞接過手機，看著螢幕喃喃地說：「沒有訊息啊。」

「回電給他。」葛斯說，「我們等你。」

「不會是陷阱嗎？」約書亞問。

另外兩人看他。

「是的話我們再死命地逃。」葛斯笑說。

# 瑪莎

我昨晚不再和雷納德交談。

我不習慣直呼他的名字。

史蒂芬。

史堤。

小史。

他現在理平頭（頭皮有一道道滲血的小劃口），穿著白色囚服，跟史蒂芬三個字不搭。

我和他並肩坐在水泥地上。

牢房有五名囚犯，只有我是女性。

他們整晚看著我，搞得我覺得自己像塊肉。
我看著史堤。
「你是犯了什麼罪才進來的？」我冷笑著問。
他看著我時眼神流露恨意。
「你惹了一堆麻煩。」他說。
我聽到牆壁上的攝影機運轉，我認得這聲音，我知道攝影機什麼時候會拍攝、竊聽和聚焦，好讓其他人能聽到、看到。
「我只是回應你的行為。」我回。
「統治國家嗎？」
「操縱國家。」
「我身邊有出色的團隊。」他說。
「還有一大疊欺世盜名的文件。」
他轉身面對我。天啊，少了頭髮、高檔訂製西裝和手工縫製皮鞋後，他看起來真怪。
他就像……我不知道，就像個作奸犯科的人。

「我相信你是指派爵複製的文件，就是犯罪和失當行為者的名單？」

「是，而我知道你為什麼要這麼做：為了保有權力、控制人民。但你不覺得內疚嗎？你掩蓋的這些罪行很不道德，甚至駭人聽聞。你不覺得這些人該為此受罰嗎？」

「他們已經受罰了！」他說，「他們得看我的臉色過活，永遠依我的意思辦事和說話，因為他們知道我隨時可能變卦。愈重、愈可憎的罪行，對他們事業和地位的殺傷力更是不容小覷，所以他們得唯命是從。」

「你真可怕。」

「我可怕嗎？我不曾傷人，也不曾在生理上造成他人的折磨——」

「你是在心理和精神層面造成他人的折磨。」

「——或讓他人承受不應得的痛苦。」

「那受害者呢？受害者的家人呢？」

他不自在地皺著臉，在冰冷的水泥地上挪動。

很好，就是要不自在，我想，盡量受苦。

「他們很有用處。他們的呼聲愈高愈是有利，因為事態擴大會讓作奸犯科的人不顧一切想隱瞞。」

我耳邊傳來攝影機繼續運轉的聲音。

他有發現嗎？我想是沒有。

「那你為什麼要追蹤所有人？」

「GPS和手機？高招吧。」

他露出不自然的緊張怪笑，然後搖搖頭，輕撫剃短的毛髮。

「那女人真是天才。」

我張口想再問，但他搖搖晃晃站起來伸懶腰，開始在牢房踱步。要不是我認識他，搞不好會幻想他的腳趾就此長出爪子，再伸出下垂搖擺的紅色尖尾巴。

# 以撒、約書亞、葛斯

他們安靜地穿梭在逐漸變多的人群間。

附近的人或看著手機，或皺眉嘀咕，或搖頭咒罵。

他們經過一群男人，有人說：「真是狗屁。我告訴你，我認為這整件事都是編來控制我們的騙局。只要幕後主使看不順眼，就讓他們身陷囹圄，進死刑列或高樓區。」

葛斯擠出笑容看以撒。

「我們永遠不會知道真相，政府他媽的隱瞞所有真相，好比說瑪麗蓮夢露或甘迺迪。異議分子不是變成陰謀論怪胎就是國家公敵。我不認為放炸彈的人是蜜露，你懂我的意思嗎？雖然我們不知道真正的犯人是誰。」

他們繼續前進。

經過一群人時，那些人專注看著《國家新聞報》。相片上有迪倫佐高舉大批文件，頂端的頭條則以粗體字寫著**抓到了！**

「民眾該覺醒了。」葛斯低聲說。

以撒點頭，但約書亞不搭話。他面無表情地一路往前走。當他拐過小巷，其他兩人也立刻跟上。他又拐了個彎，帶他們到一棟建築後方。貨車和垃圾桶附近有水泥階梯，通往一扇外面沒有把手的門，而另一區的屋簷下是些工業廢棄物。

葛斯唸出其中垃圾上的標示。「生物醫療廢棄物？」然後看著另一桶較小廢棄物，說，「警告：尖銳器具。」他問約書亞，「見鬼的，你帶我們到什麼鬼地方？」

約書亞以手指抵住嘴唇，示意門上的攝影機，然後在攝影機照不到的位置，把垃圾桶拖到正下方，爬上去扯掉牆上的攝影機。

「沒想到你會這麼做。」葛斯說。

「我們在醫院後面，」以撒說，「我記得彼得是醫生？」

約書亞點頭後掏出口袋裡的手機撥號，說：「我們到了。」

「這是怎麼……？」以撒才開口。

「你等著。」

# 瑪莎

「你覺得這做法好嗎？」我問雷納德，隨他在牢房踱步。「將我們五個關在七號牢房的囚犯一起送到死刑室，你覺得好嗎？他們是要輪流播報票數嗎？老天，真希望他們到時沖洗一下電椅。我聽說有些囚犯會便溺或嘔吐，而且我印象中還有人燒起來。」

他臉色發青，頭頂的汗珠閃閃發亮，連上唇也在冒汗。

「你想過死刑是什麼情形嗎？」我問，「你知道的，就是會不會痛之類的。我想電刑一定很痛，因為我曾不小心被鬆脫的插座電到，真的痛得要命——你想想，到時電流是多少伏特啊？好在我們沒頭髮了，不然會燒焦！」

「閉嘴。」首相說。

但我不打算閉嘴。

「我之前坐牢時常聽到死囚痛苦大叫。他們進死刑室前往往像孩童一樣，哭著乞求能放他們一馬。」

他衝向我——

攝影機轉動——

他的臉就在我面前——

「他媽的閉上你的嘴！我早該叫人把你除掉！」

他的眼神散發恐懼。

「這全是你的錯！如果你不唱高調，那我的計畫——我和蘇菲亞的計畫——」

「蘇菲亞？」我問，「那個沒把我帶到監獄、反而送我到高樓區的蘇菲亞．納強特？」

他的眼神閃爍。

「是，」他喃喃說，「就是那個蘇菲亞。」

「現在時間是：正午。」

電子播報的聲音嚇到了首相，他垮著臉。「那什麼聲音？」

我以食指抵著嘴唇。

「依逮捕順序，通知七號牢房目前的數據——」

牢房全員屏息以待。

「湯米．格蘭特——」

那個低頭發抖的囚犯想必就是湯米。

「——百分之四十三贊成，百分之五十七反對。」

他鬆了口氣，像顆洩氣的氣球。

「崔特．麥可弗：百分之五十一贊成，百分之四十九反對。」

牆角陰影下的男人失聲啜泣。

「阿米爾．狄吉立：百分之二十七贊成，百分之七十三反對。

「史蒂芬．雷納德——」

播報音停下。

「他們為什麼要停下來？」他抱怨。

「戲劇效果，」我樂不可支，「營造氣氛。你是今天的重頭戲——你不知道嗎？很有趣吧。」

「——百分之六十四贊成，百分之三十六反對。」

他轉頭看我。「數據比我預期得低。」

我看著他，真心感到同情。

「數據全受到操作，」我說，「你不知道嗎？我還以為幕後主使是你。他們早就決定你的生死，數據只是用來煽動群眾，就像你的拿手好戲。民眾恨你，所以要是數據過低，會有更多人投票要你死！而當鏡頭切換到棚內的克麗絲汀娜，她會說『確定你能得到應有的懲罰』，並鼓勵民眾『不要錯過這千載難逢的機會』。」

他看著我。

一臉茫然。

「瑪莎．蜜露：百分之五十四贊成，百分之四十六反對。」

我聳聳肩。

「不上不下。我想票數全流向你了，沒人真的在乎我，我是昨天的舊新聞，或許還能在頭版占個位置，但你才是頭條。」

「我沒——」

「五分鐘後可能接受處決的最終數據，發布時間順序如下：湯米・格蘭特——晚間八點。崔特・麥可弗——晚間八點十五分。阿米爾・狄吉立——晚間八點三十分。瑪莎・蜜露——晚間八點四十五分。史蒂芬・雷納德——晚間九點。」

我看到史蒂芬一臉驚恐後，便說：

「噢，我們對調了，看來你是壓軸。」

# 午間十二點十五分　死即是正義

隆隆的心跳節奏響起，燈光隨著在棚內閃爍。克麗絲汀娜揮著手，快步走出後台，觀眾開始鼓掌——有些甚至站了起來。在她身上舞動的燈光與鼓聲戛然而止。

克麗絲汀娜：各位先生女士好，歡迎收看「死即是正義」延長為全天播出的特別節目。我相信各位整個早上都寸步不離，守著螢幕觀看並聆聽蜜露小姐和這敗德首相——噢我是說——史蒂芬．雷納德的談話。

觀眾發出噓聲，克麗絲汀娜巧笑倩兮。

克麗絲汀娜：我相信各位都聽到了最新的數據。我得說，我很驚訝首相——抱歉——**前**首相的票數沒有更高一點。各位是否還沒機會登記投票？千萬不要錯過能夠影響我國現況、千載難逢的機會，以展現各位對貪腐、謊言，及領導人成為謀殺從犯的看法。

一旁的螢幕填滿七號牢房的直播，特寫雷納德的大臉。克麗絲汀娜大步走到高腳桌後入座，另一頭有張空凳子。

克麗絲汀娜：不過，我們邀請了一位很特別的來賓，協助各位全面瞭解前首相的一切，以做為投票依據。前首相讓我們失望時，她獨挑大梁；前首相欺騙國民時，她道出真相；前首相未信守承諾時，她允諾實現。各位先生女士、電視機前的觀眾，這人正是前首相、現為死刑列囚犯史蒂芬．雷納德的副官，史上最年輕的首相——蘇菲亞．納強特。

觀眾歡呼鼓掌，燈光舞動、音樂響起。頭髮絲滑並微微捲起的蘇菲亞露出燦笑，抬頭挺胸地在後台出口外稍作停頓，隨後邁步到桌前。兩位女士握手後落坐。

克麗絲汀娜：納強特小姐——或是該稱你為首相呢？很榮幸請到你蒞臨本節目，我代表「死即是正義」全體觀眾由衷感謝你減輕民眾的恐懼，恢復我們對國家領導層的信任。

蘇菲亞：真正榮幸的是我，克麗絲汀娜。謝謝你伸出友誼之手支持，並讓我有機會接觸觀眾和選民。這幾天我國一直處於動蕩不安的狀態，也動搖了人民的信心，因此，重拾他們對未來、安全及隱私方面的信心是我們的首要之務。

克麗絲汀娜：我相信你提到了一個關鍵字：「隱私」。雷納德採用的系統——我實在不知道該怎麼形容——這緊迫盯人的監督，實在造成眾人的驚懼。

蘇菲亞：的確，我想這種層級的監督——隨時都能找到他人所在位置——不僅重擊了人權，更讓人民認為我們——也就是政府，不尊重選民的隱私，或說不信任選民。我想重申：絕無此事。

克麗絲汀娜：我很好奇一件事……建立系統時到底是怎麼瞞過他人的耳目？你是他的副官、祕書、背後的無名英雄——

蘇菲亞：英雌！

克麗絲汀娜（大笑）：這是當然！但……這件事持續多久了呢？為什麼沒人知道？

蘇菲亞：這兩個問題很難回答，我希望民眾有在收看節目，因為他們心中明顯存有疑問。大家要明白，唐寧街不但是辦公室、會議場所，更是首相的官邸——亦即他或她的住家，即使員工也不得擅闖。我是偶然發現這房間的。可想而知，我立刻想辦法要制止這種事情，便直接向史蒂芬攤牌。

克麗絲汀娜：真是大膽之舉。

蘇菲亞：可是有其必要。過去幾天，你們都知道史蒂芬的控制欲有多強，他不擇手段地想控制人民。當時他就直言不諱，如果我敢輕舉妄動，危及他的系統或地位，我的事業將就此結束。我不記得他確切的用詞是什麼——我想是因為我刻意不去記他說的話——但他提到要散播關於我的不實謠言，讓我無法參選和就職。我相信同為女人的你應該深知這類傳聞是跳到黃河也洗不清的。

克麗絲汀娜：真的是洗不清。

蘇菲亞：之後我開始想辦法阻止他。而且，為了英國的利益，或許還得推翻他。如此要脅員工、人民——特別是女性的人根本不適任領導。

克麗絲汀娜：我佩服你的努力和勇氣，畢竟你可能失去一切。

蘇菲亞：我必須賭一把。在我看來，讓民眾知道事實是唯一的辦法，所以我透過迪倫佐協助裝設的攝影機終於使雷納德失勢。

克麗絲汀娜：關於這點，我們有你提到的攝影機片段。我想請你在影片播放時討論一下內容。

粒狀影像占據右側螢幕，鏡頭前有張臉迅速退開，影像逐漸清晰。

克麗絲汀娜：這是什麼情形？

蘇菲亞：我所在的房間放了電腦，連結至GPS，追蹤所有人的手機。我站在椅子上，將攝影機固定在牆壁後，檢查攝影機的角度，確定有對準整排螢幕，以及螢幕前的兩張椅子。

克麗絲汀娜：我們現在看到電腦出現在畫面上，中間有個大型螢幕，較小的螢幕圍繞在外。

蘇菲亞：是的，現在我在系統輸入一些名字，讓民眾親眼看看運作方式。這時我就離開房間了。

克麗絲汀娜：老實說——希望你不介意我挑明這麼說——但看來你和瑪莎．蜜露極為相似。在座的各位觀眾不覺得嗎？雖然你年紀稍長。

觀眾點頭，許多人都認同。

蘇菲亞：恐怕是年長很多！不過你不是第一個提到這件事的人。不是有個說法嗎？「每個人都有自己的分身」？我不至於說她是我的分身，畢竟這麼說或許有些誇大，但因為我戴著帽子掩飾身分，看來就會很像平頭的蜜露。

克麗絲汀娜：你們像到令人驚嘆！不過我們還是回頭談談雷納德吧。

畫面變成七號牢房的直播影像，雷納德坐在瑪莎身旁。

克麗絲汀娜：他該死嗎？

蘇菲亞：社會中的每一個人都該這麼自問。這人為了自身利益操縱國家、包庇謀殺犯——甚至包括殺童者，他監視清白的人民、開槍射擊法官西塞羅。這人欺騙大眾，並暗中進行要脅民眾的行動，以確保權力。他該死嗎？他該「活」嗎？

克麗絲汀娜：你投贊成或反對？

蘇菲亞：克麗絲汀娜，我得強調，我的意見純屬個人，而我深信大家必須檢視前述的事證，再自行判斷。如果他們相信雷納德應獲釋重返社會，就該投他無罪；如果他們相信包庇罪犯、利用脅迫和槍枝保護自身權力、欺騙選民換取利益，並認定個人地位比為孩童遭殺害的父母更重要——如果覺得這種人應負起責任，就投他有罪。

克麗絲汀娜：耳目一新，真是清晰又公正的意見，感謝你撥空出席今晚的節目。

觀眾鼓掌。蘇菲亞起身走回螢幕後。

克麗絲汀娜：歡迎在短暫的——

她突然停住，一手貼到耳邊，看著鏡頭皺眉。

克麗絲汀娜：我們有即時新聞……呃……是，我們將轉播中央綜合醫院的畫面。傑若米？傑若米，你有聽到嗎？

沙沙的雜訊畫面逐漸清晰。傑若米穿著領子立起的厚重冬衣，羊毛帽壓低，站在以「中央綜合醫院」招牌為背景的明亮街道。

傑若米：是，克麗絲汀娜，聽到了。現場目前可說是亂成一團。我們剛收到消息，醫院發言人將發表聲明。是他嗎……？

他看著醫院大門，那裡出現一名穿著醫師袍的男人——彼得。他的表情嚴肅、不卑不亢。

傑若米：是他，我立刻帶各位上前。

鏡頭隨他鑽過人群，停在包圍彼得的記者中間。

彼得：日安，我是彼得．凱普蘭，中央綜合醫院急診醫學的主治醫師。我很遺憾地在此通知各位，法官湯瑪斯．西塞羅已於稍早身亡。他昨晚到院進行取出子彈的緊急手術很成功，當時我們都相信他能早日康復。

他停下來看著群眾。

彼得：不幸的是，手術數小時後，他感染了併發症，即使我和團隊盡一切努力，他仍在不久前宣告死亡。湯瑪斯·西塞羅沒有家人，但朋友眾多，請你們在這艱難的時刻展現體諒，對他們展現誠摯的同理心。謝謝。

彼得離開了。鏡頭拉回傑若米，他拭去臉上的淚水。

傑若米：真是不幸的震撼彈。我相信人們將永遠敬重、仰慕這個為弱者、真相、正義及名譽奮鬥不懈的當代巨人。而這場悲劇也將影響今晚死刑列的投票數據，因為雷納德確定謀殺了前高等法官。克麗絲汀娜，現在將鏡頭交還棚內。

克麗絲汀娜搖著頭，輕拭眼角。

克麗絲汀娜：這真是令在場所有人震驚的消息，也如傑若米所說，是一場「悲劇」。請在贊助商短暫的工商服務後繼續收看，屆時我們將提供各位重要的最新數據，並回顧這位真英雄早逝的一生。

西塞羅穿著法官袍的相片占據畫面，下方出現一行字，**願你安息**。

# 麥克斯

水仙之家，瑪莎公寓的客廳裡，電視的藍光驅走黑暗。

忽明忽滅的光線照亮以撒先前休息的床，

以及先前西塞羅目睹伊芙死亡時坐的椅子，

麥克斯看著電視，皺起眉頭。

網安蓬鬆的白雲出現後，光線立刻散落在整個客廳，更照著勉強隔絕日光和外面世界的窗簾。

麥克斯關了電視，黑暗立刻將他吞沒。

克麗絲汀娜悶鈍的聲音從隔壁公寓穿牆而來，他瑟縮一下，呈大字型地躺在地板。

那音量剛好能讓他聽到「網安保管您的資料，讓您高枕無憂」。

「他媽的閉嘴，網安。」他嘶啞著聲音，「我自己就能保管好個人資料。」

他看著天花板，嘆息聲充滿客廳。「那婦人當時是怎麼說的？」他皺著臉喃喃自語。

「沒人知道蘇菲亞什麼來頭。」然後閉上眼。

「網安。」他悄聲說完，雙手遮耳，讓腦袋平靜下來。

他躺在地上，鄰居低沉的電視聲隔牆滲出，這時他緩緩坐直，眨眼適應黑暗後一把撈過筆電。

「一定有人知道些什麼。」他一面低語，手指一面在鍵盤上飛舞，然後皺眉看著螢幕。

# 瑪莎

誰能想到有天我會和前首相閒話家常。

但我現在就在這麼做。

「你怎麼受得了在這種地方待上七天？」他問。

我聳肩。「監獄不同、牢房不同。」

「是啊，我都忘了。比較溫暖舒適，而且有熱水和電視——」

我取笑他。「你真的那麼一無所知嗎？根本就不是那樣。你說的是他們呈現給電視機前觀眾的畫面。你想知道實際是怎樣嗎？之前的死刑列他媽的難熬。牢房要不冷得要命，要不隨時亮到讓你快瞎了眼，或一直滴水，甚至有牢房釋出毒氣，讓我產生幻覺。」

「不對……」他話沒說完。

「不要裝傻，你知道牢房實際是怎樣，是你批准的。」

首相看著我。

他的眼底舌尖好樣有什麼話要蹦出來，我感覺得到。

他別過頭。

「說啊？」我問。

「有時候……」他欲言又止，此時又傳來攝影機的運轉聲。他傾過身子。「他們在看吧？」

我點點頭。

「也在聽吧？」他悄聲問。

「隨時都在聽。」我說。

「有時候，」他開口，「我……」他靠近我，在我耳邊彎著手掌遮住嘴，「我只負責簽名。」

換我盯著他看。

「我不——」

「現在時間是：下午三點。依處決順序——」

該死的播報打斷了他。他本來要透露什麼？

「七號牢房目前的數據是——」

電子音唱名其他人時，我分神了，因為我不記得他們之前的數據，並因此歉疚。

「——瑪莎．蜜露：百分之五十六贊成，百分之四十四反對。」

我的數據上升了。

「史蒂芬．雷納德：百分之六十七贊成，百分之三十三反對。」

他也是。

「下一次提示在：一小時後。」

「你剛要說什麼？」我低聲問他。

我看著他，無論是他的眼角、舌尖或嘴角，我都看得出他有話不吐不快。

「說啊？」我再次要求，但他搖搖頭。

「我想你應該早知道了。」他回。

# 約書亞住處

一條戴著兜帽的人影踩上屋前黑色雙開門的階梯，接著蹲下掀開大型花盆。那人在花盆下的泥土摸索一番，掏出生鏽又髒兮兮的鑰匙。

人影直起身，躲在陰暗處將鑰匙插入鎖孔開門。兩分後，另外三條人影鬼鬼祟祟地過街進門，直闖廚房。

「你竟然宣布我過世！」西塞羅一屁股坐在椅子上抱怨。

約書亞放下百葉窗。「不然你要我們怎麼辦呢？」

「我不知道，但你說說，這下我要用什麼方式起死回生？」

「告訴民眾你是耶穌啊！」葛斯靠著門框大笑。

「真是該死的亂七八糟。」西塞羅說。

「你可以說謝謝，」約書亞回，「你可以說：約書亞，謝謝你叫前男友公然在電視轉播上撒謊，謝謝以撒和葛斯冒著被捕的風險協助我逃出醫院。謝謝彼得讓我們一行人進來你家。」

「這也是你家。」以撒咕噥著說。

西塞羅抹抹臉，大聲嘆息。「謝謝，謝謝你們全部。」他一個個掃視他們。「我們接下來該怎麼辦？」

沒人答腔。

「你們要留在這裡？還是袖手旁觀？還是等瑪莎最後的數據出爐？」

「我們要去老貝利。」以撒說，「我們放出信息，要所有人到場引發騷動。」

「這麼做有什麼屁用？」葛斯說，「之前就不管用啊。」

「民眾的憤怒遠勝以往。」以撒說，「如今不再只跟瑪莎有關，已經牽涉到所有人了。」

# 瑪莎

「為什麼沒人上銬？」我問牢房全員。

他們茫然回望，沒想過獄卒為什麼不將他們上銬。

「我問過了，」首相說，「獄方表示沒有充足的手銬或空間將所有人鍊在牆邊。」

「反正沒必要。」一名囚犯說，「我們根本出不去。」

「但牢房門戶大開。」我說。

「是，這是方便攝影機和那男的——傑若米——進出。」另一人說，「他們嫌反覆開鎖既浪費時間又會讓觀眾覺得無聊。我聽到他說要『觀察囚犯打成一團』之類的話。」

「看我們大打出手比安靜坐在這裡更有娛樂性？」我說。

「類似。更何況外面的門也上了鎖。」

「你們在這兒待多久了？」我問他。

「七天，」他說，「我從一開始就在。你炸毀死刑列後他們便把我送到這座監獄。」

「那不是我。」我說。

他聳肩。

我在黑暗中循著聲音在他身旁坐下。

攝影機沒動靜。操作攝影機的人一定是將鏡頭鎖定雷納德。

「現在有多少人在監獄？」我輕聲說。

「很難估計。」他回，「我不知道。想必是很多，因為他們送餐時總要用到巨大的推車。」

我起身。

牢房燈光幽暗。

只有微小的窗戶和門外忽明忽滅的燈箱，透出些微光線。

牢房潮溼而寒冷。

我踩在水泥地上的腳已無知覺。我渾身發抖，手指僵硬。

「你要去哪裡？」他問我。

我不回話。

我站在門邊，須臾後，我跨出牢房。

沒有突如其來的電擊流竄身體，沒有毒氣噴往臉上，沒有東西砸下來阻止我。上方的燈光閃爍，刺痛眼睛。

我看向左方：六道門上有六個燈箱，不規律地一明一滅。

我看向右方，通往死刑室的長廊上有一個燈箱。

我往左轉，走到隔壁門往內看。等眼睛適應黑暗，我勉強辨識出囚犯看我時眼睛反射的光芒。

「你們有多少人？」我低聲問。

「十個，」有人說，「我們沒犯罪。」

「我知道。」我回。

「你是什麼人?」同一個人又問,但我已移動到下一間牢房。

我看看裡面,打量地板的人影。有些囚犯看來很嬌小。

「我們有七個人。」我腳邊傳來一個聲音。我低頭一看:是個眼睛深邃的黑皮膚年輕女性。「裡面那個少年只有十五歲。」

我搖搖頭,繼續移動,免得暈倒、嘔吐或忍不住發怒,摔東西尖叫。

我抵達下一間牢房,裡面有九個人。下一間,八人。再下一間:十一人。當所有人移至下一號牢房後,還有多少人準備入監、剃頭、除蝨子呢?

我轉身看著另一頭的門。

死亡之門。

可能通往天堂。

可能通往地獄。

我走上前時心跳如鼓;燈也閃爍不停。

老天。

他們這次必定會要我的命。

堅強，瑪莎，我腦中的聲音說，我將它想像成媽媽、B太太，或奧力。
為什麼會發生這種事？
這社會為什麼落得這個地步？
究竟是哪一步走錯了？
仔細思考，瑪莎。我的腦子說道。
他們玩弄民眾的恐懼。
用立意良善的承諾——為了帶來更安全的社會。
用恐懼——父母不要孩子受傷。
用操作——投票保護家人安全。
人都渴望安全。我想。於是他們就繼續做一樣的事——投票讓他們認為有害社會的人去死。
我仰起頭，多希望此刻能看到星空。這時攝影機發出運轉的聲音，我不禁笑了。我走到攝影機前抬頭，攝影機也向下傾斜拍我，所有人都在看、都在聽。
「克麗絲汀娜，」我對著攝影機輕聲說，「繼續拍，我保證帶給你一場好戲。」
然後我對她眨了眼。

# 街頭

「人很多。」以撒說。

「多到爆。」葛斯回。

「他們是高樓區居民嗎？」約書亞問。

西塞羅張望後聳聳肩。「我怎麼知道？」

他們在人群間往前推進。

他們上方的大型螢幕不停切換牢房畫面，並在下方以跑馬燈顯示最新數據。

當瑪莎出現在畫面上，他們停下來仰首觀看。她和同室的囚犯窩在角落，鏡頭雖然拉近，但拍不到他們的臉，聲音也模糊不清。

「你覺得她是在做什麼？」約書亞問。
人群推擠移動，西塞羅穩住身子後抬起頭，意外和附近的人四目相接。
「嘿！」男人說，「你好像法官西塞羅喔！」
「我就是法官西塞羅啊。」他回。
「不可能，你過世了！」
西塞羅看著他，露出一臉假笑。「我生龍活虎得很。你不該每個新聞報導都相信。他們要我噤聲、要所有人噤聲，所以我們一定要公開把意見發表出來。」
男人點頭。「真的是你嗎？我認得你的長相，我媽是遭人殺害的。那是在全民共投之前的事，你判兇手無罪，因為他『精神上無行為能力』。」
西塞羅別開臉往旁邊走，但男人揪著他的袖子。
「我去探視過他。」他說，「他整個人一團糟。當時他不吭聲，也不敢直視我。一週後，他寫信和我道歉，表示會抱著這分罪惡感度過餘生。」
西塞羅看著他。「我為你痛失親人感到遺憾，但——」
「不，老兄，你做得很正確。處死兇手輕而易舉，也是簡單行事，但不是最好的做法。」

他鬆開手，又伸到西塞羅面前，西塞羅握住。

「救救那個重返死刑列的女孩吧。」他說，「趁一切還沒太遲。」

「西塞羅，你看。」以撒指著螢幕。

瑪莎的臉靠近鏡頭，但她的聲音被周圍的雜音掩沒。

「她說什麼？」西塞羅問，「我聽不到。」

他們一旁看著手機的女性聽到西塞羅說話後轉過頭。

「天啊！」她說，「她看著鏡頭說，接下來會上演一場好戲。」

西塞羅、以撒和約書亞交換眼神。

「你們在這等著。」西塞羅說，「我有事要辦。」

# 瑪莎

我和每個人談話。
我偷偷摸摸。
小心翼翼。
他們悄聲同意，有位男性對自己的任務特別熱心。
我有把握電視機前的觀眾——也就是克麗絲汀娜和所有觀眾——都有看到我拜訪一間又一間牢房。
但他們聽不到聲音。
能成功嗎？

我不知道，但總好過坐以待斃。

我們等待。

全員一同等待。

「現在時間是：晚間六點。目前的數據——」

所有人屏息，包括那些還不到最後一天的囚犯。

我看著幾位男性的表情，他們的命運正在逼近。如果數據和之前相去不遠，我們全得上電椅。

「——瑪莎．蜜露——」

輪到我了。

「——百分之七十三贊成，百分之二十七反對。」

意料之中。

「史蒂芬．雷納德：百分之七十九贊成，百分之二十一反對。」

比預期低。看來他們想榨乾憤怒選民的錢包。

鑰匙插入門鎖的聲響傳來，所有人抬頭。好戲上場。

# 晚間六點十五分　死即是正義

克麗絲汀娜：各位先生女士，歡迎繼續收看「死即是正義」全天播出的特別節目！

觀眾歡呼喝采。

克麗絲汀娜：今天很特別。不只因為今晚有五位可能被處決的犯人，也因蜜露與派爵持續發展的長篇故事將邁入最終章。更驚人的是，前首相、史蒂芬．雷納德正在被你們——也就是投票的民眾——審判。是的，今日權力確實掌握在各位手中！你們要看他受死嗎？要看他因為造成無數人死亡、非法設立監視系統、窺探你們無辜的一舉一動，被送上電椅嗎？各位的手指該在鍵盤上起舞了。在我們提供各位最終數據之前，請與本節目的連線記者傑若米．夏普一同直擊死刑列。傑若米，你今晚好嗎？

她側頭看著螢幕上的傑若米。他手握麥克風站在老舊的木門旁。

傑若米：克麗絲汀娜，你正好在最刺激的關鍵時刻加入了我。我正站在通往死刑列的門前，準備進去訪談那些可能會被處決的犯人——特別是瑪莎．蜜露和傳說中的史蒂芬．雷納德。相信我，我真的迫不及待想訪問他，真期待看看他目前是什麼狀態，希望他正在乞求眾人的寬容及原諒。立刻跟我一起進去吧……

獄卒將叮噹作響的鑰匙插入鎖孔。攝影棚內，克麗絲汀娜皺眉，輕觸單邊耳朵。

傑若米推開門、踏了進去。

# 瑪莎

「我們為什麼不趁他進門時推開他、一齊衝出去？」有人問我。

「因為獄卒會射殺我們，你這腦殘的智障。」另一人回。

「他們才不會在電視直播時射殺我們！」

「怎麼不會？反正他們都要處決我們了，有差嗎？」

我沒加入這唇槍舌戰。

我知道我該做些什麼。

我們聽到抽出鑰匙、門輾軋開啟的聲響。

傑若米以倒退的方式進門，攝影師緩步跟著他走。「死刑列的氣氛異常緊張。」他說。

獄卒也進來了，但我們按兵不動。

我的心跳快到要爆炸，但我仍盯著獄卒轉動鑰匙，將所有人鎖在這裡。

被囚禁的我們。

佩槍的獄卒。

傑若米。

還有攝影師。

我們同心齊力，效率十足，以絕對的自信制服傑若米、擊倒攝影師。

「靠！」有人大喊。

我抬頭。聲音的來源是獄卒，他笨拙地掏出鑰匙哀求道：「不要傷害我！不要傷害我！」我看到他雙腿顫抖。

「停下來，」我說，「請不要動。」我不懂他為什麼像隻驚弓之鳥。有槍的人不是他嗎？

他丟下鑰匙後才想到這件事，立刻握住佩槍。

「如果你射殺我們，明天早上就換你進死刑列，」我說，「以眼還眼。」

「我……我是……自衛……」他結結巴巴地說。

我搖頭。「自衛殺人這件事在伊芙．史坦頓身上不管用吧？」我點頭示意門上的攝影機。「更別說在眾目睽睽之下。」

他臉上的肌肉抽搐，手指敲著槍管。

「你想做什麼？」他緊張地問。

「談談囉。」我笑著回應。

# 晚間六點三十分　死即是正義

克麗絲汀娜站在螢幕前，瞠目結舌地看著事情發展。死刑列囚犯全在牢房外的長廊，瑪莎站最前面，史蒂芬在她右側。

克麗絲汀娜：「死即是正義」目前將暫停播放工商廣告，繼續直播牢房的動靜，千萬不要轉台——到底是怎麼回事？革命先驅蜜露小姐要做什麼？她有炸彈嗎？她想怎麼處置本台的倒楣攝影師、獄卒，外加英勇的傑若米·夏普？傑若米，如果你聽到我的聲音，請回報現在情況。

傑若米（氣音）：克麗絲汀娜，我不知道你現在看不看得到我，我們的攝影師查理正在最前線。我剛剛繞到一旁，離他們有些距離。但看來蜜露煽動了同房的其他囚犯造反，我現在聽不到她說話，不過——

克麗絲汀娜：傑若米，為了觀眾的福利，你能靠近嗎？我們有必要看到、聽到現在的情況。

傑若米（聲音顫抖）：我……我沒辦法……

克麗絲汀娜：各位觀眾，本台的英勇播報員絕不會讓人失望。傑若米，這是千載難逢的機會，你將參與一場能名留青史的事件——

瑪莎：傑若米，交出麥克風，我要和克麗絲汀娜說話。

鏡頭轉過來，穿透人群，最後定焦在躲在後方門邊的傑若米，並隨著他快速前移，拍攝他拿下頭戴式耳機，遞給瑪莎的畫面。

# 瑪莎

「克麗絲汀娜？你聽得到嗎？」

「我聽得到！好久不見，很高興能再次和你談話。」

這女人他媽的瘋了嗎？竟和生命只剩一小時的我閒話家常？

「觀眾呢？電視機前的觀眾聽得到我嗎？」

「你已和『死即是正義』連線，棚內和電視機前的觀眾可以看到、聽到你。影像也在我們平時的媒體頻道播出，讓所有觀眾能用手持裝置收看。」

「我怎麼知道能不能信任你？」

一段短暫停頓。

「傑若米有連線畫面，你可以確認我們看到的影像。」

「傑若米。」我喊。這個嚇破膽的男人坐在角落被老鼠撒了尿的地板——但我不打算告訴他這件事。「立刻叫出電視播放的畫面。」他不敢耽擱，大概怕我炸死他或槍殺他吧。傑若米對我唯命是從。

「好，克麗絲汀娜，我看到畫面了。不准耍花招知道嗎？我答應會給你一場永難忘懷的好戲，讓民眾可以討論很久很久，成就你的事業。同意嗎？」

「同意。」她回。而我懷疑她在背後交叉手指毀約。

「跟我來。」我要求攝影師，他照做。

我安排了訪談囚犯的順序。

希望我記得每個細節。

希望我能撐住全場。

希望事情可以成功。

如果失敗，我想我們就得冒險殺出一條生路。

因為，如果這方式不管用，我就再也不玩這些政治手法了。

我來到一號牢房。

「克麗絲汀娜，這裡是一號牢房，有十個人，四女六男，合計十人對嗎？」我看著攝影機，想像自己是在和棚內的觀眾對話。「這位是克蘿伊，十七歲。你知道她犯了什麼罪嗎？她舉著『一人一票』的標語，而這叫做『威脅我國的安全與保障』。你知道其他人犯了什麼罪嗎？他們大多是參與遊行。政府指派的警衛在他們和平靜坐時出現，對他們一陣毆打然後拖離現場。你看看這些人。」

我繞牢房一圈，要攝影師拍攝每張面孔，接著往二號牢房。

「二號牢房，八個人。你知道二號牢房有多少囚犯犯下殺人罪嗎？」

「我不知道，瑪莎，這是個好問題。」她在我耳中說。

「只有一個，」我回。「而你知道事情是怎麼發生的嗎？你覺得他是刺殺某人嗎？行刑式槍決？推下懸崖？不是。」我走到男人面前——我不記得他的名字，太多囚犯了——坐到他旁邊。我從一開始看到他他就抽噎不停，真是慘不忍睹。

「你能告訴電視機前的觀眾事發經過嗎？」

鏡頭拉近，他抬起頭，臉上滿是淚痕，眼睛又紅又腫。

「有個女孩跳到我駕駛的列車前，」他輕聲說，「我來不及反應……我沒辦法……沒辦法……」他痛哭失聲，涕淚縱橫。如果這件鳥事不解決，他是要怎麼熬過接下來五天？天知道。

「克麗絲汀娜，」我低聲說，「我知道你的觀眾都很明智，他們謙恭厚道，充滿愛心而聰慧，知道司法體制並不完善。我也知道他們想幫忙改革。」

說話的同時，我查看直播畫面。鏡頭定在棚內觀眾的臉，但無人有所表示。沒有我期望的鼓掌和歡呼，沒人起立。

鏡頭轉往克麗絲汀娜。

我起身，不疾不徐離開牢房，來到長廊。

「他的情況只是冰山一角。克麗絲汀娜，目前監獄的內部情報都由貴節目獨家報導。獄中共有五十人，其中四名青少年。你的觀眾與選民一不小心就可能身陷囹圄，甚至連你——克麗絲汀娜——都有可能。」

我就此打住。

悄然無聲。

我前往下一間牢房。

「這間牢房有七個人，他們就只是舉著標語質疑執政者，或不巧在錯誤的時機出現在錯誤的地點。這些人是教師、店員、水電工、銀行員、清潔工、獸醫和家庭主婦，不是恐怖分子，也不是危險人物。」

攝影師轉個圈，特寫每張面孔。

「那是我老婆！」螢幕中傳出聲音。「天啊，那是我老婆！她出門買牛奶後就失蹤了，過了三天，她只是出門買——」

「他們和你我一樣是普通人。」

「那位男士是我兒子的老師！」另一個聲音說。

「到另一間牢房。」我指示攝影師。「問所有人的姓名職業，讓他們談論自己的家人。」

瑪莎，你知道自己在做什麼嗎？我腦裡的聲音說，你是為了自身利益操縱所有人。

「不是自身利益，」我回，「是眾人的利益。」

「現在時間是晚間七點。目前的數據——」

噢，要命。我的胃一陣翻攪。

七點了，再一小時我們之中就有第一個人要進死刑室。

還要多少時間才能阻止這場該死的鬧劇？

「——湯米．格蘭特——」

我不由得閉上眼睛，想隔絕播報。

「瑪莎．蜜露——」

聽到名字時，我嚇了一跳。

「——百分之七十八贊成，百分之二十二反對。」

這是一定的。

「史蒂芬．雷納德——」

他走出牢房看我。

「——百分之八十贊成，百分之二十反對。」

進度緩慢，但很確實。繼續誘人投票、賺更多錢。

「下一次提示在五十分鐘後。」

他瑟瑟發抖。我很訝異他還可以站得直挺挺。

民眾知道事實後仍要他的命。

# 晚間七點二十分　死即是正義

攝影棚安靜無聲。克麗絲汀娜頂著完美的妝髮，抬頭挺胸站在螢幕旁。畫面上可見一名二十多歲、膚色黝黑的男性含淚蹲在角落。

男：我是參加了遊行，但我只有靜坐，沒有危害任何人的安全或福祉。我相信言論自由是我國的基本人權，希望政府聽到我的心聲……可是我卻突然變成罪犯。內人根本不知道我的下落。我的孩子……老天，我的孩子在學校將會被人欺凌。即使我僥倖逃過死刑，也會失去工作——我今後要怎麼養家？我們一家會流落街頭，最後被送進高樓區。這就是政府的盤算嗎？好隔離我們？如果我們不死，一樣要被社會放逐。

攝影師開始後退，但男人一把抓住鏡頭。

男：等等，告訴我的家人我愛他們：崔莎，我想你，親愛的對不起，我很抱歉。比利、艾拉，用功讀書，不要讓媽媽操心。我愛你們。

他的眼眶泛淚。鏡頭旋即移開，另一張面孔占據畫面。男人的金髮理成平頭，步伐帶有疲憊。他坐在攝影師前，神情抑鬱但誠摯地直視鏡頭。

克麗絲汀娜驟失笑容，踉蹌著後退一步。

男二：克麗絲汀娜？你有聽到嗎？

克麗絲汀娜穩住腳步，一臉驚恐。

男二：克麗絲汀娜？

攝影師（畫面外）：她聽得到。如果我開啟功能，你也能聽到她的聲音。

克麗絲汀娜：馬克？怎麼回事？你為什麼在牢裡？

馬克：克麗絲汀娜，我愛你。

克麗絲汀娜：馬克，發生什麼事？這……你為什麼……你做了什麼……？

馬克：我什麼都沒做。有個孩子衝上車站階梯……朝我奔來，他身後有人在大叫，我就想這孩子一定幹了什麼好事，所以……所以我……我就挺身抓住他……但是……

他的臉揪成一團，眼淚滑落。
馬克：我和他相撞……他……摔落階梯，造成……造成頸骨斷裂。
克麗絲汀娜：你殺了他？
馬克（搖頭）：那是意外，我不是……我不是……
他的音量愈來愈小，克麗絲汀娜沒了聲音，觀眾席一片死寂，氣氛沉重。
馬克（小聲）：克麗絲汀娜？如果我出獄，你還願意……你還願意嫁給我嗎？
觀眾全摀著嘴倒抽一口氣，來回看著螢幕上的馬克和棚內的克麗絲汀娜。
馬克：我愛你，想和你共度餘生，你是我的全世界，我的……克麗絲汀娜……你是我的一切。請答應我，我愛你。
觀眾席傳出「啊——」的輕嘆聲。
克麗絲汀娜：馬克……我……我不能答應。
馬克：什麼——？克麗絲汀娜？為什麼？你前不久……還提到要一起生活……為什麼變卦了？
克麗絲汀娜：你殺了人。就算逃過死劫也會失去一切，沒有工作和事業，也保不住房子。

馬克：但我可以和你住在一起。
克麗絲汀娜：但別人會怎麼想？
馬克：別人怎麼想很重要嗎？你說過你愛我的。
克麗絲汀娜：是，可是……可是你和我想的不一樣。
觀眾開始竊竊私語，音量愈來愈大。
馬克：我還是我啊！我確實愧對那孩子，但我也說了，那是意外。
克麗絲汀娜：攝影師，請訪問下一位。這事不適合當眾討論——
馬克撲向攝影機，影像一陣搖晃，傳出撞擊聲。鏡頭一下帶到地板、一下帶到牆壁和天花板，然後是癱倒的攝影師，最後再回到馬克比之前更愁苦的臉。
馬克：這可能是我們最後一次交談了。克麗絲汀娜，我的確失手殺了人。我說過——
克麗絲汀娜（高聲）：你沒想過這會影響到我的事業嗎？如果我嫁給你，誰要雇用我？到時我就會變成「殺童兇手之妻」！你這白痴！你這自私自利的智障！
觀眾：賤人！
克麗絲汀娜張口結舌，轉頭看了看觀眾，對著鏡頭以手勢示意中斷錄影，但她後方的影像中還能看到馬克。他淚眼婆娑地看著鏡頭。其他囚犯擠進畫面，也想和心愛的對象說話。

觀眾：你這玩弄人又自私的婊子！

克麗絲汀娜深呼吸，笑著甩甩秀髮回頭。

克麗絲汀娜：各位先生女士，我要為中斷節目道歉。

觀眾：你這沒心沒肺的母豬！

克麗絲汀娜：讓我們回到正題，看看死刑列的被告們——

觀眾起立，發出噓聲抗議，保特瓶在舞台爆開，棕色的汽水潑濺到克麗絲汀娜的衣服，她往後退，躲開砸來的爆米花桶。

觀眾：我才不要成為幫凶！這節目根本是騙局，你這沒心肝的婊子，只在乎自己要有錢和地位。你之前愛他也是因為他是重要人物吧？

克麗絲汀娜：我……我……請你們保持冷靜！

一包薯條散落在她腳邊，漢堡砸中她的腿，白色布料抹上醬汁。

克麗絲汀娜：不！拜託聽我說，事情不是你們想的那樣！

另一瓶汽水打中她的頭，她狼狽地往後退，並拐到高跟鞋摔倒，一頭撞上桌子。當觀眾發出歡呼，兩個黑衣人匆忙從後台跑出來，拖著她離開。

另一人手持麥克風大步走出後台，停在舞台邊緣，然後舉起雙手看著觀眾。

約書亞：各位先生女士，能請你們冷靜一下嗎？

觀眾的怒火逐漸平息時，有名觀眾開始鼓掌，接二連三，所有觀眾皆起立鼓掌歡迎約書亞。

約書亞（高聲）：我知道你們沒想過會看到我，但我一定要介入！

有些觀眾出聲要其他人安靜。

約書亞：我還是主持人時，雖然想做正確的事，但我失敗了。

其他觀眾逐漸安靜落坐。

約書亞：我不要瑪莎・蜜露被處死，我不要史蒂芬・雷納德被處死——我不要任何人被處死。但我確實渴望正義與公平，我要你們仔細傾聽那個開始這一切的人，去瞭解她的觀點——即使你們並不認同。

他旁邊的螢幕畫面再次改變：瑪莎看著鏡頭。

# 瑪莎

我的老天，這真是他媽的可怕。

幾天了？

事情最後竟演變到這個地步。

約書亞回到「死即是正義」。

他又回來了。

克麗絲汀娜可憐男友的心碎了一地！

攝影師重新站起來——上帝保佑他。

他用手勢給我指示。

「瑪莎？」能聽到約書亞的聲音真是高興，因為太安心，我差點癱軟。「瑪莎？你有聽到嗎？」

天啊，我哭了出來。我立刻抹抹臉，對著螢幕點頭。

「我聽到了，聽到你的聲音真是太好了，我很——」

「瑪莎，我們的時間不多。親愛的，你可能沒多少時間了。你有什麼話想說？」

我點點頭、深呼吸，做好心理準備。

來吧。

「不是我……」

該死，我在發抖。

振作。

「不是我炸毀死刑列。我當時是很想，但最後沒做。政府陷害我是為了擺脫我、封我的口，阻止我向民眾發言，因為他們認為我——這個微不足道的我、高樓區的孤兒——很危險。

「我……我要的始終是公平正義。不只是負擔得起的部分人士，不只是有權力、有影響力的部分人士——我要所有人都擁有公平正義。

「高樓七人組是媒體為了醜化我們貼上的荒謬標籤。其實就只是我，一個沒有父母的十六歲少女，被應該比我懂事的成年人逼到走投無路；是以撒，他的確用槍殺了人，但原因是對方威脅我的生命；是西塞羅，他是法官，熟知法律和對錯，而且比誰都努力爭取正義；是葛斯，多年來受到政府操縱、威脅抓他入獄；是你們眼前的約書亞，因為性傾向遭到要脅——請問我們現在是活在哪個世紀？——是麥克斯，他只有十五歲！十五歲！他一根手指都不曾傷人，只是個沉悶的宅男，碰巧擅長電腦。最後是伊芙——」

我哽咽了，喉嚨彷彿卡了顆該死的網球。

「伊芙。」我擠出話來。

「伊芙，」我的聲音斷斷續續，但仍繼續說，「我所認識最溫柔、最和善、最真誠也最直率的人。她的確殺了人，而她的丈夫深愛她和兒子，所以捨命讓他們相伴。但政府奪走他的贈禮，殺死了她。

「他們殺了她，就像他們明知B太太的兒子無罪仍要處死他一樣。他們到底還奪走了多少無辜生命？」

我停下來困難地吞嚥一下，深吸口氣。

「現在時間是晚間七點五十分。目前的數據是——」

該死的電子播報。

靠，七點五十分了？所以獄卒要送湯米到死刑室了。

「這不是正義！」我大聲蓋過播報。

「這不是民主！」我使出吃奶的力氣疾呼。

「這是錯的，你們都知道。

「大家應該挺身而出，為你們信仰的事物和人權——為你們的權力、生命和下一代奮戰。

「我呼籲的對象不只棚內觀眾。

「而是所有人。

「是看守我們的獄卒。

「是緊盯票數的男男女女。

「是整備機器的技術人員。

「是準備進來押解湯米到死刑室的獄卒。

「請你捫心自問，你現在做的事是正確的嗎？你是社會大眾的一員，如果你理解自己的所作所為，卻容許不公不義之舉以你的名義去謀殺無辜民眾——我所謂的無辜是指那些無法為自己辯護的人——但你還是可以高枕無憂——那你和簽署全民共投的腦殘根本一樣。

「立刻行動，否則你就有罪。

「『我只是執行業務』不是脫罪之詞，是藉口。」

我瞪視鏡頭。

這番話會有用嗎？

還有什麼我能做的事嗎？

獄卒沒來拘提湯米。

「現在我們要離開監獄，」我努力不讓聲音透出驚慌。「我們全部人，我要把所有人都帶出去。而你們，監獄外的每一個人都要協助我們。你們不能袖手旁觀，任他們射殺我們或再逮捕我們。

「我們要並肩作戰。」

囚犯開始步出牢房。

頂著平頭、穿著白色囚服的我們看起來和戰俘沒兩樣。也許我們的確是。

「走吧。」我對他們說。
「我們安全嗎？」我問約書亞。
「安全。」我聽到他這麼說，「而且有人在等你。」

# 晚間八點　死即是正義

燈亮起後，部分觀眾離開攝影棚，整個氣氛洋溢著興奮感。

約書亞：各位先生女士離開時請慢走，注意安全，而留下的觀眾朋友，我們會持續提供最新消息和即時直播影像，確定瑪莎和其他囚犯安全出獄。

他笑著轉身，面對螢幕，影像顯示攝影師正在死刑列門口拍攝人潮湧出。

約書亞：和各位一起見證這重要的時刻，我百分之百感到榮幸。另外，我們在此通知關心的觀眾，克麗絲汀娜已接受醫療照顧，醫護人員擔心她有輕微腦震盪。

他回頭看螢幕，鏡頭焦點現在越過囚犯，來到那一小群走出陰暗的人。

約書亞：各位先生女士，如你們所見，死刑列的囚犯魚貫走出建築後，有一小群人在出口迎接他們，分別是葛斯·伊凡斯、以撒·派爵、法官西塞羅……

攝影師轉身，畫面看到傑若米正穿回外套、戴上耳機。

傑若米：約書亞？我是傑若米，真慶幸我能參與這起事件！最後還是讓你搶到獨家了，是不是？

約書亞（嘆息）：我也很高興見到你，傑若米。

傑若米：情況有些可怕，那些殺人犯——

離開死刑列的人一拳打在他臉上，他應聲倒地。

約書亞：這拳真是迅雷不及掩耳！攝影師查理，請拍攝你左方的男性——以撒·派爵——他正朝你過來，有看到嗎？

鏡頭轉去拍攝以撒。他跑向大門，門卻在他抵達前關上，就算狂拉門把也打不開。

以撒：瑪莎呢？

鏡頭特寫以撒的臉，他到處張望、尋找她。然後是西塞羅，他和以撒一樣困惑。

約書亞：她出來了嗎？主控，我們能回放影片嗎？

畫面一分為二。一邊是直播影像，一邊是稍早的紀錄。

以撒：你有看到她嗎？約書亞，你看到她了嗎？

約書亞（小聲）：沒，我……我……沒看到。

# 瑪莎

「你這混蛋，為什麼要這麼做？」我站在弗利特河上的活門旁。「你他媽的為什麼把我們鎖在監獄，還把鑰匙丟進河裡？」

「我不能出去。」他說。

「去你的，我明明可以出去，你這……你這……蠢蛋！」

他彷彿想撲滅火苗似的胡亂揮動雙手。

「你為什麼動不動就罵髒話？」他說，「年輕女生不該隨便爆粗口。」

「罵髒話跟我是年輕女生有什麼關係？搞不好——搞不好我幹聲連連是因為你太豬頭！所以我們現在操他媽的要怎麼離開？」

「我說了我不能出去。」

「我也說了我他媽的可以出去！」

他聳肩。「太遲了。」

我火冒三丈，不停在長廊來回走動。這是搞屁啊……

「你大可讓我離開、自己留下啊。」

他搖搖頭。

我一屁股坐在到地上。

他則坐在我對面。

「我需要你幫忙。」

他將槍放在地上，滑向我。

「你從哪兒弄來這玩意兒的？」我問。

「我偷了獄卒的佩槍。」

他直視我，我也回看他。

「我要你殺了我。」

# 晚間八點三十分　死即是正義

燈微傾，照射下方。

約書亞：以撒，我們找到她了。攝影機正對著她，等會兒就能聽到聲音。

準備離開的觀眾紛紛回位，約書亞跌坐在高腳椅上。

螢幕上的瑪莎撿起手槍。

約書亞：要命——你可別開槍啊。

# 瑪莎

「來吧，殺了我。」他說。

我手裡的槍和傑克森的槍一樣沉重而冰冷。

「為什麼？」我問。

他「碰」一聲大力坐在地上。

「我哪有臉離開這裡？」他說，「我已失去一切——事業、名聲、信譽、家還有朋友。沒理由活下去。」

我不知道該怎麼回，手指輕觸扳機。「但我為什麼要開槍？」

「因為你很勇敢，因為我是懦夫。要是從我這種人手中把民眾救出來，他們會愛死你的。我生命裡的大事小事都離不開政治，包含工作和事業。如今沒人想和我沾上邊，他們恨我。」

「你想死嗎？」問他時，我一邊隨手揮著槍。完全沒想過自己在做什麼。「我做的這一切——」我放聲吼叫，「是為了讓人能離開監獄，而我……我在電視上的演說則是為了待在這愚蠢又荒謬的死刑列中的囚犯——結果你卻以此羞辱我？」我衝到他面前。「我讓你可以不必死在電椅上，你卻反過來拿這個攻擊我？」

他在我腳邊顫抖著。「不，不是這樣的。你可以結束整件事。」

「你真是蠢斃了。」

「你會成為英雄。」他輕聲說道。

老天，我真想扁他，我真想用這把槍毆打他該死的腦袋。

「英雄？」我大叫。「殺了你我才不會變成英雄！只會讓民眾認為你主張的想法正確無誤——我就是殺人兇手！——你這軟弱、自私的男人！你知道你毀掉多少人的人生嗎？多少無辜民眾被你送到死刑列處決，留下家人勉強振作？又有多少出獄的無辜人士一輩子抹不去這汙點？你知不知道？」

我俯身當著他的面大聲咆哮。

我、

他媽的、

氣、

炸、

了。

「我知道，所以才要你殺我。我知道你想要我的命。」

「你怎麼有臉……怎麼有臉要求我殺你？你這沒種的男人！」

「我值得一死。」他低聲說。

「值得？值得……什麼跟什麼啊！值得死、值得活、值得受折磨。這誰決定的？你嗎？那受害者呢？他們的家人呢？他們活該嗎？你知道我是怎麼想的嗎？他們值得正義！但不是你那套正義——而是貨真價實的正義。」

「是！」他抬頭看我，眼中滿是淚水和恐懼。「一點也沒錯，所以你得殺了我，得行使正義。我放任情況發展至此，瑪莎，我任他們利用我。我想堅強起來，但我辦不到，你不懂嗎？要是我想保有權力就得隨波逐流！我知道傑克森・派爵害死你母親，也知道莉蒂雅・巴科夫的兒子和其他民眾都無罪——伊芙・史坦頓的丈夫無罪——我甚至知道殺死莉蒂雅・巴科夫的兇手身分。你知不知道？要我告訴你嗎？」

靠。

靠！

我在發抖。

不行，加油，瑪莎，振作點。

我不要他提起我媽。

或B太太。

或奧力。

或伊芙。

這超出了我的負荷。

太痛苦了。

「派蒂・派爵安排了一切。」他說。「她雇人殺巴科夫，但做得不漂亮對吧？完全搞砸——為什麼要挑有攝影機拍攝的地方下手呢？」

去你的。我想。我用槍往他的頭一敲，他應聲倒地。

「我恨你。」我說，「你好邪惡。」

他用手背抹嘴。

有血。

然後他笑了。

「我有同感，不過人外有人。至少我從派蒂身上扳回一城了，她相信炸死刑列的行動在她掌控之中。」他笑著說，這讓我超想再敲他一記。「如果想要擺脫她、陷害你和你這幫人，炸死刑列是最容易的方式。」

「是你炸毀死刑列？」我惡聲惡氣地問。

「不盡然，不是我親自動手，但我控制整個情況——至少我是這麼想的。」

「你差點害死以撒，卻栽贓給我！」我感到血液在腦中奔騰。

「是，是可以這麼說，不過這是我們通力合作的成果，我不能獨攬功勞啊。」

「什麼？」我說，「是與派蒂合作嗎？可是你剛說——」

「不是派蒂！」他嘲笑道。「不是派蒂！」並發出中氣十足的渾厚笑聲。

他輕拭眼淚。老天，我恨死這男人了。

「你知道一句俗語嗎？每個成功男人的背後……」

要命，我好想扣扳機。

他收斂笑聲看著我，嘶啞著聲音：「你想殺我吧？我知道你想。我有你母親被傑克森駕車撞擊後的相片，你知道嗎？——她真是慘不忍睹，你真該看看她的臉——噢，不過你已經看過了！」

「閉嘴！」我用槍口抵著他的太陽穴命令道。

「你知道奧力．巴科夫最後聽到的信息是什麼嗎？」他咧開嘴。我的手在出汗，擱在扳機的手指輕顫。「我要獄卒說他們帶來你的信息，」他笑著搖頭。「很天才對不對！這是我出的主意！他一直託人轉達說不是他撞死你母親的，在他們扳下開關行刑前，獄卒附在他耳邊說——」他又笑了。我真的好想扣扳機。「『瑪莎說她恨你，巴不得你快點死』。」

他笑到前仰後合。

他怎麼敢？

他該死的怎麼敢？

我氣到渾身發抖。

我感覺到食指下的金屬扳機。

「他當時的表情真是精采！天啊，笑死我了。」

我可以輕輕鬆鬆終止他的胡扯。

「你撒謊。」我說。

「我保證句句屬實。我們後來可開心了，蘇菲亞簡直要笑翻。」

「蘇菲亞？」

「是的，蘇菲亞．納強特。那聰明絕頂的女人。」

「我不信，蘇菲亞不是這種人。」

「他到死都以為你恨他！」

我緩緩鬆開扳機。

但隨即握得更緊。

我眨去眼淚。

奧力。

奧力。

我舉起槍，瞄準後扣下扳機。

## 老貝利

人行道和馬路上的行人都停下來看螢幕。

但影像消失了。

畫面呈現的是雪花和雜訊。

「她沒……」葛斯說：「她沒……殺他吧？」

「我們得進去。」以撒低語。

「怎麼進去？」西塞羅問。

「那是什麼？」葛斯指著行駛在人群間不斷閃燈的黑車。

「我們跟上去。」以撒說。

# 晚間九點　死即是正義

在半數空席的攝影棚，約書亞坐在高腳椅上看著螢幕。留下來的觀眾悄然無聲。約書亞脫掉外套、丟在地板，然後捲起袖子。

畫面仍分割為二，但老貝利外的影像在左，之前右側的死刑列影像變成雪花雜訊。

約書亞：各位先生女士，我們似乎失去連線了。我不確定發生什麼事，但請各位與我一同耐心等候。

# 瑪莎

我一再敲打大門。

我腳邊是剛被射穿的鏡頭碎片。

我很生氣。我簡直氣炸了。

我沒開過槍，至今仍希望我沒開過，但——天啊，他實在令我火冒三丈。

「放我出去！」我大叫著。我很害怕，我怕我自己，我想不到自己會開槍。他知道怎麼刺激我，讓我被他操控。

槍仍在我手裡，我恨槍。

我怕我無法自制。

「槍裡還有很多子彈，瑪莎，」他說，「破壞攝影機是明智之舉，這下他們就看不到牢房裡的動靜，只有我和你。」

我將槍扔到地上，不敢拿著。

我繼續敲門。「放我出去！」沒人來。但我得離開這裡，非離開不可。動腦，瑪莎，快動腦。

我可以跳下通往弗利特河的活門，但我不太會游泳，鐵定會溺死；我可以跑到死刑室，試著翻越柵欄——但要是失足摔落，我就會沒命。

還有其他辦法嗎？

「我沒想過會走到這一步，」他小聲而冷靜地說：「我想鼓起勇氣，但不確定自己是否夠堅強。」

我轉過身。

他去拿槍。

「我輸了。」

他握緊槍柄。

我開始發抖，不禁尖叫。

我該做什麼？我該說什麼？我動不了。

「我被一個聰明絕頂的女人打敗了。」

「我打敗的不是你，」我輕聲說，「是體制。」

他發出大笑。笑聲迴盪於牆面，然後他搖搖頭，舉起那把槍。

「有什麼好笑的？」我可以讓他繼續說話、忙於思考。

「因為你真心相信自己打敗了體制！」他說，「你真的不知道實情。」

我皺眉。「那你說給我聽啊。」

他搖頭。「無知是一種幸福，瑪莎・蜜露。」

他舉槍。

「不，」我說，「求你不要。」

他微笑。

接著傳來槍聲。

## 老貝利

他們頓時止步。

門另一側的槍聲餘音繞梁。

「立刻開門！」西塞羅大聲要求蘇菲亞。「不然立刻找人破門而入也可以！快點！刻不容緩！」

他轉身敲門。「瑪莎！瑪莎！你有聽到嗎？」

他停下來。沒有回應。

他身後的以撒悶不吭聲。

「瑪莎！」西塞羅大叫著。「回話啊瑪莎！」

依然沒回應。

「別喊了，西塞羅，」以撒低聲說。「情況不樂觀。她……我們該面對現實……」

西塞羅搖頭。「不准放棄！說不定是這門隔絕了聲音，」他說，「所以她聽不到我。」

「她死了，西塞羅，」以撒說，「我知道她死了，他殺了她。這一切——這整件事根本毫無意義，你都聽到槍聲了。」他推開西塞羅。「我沒辦法再待在這裡。」

# 晚間九點二十分　死即是正義

觀眾目不轉睛地看著螢幕。現在整個占滿老貝利的畫面，晃動的鏡頭追著傑若米，他的一隻眼睛因為稍早挨拳而腫起來。

鏡頭突然轉向，有人撞到了他們。傑若米立刻遞出麥克風。

傑若米：以撒！請告訴我們發生什麼事！

以撒搖搖頭離開。鏡頭捕捉到他就這麼消失到視線之外，最後又回到傑若米身上。

傑若米：你們可以看到麥克斯．史坦頓和我前方的西塞羅與葛斯會合，他想必十分傷心，因為兩天前他的母親在長廊另一頭的死刑室接受處決。

約書亞（棚內）：你給我閉嘴，傑若米。我們只想知道瑪莎是生是死。如果你不盡職播報、停止這些浮誇的言詞，我就要把你切掉。

傑若米：電視語言就是要誇大，約書亞。是說，真謝謝你問候我是否平安，我相信電視機前的觀眾知道我大難不死一定很欣慰。

約書亞：你不過挨了一拳。

傑若米（充耳不聞）：各位應該能看到我們的新首相——蘇菲亞．納強特——也趕來救援。如她承諾，她為了需要的人的權益奮戰。她親自下令破門——

他鍥而不捨努力擠到前方，攝影師緊追在後。此時傳來門頹倒在地的聲音，嚇得他縮起身子。麥克斯轉頭看他。

麥克斯：滾開！

麥克斯朝傑若米的胸口猛推一把，他隨即倒地。

傑若米（在地上）：今天的情勢真是緊張。觀眾朋友可別說記者我本人沒冒著生命危險帶給各位最新消息！

棚內的約書亞站在螢幕旁一語不發，完全忽視觀眾。他看著現場鏡頭擠進門內，掃視牢房。畫面不時出現雜訊，音訊也劈啪作響。

西塞羅（斷斷續續）：死……死了……他開槍……

麥克斯：瑪莎！瑪莎！

傑若米：看到……渾身……是血……

葛斯：不……瑪莎……死了。

約書亞一手捂嘴。此時，受到靜電干擾的畫面冷不防出現一張大臉看著鏡頭：西塞羅。熱淚縱橫的他輕顫著鬍鬚，猛搖著頭，想把鏡頭拉過來，但畫面偏往牢房去。

西塞羅：不是瑪莎……中槍……他開槍……史蒂芬，他……

畫面閃爍一陣，轉為清晰。

西塞羅：你聽到……約書亞？約書亞，你聽到了嗎？

約書亞：是，我有聽到！我現在能聽到了！我們洗耳恭聽。

西塞羅：我說……她沒死。不是瑪莎中槍，是他開槍自殺。雷納德自殺了，瑪莎還活著！

觀眾驚呼。西塞羅消失在鏡頭前，畫面重新拉遠，繞了房間一圈，雜訊的嘶聲隨鏡頭靜下。只見雷納德倒在牆邊，槍躺在他無力鬆開的手中。接著畫面一轉，穿透黑暗，最後停在瑪莎身上。

西塞羅扶著顫抖哭泣的她起身，經過鏡頭前，離開牢房。

# 瑪莎

我以為他要射我。
我連動都不敢動。
感覺好像重回七號牢房。
我等了一陣，發現自己仍活著。
聽說槍口前的人是聽不到聲響的。
在聲音傳入腦中之前，他早已死去。這說法真是格外奇怪。
一小道光穿透牆壁裂縫、落在他身上。真感傷，我並沒有要他死。
我只想要改變。

這世界好可悲，失去地位竟比死還難忍受。
我發現大門開啟，一雙手臂將我扶起。
我希望手臂的主人是以撒，但我能理解為什麼不是他。
我知道他在哪裡。
我將在那裡見到他。

# 晚間九點四十分　死即是正義

約書亞比出手勢，要技術人員「中止」，左側大螢幕的畫面隨即消失。沒有直播畫面，沒有眼睛標識。他將麥克風拿到嘴邊，走近觀眾。

約書亞：此時我應該做出電視節目會做的那種結語，謝謝各位參與投票，或提醒你們明天繼續收看節目；我該感謝贊助商，或告訴你們節目收視率創新高，我們成為全球先鋒，提供了千載難逢的機會——但這些話你們聽過多少次了？我不說，這次不這麼說。即便沒有我們的協助，瑪莎·蜜露仍活著；而因為我們給予的一點協助，死刑列體制瓦解。只要各位再多伸出一些援手，我們就能繼續努力，爭取恢復法庭制，抵制不公不義、消弭貪腐。我們實在該引以為恥，不僅讓青少女看到這種情況，更讓她自己挺身而出、解決問題。讓這件事發生的原因是冷漠——冷漠，還有恐懼。我希望瑪莎・蜜露能原諒令她失望的我們，在她重建生活時，我們也要給予支持。希望大家能一同置身於更公平、更安全、更正義的社會。

一道聚光燈打在他身上。

他站在光暈裡看著觀眾。

然後放下麥克風離開。

攝影棚轉暗。

# 瑪莎

他們要我坐著休息。
或睡一覺之類的。
麥克斯出現，給我個擁抱，我很高興見到他。他說之前一直在忙，等他準備好，會和我分享他在忙什麼。
所有人都要我等以撤回來。
但我不想等。
我洗了畢生最快速的戰鬥澡，換上乾淨保暖的衣服，隨便填飽肚子。
然後出門。

現在該怎麼辦呢？

我藉著月光走在草地的邊界。這兩週來，我過得很慘，慘到谷底，難熬得不得了。但你知道嗎，某方面而言也是最美好的兩週。我的腳踏在乾泥土上，手劃過兩側長得老高的草，而蕨類森林近在眼前。

我一進入森林，黑暗便將我吞噬，附近的樹枝彎身，歡迎我歸來。

我想對森林說「好久不見」，希望能以笑容傳達這心情。

我很興奮。

我很快樂。

循著小徑前進時，我看到前方搖曳的營火和灌木，接著抵達屬於我們的空地。那裡有我們搭的遮棚，躺著休息的遮蔽處，和我們坐的圓木。

有你。

以撒。

你起身走向我。

眼淚流下你我的臉龐。

我們笑了。
又哭了。
又笑了。
你解開項鍊，取下巧拼戒，放到我手裡。
雲隨風飄過上方晴空。
我們昂首。
「屬於我們的星空，以撒。」我說，「我們現在能一同分享了。」

# 二十四天後

# 瑪莎

我們失去了很多人：朋友、親戚，還有心愛的人，但我們仍有彼此。

明天就是新年。

我希望明年是好年。

我們全聚在伊芙家。不要多久，這就會成為西塞羅和麥克斯的家。畢竟她留了遺言，希望有個萬一時西塞羅能照顧麥克斯。他們共同承擔了失去她的痛。有時這分痛楚似乎會帶來折磨，但兩人都絕口不提。有時我會看到他們釋懷的眼神。時間不會治癒傷痛——如果有人這麼說，定是謊言——可是會減輕人面對傷痛時的不適。

我都知道。

因為我仍為媽媽、奧力和B太太傷心。

約書亞和彼特來了，他不常提到他們的關係，而我也不過問他們的情事。我想人生並不完美，但世事什麼時候會如人願呢？

我們到派蒂的墳前。她是個貨真價實的小人，但……我覺得在她墳前悼念是正確的。我們等著哈特的消息，可是他似乎人間蒸發。我本想見證他被繩之以法，不過消失也是好事，僅次落網。

迪倫佐要我遵守約定。他訪問我後寫了篇報導，刊登在頭版。我很意外——因為報導十分公正。在我成為「舊聞」前，人們會笑著和我握手。如今我則跟背景融在一起，不過我樂於如此。

蘇菲亞呢？我和她沒碰面了。我想她正忙著首相的事務。我確實常想到她。關於發生的一切，我有辦法釐清，除了她之外。無論我多努力拼湊，她仍像錯放的拼圖般格格不入。

當我向其他人問起她，他們只是兩手一攤。

麥克斯除外。

我想，麥克斯一定能成為世上最優秀的私家偵探。有天我到他房間，他正在忙。裡面有成堆網安的資料，包含公司房產的資訊（所有人顯示為安東妮娜・派爵）。另外，他的床上有蘇菲亞的相片。

「你迷戀她嗎？」我問。

他放聲大笑。「如果真有這麼單純就好了。」

我要他說明，但他聳聳肩說：「還記得你獲釋那天我說了什麼嗎？我知道一切詳情後會告訴你的。」

真是怪咖一枚。可是我很高興我們又能當朋友，我希望我們永遠是朋友。在我與那名救我一命的女性之間，麥克斯和西塞羅是我們僅有的連結。

我聽到關門聲。

「吃飯！」以撒大喊，然後跟終於記得要脫鞋的葛斯一起坐在壁爐前。旁邊的相片仍是伊芙、吉姆和麥克斯。

葛斯打開電視，以新節目「每日一罪」當背景，我們紛紛拿出盒裡的披薩、撕開薯條袋、倒出飲料。

我環顧四周，並將一切盡收眼底。

我身邊終於有家人了（雖然不是多正常的家庭）。
我終於有回到家的感覺了。

# 每日一罪

傑若米穿著俐落的西裝，領帶打得筆直，髮型完美，坐在桌旁的高腳椅。

傑若米：各位先生女士，晚安。歡迎收看本台全新的節目「每日一罪」，我們會帶給各位所有最新消息和進展。今晚，我們邀請到一位非常特別的嘉賓，請熱烈歡迎我國史上最年輕的首相——清楚掌握社會情勢的蘇菲亞．納強特。

當燈光閃爍、音樂響起，穿著合身褲裝的蘇菲亞出現在後台。她一面和現場觀眾揮手致意，一面走到桌前，落坐在另一張高腳椅上。

傑若米起身和她握手。

傑若米：感謝你蒞臨，首相。你的出現令敝節目蓬蓽生輝。

蘇菲亞：感謝你邀請我。我很榮幸有機會直接和選民對話、說明近況。我相信你也知道，在派爵與蜜露醜聞的數個月後發生很多改變。我們必須正視社會差異和階級距離，並採用新的體制，讓我們得以過著安全而有保障的生活。

傑若米：我相信這定是你今日帶來的好消息。

蘇菲亞：是的，傑若米。我知道選民不滿史蒂芬・雷納德採用的嚴重侵權的系統，尤其他是瞞著眾人蠻幹——全天候二十四小時，隨時追蹤、監視民眾——真的是令人驚恐萬分。所以我今天要在節目上說明這個新系統，同時安撫民眾的疑慮。

傑若米：請問是什麼樣的系統呢？首相？

蘇菲亞：新系統能讓我們找到每個罪犯、伸張正義。

傑若米：這正義包含死刑嗎？

蘇菲亞：我們要進行死刑的全民共投。多數人仍認為部分犯人罪該萬死，而我們將採用絕對能防止錯誤的系統。我敢保證，這個新系統百分之百正確，所以不會、也不可能有人遭到誤逮或誣陷。

傑若米：真有很有把握。

蘇菲亞：這完全是科學，傑若米，科學沒有灰色地帶。我們正在建立DNA資料庫，並能藉此掃描社會中的每一員、揪出罪犯。犯罪率將大幅下降——畢竟不會有人在知道犯行定遭揭穿的情況下犯罪吧？這麼一來，我們將能獲得理想的——也是我們應得的——安全社會。

觀眾起身鼓掌，蘇菲亞微笑以對。

傑若米：我個人很高興看到你接任首相，納強特小姐。知道你是真心在乎國民和國民的安全後，我感覺像是服了一粒定心丸。新系統什麼時候上線呢？

蘇菲亞：噢，新系統**已經**上線了！我們目前以捉拿的嫌犯取樣，同樣的，當民眾造訪診所、抽血檢查，或新生兒誕生時也會建檔。

傑若米：我已感到高枕無憂！不過你真的是青雲直上，你是怎麼辦到的？很多人都說你之前是名不見經傳。

蘇菲亞（大笑）：溯本必有源，傑若米！我不算什麼青雲直上。升官是我長期精心規劃、無論鏡頭前後都一樣努力才得來的。但我必須說，我很榮幸能領導英國，也樂意竭盡全力確保政權穩固、社會安全——無論付出什麼代價。

傑若米：我們很榮幸由你領導。現在，我們有最後一個訊息要提供觀眾，是吧？蘇菲亞？你願意為觀眾說明新節目「每日一罪」的進行方式嗎？

蘇菲亞：當然，傑若米。政府如何打擊犯罪，及利用新的DNA資料庫，將犯罪從日常生活中根除，根絕犯罪，都會透過新節目呈現在各位觀眾與選民的眼前。我們會每集列出前二十四小時的犯罪清單，讓觀眾有機會投票決定節目該追蹤和探討的對象。節目提供幕後的行動與真實的警方調查影像，還有警官追捕罪犯的即時評論。

傑若米：各位先生女士都聽到了吧？真是刺激的發展！沒錯，明天開始，各位將能透過網路、簡訊或電話投票，決定該追蹤哪些犯罪。你們特別想收看的內容是什麼呢？你們要輿論探討的對象是誰呢？哪些犯罪是你真的想解決的呢？——甚至你覺得自己有本事比節目調查員甚至警方搶先解決？各位觀眾，立刻設定好時間、準時收看！

棚內的燈光閃耀一陣，輕快的主題樂響起，鏡頭從鼓掌的觀眾面前拉開。

畫面轉暗。

接著輪番出現演出名單。

（全書完）

# 致謝

《第7號牢房》的創作來到尾聲實在令人感傷。我很高興能用這三本小說探索瑪莎和她的朋友及他們各自的故事。我越來越喜歡他們——對特定幾人的喜愛甚至勝過其他人！

《第7號牢房》是在我腦海中慢慢發展出來的故事。一開始的構思並不完整，我想以極刑為創作主題，探討死囚歷經的過程。可是在創作完兩本事前研究占比很高的小說後，我不想以美國的實際體制為背景，反而想將設定放在英國。長時間研讀英國極刑的歷史後，我發現一九六五年曾一度停止死刑，一九六九年舉辦投票，決定重啟或永久廢死。在現實世界死刑最後是廢止了，但我發現一個轉捩點。因此在我筆下的《第7號牢房》宇宙，我設定了不一樣的背景：如果當時是重啟死刑而非廢死，會是什麼情景？一九六九年至今，乃至未來，英國會有什麼改變？社會的現況又如何？網路、電視、媒體對死刑的影響？除此之外的影響力和因素及眾多阻礙逐一介入，造就現在的《第7號牢房》。

從故事的發想到小說最後一集，我受到許多人的協助。艾瑪・帕斯（Emma Pass）和瑞貝卡・馬斯庫爾（Rebecca Mascull）是我長期的寫作伙伴，我欠他們一大筆人情。另外有很多寫作尖兵的支持和鼓勵，總之就是非常窩心：萊恩・埃佛瑞（Rhian Ivory）、凱瑞斯・史坦頓（Keris Stainton）、瑞・艾爾（Rae Earl）、寶拉・洛斯松能（Paula Rawsthorne）、克里斯・卡朗根（Chris Callaghan）、佐依・馬力歐特（Zoe Marriott）、喬・納丁（Jo Nadin）、凱倫・大衛（Keren David）、席納・威金森（Sheena Wilkinson）、莎朗・泰勒（Sarah Taylor）、莉茲・凱斯勒（Liz Kessler）、莉茲・德耶格（Liz de Jager）、蘇西・黛（Susie Day）、戈登・史密斯（Gordon Smith）、凱洛琳・格林（Caroline Green）、伊芙・愛因斯沃斯（Eve Ainsworth）、海莉・隆恩（Hayley Long），他們全屬於青少年／成人書籍的陣營。

那些「敏感」的成人情節要歸功：莎拉・賈斯蒙（Sarah Jasmon）、露易莎・崔格（Louisa Treger）、露易絲・畢奇（Louise Beech）、凱琳・莎瓦拉吉歐（Karin Salvalaggio）、凡尼莎・拉菲耶（Vanessa Lafaye）、克萊爾・富勒（Claire Fuller）、艾瑪・柯提斯（Emma

Curtis）、費歐努亞拉・柯爾尼（Fionnuala Kearney）、凱瑞・哈德里（Kerry Hadley）、安東尼雅・哈尼威爾（Antonia Honeywell）、傑森・赫維特（Jason Hewitt），及Prime Writer的其他成員。

感謝析毫剖釐的譯者伊沃娜・米伽洛斯嘉・蓋碧（Iwona Michalowska-Gabrych）。你的來信是我收過最奇妙的郵件！

脫離寫作進入真實世界後，我很感謝LTC Coffee Club Biatches（我的鐵人三項戰友）凱特・康威（Kate Conway）、克里斯・吉爾斯（Chris Giles）、喬・杭特（Jo Hunt）、崔西・威金森（Tracey Wilkinson），另一「半」：理查（Richard）、史蒂夫（Steve）、卡爾（Carl）一直很關心我，不時逗我笑，讓我保持健全的心智。再謝謝我的換帖兄弟馬丁・博爾（Martin Ball）和奧立弗・惠普頓（Oliver Whelpton）。

賽門・夏普（Simon Sharp），謝謝你扮演傑克森・派爵。強・博菲（Jon Bromfield），謝謝你和雙胞胎兄弟答應供應絞索。

在之前的小說，我曾對廣大的讀者致謝，而我也永遠感謝你們。另外我要特別感謝斯托克頓的Drake書店、伍德霍爾斯帕的Bookfayre、林肯的Lindum Books。再給馬修・李奇

(Matthew Leach)、蕾貝卡·維特(Rebecca Veight)，和全國上下的校園圖書館員掌聲鼓勵，他們利用有限的資源交出漂亮的工作成果。

謝謝我在世上交情最久的朋友——麥特·昆(Matt Quinn)——他不在Wickes工作，是玩拼字遊戲可敬的對手。麥特，謝謝你所做的一切，我們的賽局延遲很久囉。

我一直很感謝擁有夢寐以求的家人支持我：若斯(Russ)、傑斯(Jess)、丹(Dan)、丹尼(Danny)、派爵(Paige)、波文(Bowen)、爸和安(Ann)、科林(Colin)、珍妮特(Janet)和傑克(Jack)、海倫(Helen)和派崔克(Patrick)、保羅(Paul)和溫蒂(Wendy)。謝謝你們。

近幾年我很榮幸能在Hot Key旗下，所以我很感激艾瑪·馬修森(Emma Matthewson)願意以瑪莎賭一把。也謝謝Hot Key其他成員：蒂納·莫里斯(Tina Mories)、塔雅·貝克(Talya Baker)、露絲·羅根(Ruth Logan)、珍·哈里斯(Jane Harris)、莫妮可·梅勒耶(Monique Meledje)、妮可拉·錢曼(Nicola haman)和夏洛特·豪爾(Charlotte Hoare)。

最後要對超級經紀人——珍·威利斯(Jane Willis)和United Agents團隊其他傑出的成員致上無比的謝意。

但我該就此打住，免得這篇謝辭變成矯情的得獎演說，最後開始感謝我的狗或郵差。希望大家都喜歡瑪莎的故事，一切都要感謝你們。

半熟青春 32

最後 7 日 — 第 7 號牢房・3
Final 7

作者　凱瑞依・卓威里（Kerry Drewery）
譯者　亞奇
社長　陳蕙慧
副總編輯　闕志勳
副主編　林立文
行銷　李逸文、廖祿存
電腦排版　極翔企業有限公司

讀書共和國出版集團社長　郭重興
發行人兼出版總監　曾大福
出版　木馬文化事業股份有限公司
發行　遠足文化事業股份有限公司
地址　231 新北市新店區民權路 108 之 4 號 8 樓
電話　02-2218-1417　傳真　02-8667-1891
email: service@bookrep.com.tw
郵撥帳號　19588272　木馬文化事業股份有限公司
客服專線　0800221029
法律顧問　華洋國際專利商標事務所　蘇文生 律師
印刷　成陽印刷股份有限公司
初版　2019年5月
定價　新台幣350元

ISBN　978-986-359-652-3


國家圖書館出版品預行編目(CIP)資料

最後7日：第7號牢房・3 / 凱瑞依・卓威里（Kerry Drewery）著；亞奇譯. -- 初版. -- 新北市：木馬文化出版：遠足文化發行, 2019.05
面；　公分. -- (半熟青春；32)
譯自：Final 7
ISBN 978-986-359-652-3（平裝）

873.57　　108003151